论中国当代乡村叙事的主题变迁

李金泽　周景 ◎ 著

中国·武汉

图书在版编目(CIP)数据

论中国当代乡村叙事的主题变迁/李金泽,周景著. —武汉:华中科技大学出版社,2022.4
ISBN 978-7-5680-8195-5

Ⅰ.①论… Ⅱ.①李… ②周… Ⅲ.①乡土文学-文学研究-中国-当代 Ⅳ.①I206.7

中国版本图书馆 CIP 数据核字(2022)第 064536 号

论中国当代乡村叙事的主题变迁   李金泽 周 景 著
Lun Zhongguo Dangdai Xiangcun Xushi de Zhuti Bianqian

策划编辑:	袁　冲
责任编辑:	狄宝珠
封面设计:	孢　子
责任监印:	朱　玢
出版发行:	华中科技大学出版社(中国·武汉)　　电话:(027)81321913
	武汉市东湖新技术开发区华工科技园　　邮编:430223
录　　排:	武汉创易图文工作室
印　　刷:	武汉科源印刷设计有限公司
开　　本:	710 mm×1000 mm　1/16
印　　张:	12.75
字　　数:	235 千字
版　　次:	2022 年 4 月第 1 版第 1 次印刷
定　　价:	49.00 元

本书若有印装质量问题,请向出版社营销中心调换
全国免费服务热线:400-6679-118　竭诚为您服务
版权所有　侵权必究

内 容 简 介

在当代,乡村叙事成为文学书写的主要内容,其主题设定始终与意识形态话语紧密相随,并在城乡发展变迁历程中审视乡村与城市之间的分离与媾和,以及乡村自身的发展诉求,从而在不同时期形成相对统一的叙事主题。《论中国当代乡村叙事的主题变迁》从当代乡村叙事作品文本出发,运用中国传统文学理论对当代乡村叙事的主题呈现形态和主题价值进行审美观照;分别论述当代文学史中"十七年"时期、新时期、新世纪等不同历史阶段的乡村叙事主题内涵和价值取向。此著以当代典型乡村叙事作品为依托,系统研究中国当代乡村叙事主题发展变迁,对中国当代乡村叙事主题进行系统归纳;对现当代文学研究者、爱好者以及高校学生,进行文学阅读、审美和批评,具有一定的理论借鉴价值。

作者简介

李金泽(1968—),男,安徽省蒙城县人,文学硕士,合肥幼儿师范高等专科学校文学教授,安徽省高校拔尖人才,全国优秀教师。主要从事写作学、中国当代文学批评研究。在《江淮论坛》《文艺理论与批评》《学术界》及其他学术期刊发表研究论文20余篇;出版学术专著《现代公文审美性论略》《中国公文批评理论观要》。主持安徽省高校人文社科重大项目"皖北农村基层文化建设研究"、重点项目"中国公文批评理论研究",参与安徽省哲学社会科学规划重点项目2项;获得首届方放秘书学奖著作奖。

周景(1989—),女,安徽省六安市人,文学硕士,合肥幼儿师范高等专科学校讲师,小学教育专业教研室主任。主要从事《大学语文》《儿童文学》课程教学和语言学研究,获得安徽省高职院校教师职业能力大赛三等奖和二等奖,主持安徽省省级双基示范课、提质培优精品课《现代汉语》项目建设,作为主要成员参与省级质量工程项目建设4项。

目　　录

第一章　乡村世界的独立性与乡村文学的独特性 …………………… (1)

　　第一节　乡村叙事内涵的文化审视 ……………………………… (1)

　　第二节　乡村叙事的主题和审美取向 …………………………… (13)

第二章　乡村叙事的情感变迁 …………………………………………… (19)

　　第一节　欢歌式畅想：十七年文学的乡村情结 ………………… (19)

　　第二节　欢歌与伤痛杂糅：新时期文学的乡村情感 …………… (22)

　　第三节　体恤与悲悯：新世纪文学中的乡村情怀 ……………… (25)

第三章　论七十年乡村叙事的主题变迁 ……………………………… (29)

　　第一节　到乡村去：十七年文学抒发乡村改造和建设的激情 … (29)

　　第二节　撤离乡村：新时期乡村叙事反思乡村发展历史 ……… (34)

　　第三节　遥望乡村：20世纪90年代乡村叙事中的迷茫困惑 … (36)

　　第四节　游离于城乡之间：新世纪乡村叙事主题 ……………… (39)

第四章　政治高歌与美好想象："十七年"时期乡村叙事的主题设定 … (44)

　　第一节　"十七年"乡村叙事主题确立的逻辑性 ………………… (44)

　　第二节　翻身主人的自信与自豪主题 …………………………… (48)

　　第三节　书写参加新中国建设的高昂热情和宏伟目标 ………… (51)

　　第四节　书写乡村的自然美景 …………………………………… (59)

　　第五节　书写乡村人性的善与恶 ………………………………… (61)

第五章　新时期乡村叙事的主题 (65)

第一节　主题一:书写乡村在历次政治运动中表现出来的复杂人性 … (67)
第二节　主题二:书写乡村底层人物的心灵伤痛 (77)
第三节　主题三:追问乡村人的生命意义 (84)
第四节　主题四:书写乡村真实的生活状态 (91)

第六章　想象中的闲适乡村和现实中乡村人性的裂变 (98)

第一节　于悠然闲适之间见批判——《受戒》的乡村情怀 (98)
第二节　社会转型期的人性裂变——《辘轳、女人和井》的乡村批判 (108)

第七章　乡村心灵记忆中的温情与伤叹 (116)

第一节　城乡文化对立中的乡村记忆——读刘庆邦的《麦子》 (116)
第二节　逃离乡村的焦虑——论刘庆邦的《到城里去》 (124)

第八章　从底层视角观照新世纪乡村真实生活 (132)

第一节　底层文学中的乡村叙事及底层文学意义 (132)
第二节　从《麦子熟了》看文学对乡村底层生存境遇的观照 (145)

第九章　乡村人性裂变与精神伤痛 (151)

第一节　无法终结的赎罪——谈王十月的《人罪》 (152)
第二节　被圈养的乡村——论朱辉的《七层宝塔》 (159)

第十章　乡村叙事主题的新开掘 (167)

第一节　宏大叙事:新时代乡村叙事的主题开掘向度 (168)
第二节　论当代乡村叙事中两面人的形象特征及文学反思 (178)
第三节　神性敬畏:《青山在》中生态批评主题的表达 (186)

后记 (194)

第一章　乡村世界的独立性与乡村文学的独特性

乡村,既是从地域角度与城市相区分离开来的一种社会性结构,也是从生产、生活特色角度来定义的一种社会组织类型。乡村世界是相对于官场和城市而言的一个独立的世界,在这个独立的世界中产生了具有独特审美韵味的乡村文学,我们可以把乡村文学叫作乡土文学或者乡村叙事。

第一节　乡村叙事内涵的文化审视

乡村,自古以来,有着丰富的文化内涵。远古时期的"乡"是原初之民生养发展的地域,没有严格的阶级色彩,氏族、部落中所有人都会在此休养生息。而一旦乡村被国都、城邑划分到边缘之外的时候,乡村才真正具有了实质的意义,成为社会底层人群的居住地,是社会底层的身份文化标志。所以,在中国的乡村,不仅仅指向一种行政区划名称,也是古代地位低下人群居住的主要地方,具有鲜明的文化意义。而从人与自然的亲密程度来说,乡村又是自然原生态的迷人之地,鸟语花香令人心醉、江河流水清澈怡人、天高云淡宠辱偕忘,正是洗涤心灵、陶冶性情的最好境地。而从风俗教化角度来看,"凡居民材,必因天地寒暖燥湿,广谷大川异制,民生其间者异俗,刚柔、轻重、迟速异齐,五味异和,器械异制,衣服异宜。"①不同的乡村有着不同的地理环境、气候条件,也就产生了不同的乡风习俗,呈现多彩的民间文化风格,构成了丰富的乡村文化内容。

一、乡村的独立与乡村文学的独特性

乡村是一个与城市相对立的空间和心理区域,其文化内涵也因为长期的相对封闭而对城市文化保持着疏离的状态。

乡村的形成过程是乡村独立性形成的过程。在一定的时间和空间范围内,乡村是由游牧之民建立起来的,"游牧之世,民随水草迁徙,土著绝少。至神农

---

① 胡平生,陈美兰译注:《礼记·孝经》,北京:中华书局,2007年版,第809页。

氏时,民始知播殖五谷,则行国变为居国。"①从居无定所到择地定居,是乡村形成的过程,选择可以播种五谷的地方建立自己的家园。稳定家园的建立对于氏族部落为主体的乡村来说,具有开创新的乡村发展历史的重要作用。氏族或者部落内部的社会分工逐步形成,生产水平不断提高,一部分人可以从农业生产中独立出来,专门从事乡村社会建设和文化建设,推动乡村内部的文化结构形成。这对文学的产生和发展也起到重要的推动作用。

乡村的独立也把乡村与城市区分开来。乡村独立选择的是适合于农业文明发展的地域,远离城市,具有内部结构的封闭性和外在空间的开放性。这种形势的发展,使得乡村有别于统治者选择的都城、国都。统治者选择带有围墙的地方,"惟王建国,辨方正位,体过经野。"②先王建立国都,确定宗庙、朝廷所在的方向,按照主次分为国都和郊野,把乡村隔离到国都、都城之外,成为一个远离统治者的特殊区域。远离既是一种被边缘化,但同时也是一种保存乡村文化独立性的智慧。

乡村的独立和稳定形成了乡村文化的独立性,也因为乡村文化生活的相对封闭才形成了乡村文化的地域差异性。乡村文化的独立性体现在不同的乡村有着各自不同的文化形式和风格。乡村的独立性是乡村形成过程中自然保留的一种存在特性。从古到今,随着朝代更迭、社会行政区划不断变化,乡村的社会结构和归属也发生了很多变化。但是,乡村的语言交流、生活起居的习惯、人际交流的方式,仍然有着很多的传递性和相对独立性,亘古亘今。例如,不同地方方言的保留与长期延续发展,一直成为缩小乡村个体情感距离的重要元素。

当然,乡村的独立性只能是相对的,而不是绝对的。在某一乡村形成和发展的历史过程中,由于战争、自然灾害等因素影响,乡村在血缘关系、生活习惯、乡风民俗等方面虽然保持着较大的稳定性,但是也会发生一些变迁、变异甚至重生。从文学领域来看,不同的地域有着不同的文学形式和风格。同时,乡村空间的独立性和乡村文化的独立性,使得不同地方的乡村形成不同的文化类型,也使得同一个地域的乡村在文化传递上呈现出明显的一致性。这就促成了乡村文学的空间地域维度的差别和古今时间维度上的趋同。

例如,《诗经》中收录了不同的国风,代表着不同地域的文学形式和风格。唐代诗歌中,北方诗人的作品豪放粗犷,南方诗人的作品笔触细腻精致。在叙事性文学作品中,冯梦龙的"三言"以吴地市井生活为主要书写对象,倾向于从民间伦理道德角度进行叙事刻画人物形象,风格婉约;而蒲松龄的《聊斋志异》

---

① 张亮采:《中国风俗史》,北京:中国书籍出版社,2015年版,第5页。
② 胡平生,陈美兰译注:《礼记·孝经》,北京:中华书局,2007年版,第2页。

以鲁地生活为主要书写对象,则偏重于表达对社会矛盾的揭示以及对人性善恶的书写,表现出的风格则是狂放直率的。两者书写内容与语言风格不同,体现着鲜明的地域文化色彩。

在乡村独立发展的过程中,形成了丰富的富有地域特色的乡村文学,文学界把它叫作乡土文学。严格地说,乡村文学和乡土文学在概念上还是有着很大区别的。乡土文学一般是相对于都市文学而言的。中国古代是没有乡土文学之说的,只是到了五四运动之后,乡土文学才开始在文学界被独立分类和进行研究。"在鲁迅这段有关'乡土文学'的论述中,隐含着创作者由故土到都市的流动性、'离土'后所产生的记忆和乡愁以及创作风格上的地域色彩等。"①中国乡土文学概念进入文学领域,也与对西方文学理论的借鉴和引入有关,"西方世界语境中的'乡土文学'被认为是城市化和工业化背景下怀旧的自然产物","中国学界常常借鉴的雷蒙德·威廉斯的《乡村与城市》中的理论和美国的乡土文学经验,认为'乡村'和'城市'是现代化进程中的社会问题,乡土文学是工业化、城市化的产物。"②当然,这种基于与现代工业文明相对立的乡土文学实际是一种狭义的乡土文学概念,如果把整个乡村文明进程中形成的文学看作乡土文学,才是广义的乡土文学,"广义的乡土文学能容纳与乡土乡情书写相关的各种文学形态,具有时代的贯穿性,可以前溯到早期农业文明时期的文学,具有人类普遍性,作为一种自在的文学状态一直存在。"③

乡村文学实际上应该指向广义的乡土文学概念。只要是与乡村区域生产、生活相关的文学都应该纳入"乡土文学"范畴,"乡土文学,亦为农耕文明社会形态下的'区域文学'。"④在中国文学发展历程中,形成的乡土文学形式包含诗词、散文、小说、传奇故事等。在这里我们专门论述乡土文学中的叙事性文学的主题类型及其生成的社会文化背景,我们把这种乡土文学称之为"乡村叙事"。

乡村叙事的独特性在于,它以乡村社会为观照视域,以描写乡村特色的生产、生活场景、文化状态和人物命运为主要内容,这既是对非工业文明下的农耕文明中乡村文化的一种独立观照,也是区别于工业文明下都市文学的一种便捷的分类。在这种分类基础上,乡村叙事的批评集中在以乡村文化为独立观照视点,便于凝练乡村叙事的主题价值和发展向度,为乡村叙事建立一个独立的文学批评理论体系。

---

① 郭俊超:《"乡土文学":概念的理论想象与形构——以台湾二十世纪三十年代乡土文学论争为中心》,《北京社会科学》2017 年第 8 期。
②③ 魏策策:《中国乡土文学的发生与百年流变》,《文艺理论研究》2019 年第 6 期。
④ 丁帆:《中国乡土文学的过去、现在和未来》,《名作欣赏》2014 年第 1 期。

二、乡村文学的本真性和独特性

乡村文学是与乡村生活、生产紧密结合的一种文学样式。中国自古是一个农业文明占据主导地位的国度,在这种农业文明发展过程中,生产劳动、生活习惯促使乡村形成了独特的思维方式。比如,亲近自然、抱团发展、互帮互助、珍惜亲情、随遇而安,等等。这些思维方式支配着乡村按照血缘关系组成强大的团体力量对抗着自然界的困难和阻力,形成了中华民族坚强不屈、锐意进取的精神和意志,也培养了中华民族善于克服困难、应对自然灾害和抵御外来侵略力量的抗争精神,更培养了乡村民间以亲情为主的紧密连接的文化心理结构,形成淳朴的乡村风俗和风气,成为乡村文化的重要精神内涵。

不论是从文学书写的内容角度,还是从文学书写的风格角度来说,乡村文学都有鲜明的本真性。乡村生活亲近自然的淳朴性和乡村文化心理结构的紧密性,影响着乡村文学的构建和发展价值取向。自然淳朴的乡村生活成为乡村文学书写的重要内容,也影响着乡村文学朴实自然的风格形成。这也就形成了乡村文学的本真性特征。

从乡村文学书写的内容角度来分析,乡村文学的本真性主要体现在把自然的生活现实写入文学之中,生活即是文学,文学也是生活,生活是文学的直接源泉,文学是对生活的真实再现。

乡村文学书写的内容是从生产劳动和生活真实的故事、人物开始的。远古歌谣大多是回放真实的劳动生产和生活场景,《弹歌》《击壤歌》都是先秦时期的劳动歌谣,是对先秦时期劳动生活的真实描写。汉乐府诗《陌上桑》书写罗敷采桑养蚕、婉拒权贵非礼请求,具有浓郁的乡村生活气息;陶渊明的田园诗书写的就是其在乡村的真实生活场景,"带月荷锄归"的诗情画意来自生活本身;李绅的《锄禾》、白居易的《杜陵叟》、杜甫的《自京赴奉先咏怀五百字》,都是对乡村不同生活场景的真实描写。唐诗中的生产劳动和生活场景比较明显,有论者认为,唐代诗歌所描写的乡村生活场景呈现为五个方面的主题:一是男耕女织、分工明确,二是犁耕火耕、靠天吃饭,三是占卜祭祀、娱乐消遣,四是畏官尚客、重情重义,五是田家服饰质朴实用。[①] 实际上涵盖了乡村生活和乡村生产两个领域的主题,强调了乡村文学的特点在于以写真实的乡村生活场景和情感为主要内容。

乡村文学的本真性来源于乡村文化的本真性和作家心灵追求的本真。无论是古代还是现代,作家所描写的乡村生活其实都是为自己心灵寻找一种平静

---

① 熊梅:《唐诗中的乡村生活》,《今古农业》2006年第2期。

乡村世界的独立性与乡村文学的独特性 第一章

的寄托。在古代虽然工业文明与农耕文明对立性不明显,但是乡村与官场却形成了明显的对比。知识分子在官场追求自己的人生理想难以酬志的时候,心灵受到了伤害,需要逃离官场寻找一个适宜心灵的环境,这在生活领域相对简单的古代,乡村成为知识分子心仪的去处。"苏东坡在思想上摆脱了束缚自己的官场、官阶刑具,对尔后的升降、起贬概不在乎,乃将才智全面投向文场,辟就'平生功业'的新天地。"① 而陶渊明在官场的失意使他走向乡村,造就了很高的文学成就和人生魅力,"最能够表现陶渊明理想人格的'自然'境界的无疑是《归园田居》(其一)这首著名诗篇。"②

举张衡的《归田赋》分析:

> 游都邑以永久,无明略以佐时。徒临川以羡鱼,俟河清乎未期。感蔡子之慷慨,从唐生以决疑。谅天道之微昧,追渔父以同嬉。超埃尘以遐逝,与世事乎长辞。

开篇就写自己功业难成,所谓"感蔡子之慷慨,从唐生以决疑",是用《史记》中蔡泽与唐举的典故来书写自己官场失意,壮志难酬,于是心生归隐之意,心里追求那种与世无争的乡村生活。作者把乡村世界作为自己人生失意之后的栖息地,并把这种朴实纯真的乡村生活写得充满自由和平静:

> 于是仲春令月,时和气清;原隰郁茂,百草滋荣。王雎鼓翼,鸧鹒哀鸣;交颈颉颃,关关嘤嘤。于焉逍遥,聊以娱情。
>
> 尔乃龙吟方泽,虎啸山丘。仰飞纤缴,俯钓长流。触矢而毙,贪饵吞钩。落云间之逸禽,悬渊沉之魦鳝。

这里草长莺飞,愉悦视听,心情从不平回归到了平静,重新回到先贤风范,忘却现实生活中的荣辱得失:"苟纵心于物外,安知荣辱之所如?"在纯真朴实的乡村生活中感受到心灵的惬意。

当然,真实的乡村生产劳动场景和生活现实进入文学之中,乡村文学将读者带到真实的生活之中,让其感受到乡村生活的丰富多彩,也感受到乡村生存的艰难和坚韧,充实了乡村文学的内涵,也深化了乡村文学的主题意义。更让读者从虚在的文字走向实在的现实,文学观照生活真实的本真特征得到了

---

① 余彦文:《从苏东坡黄州诗词文赋看其人品风范在逆境中的修为》,《黄冈职业技术学院学报》2020 年第 3 期。
② 荀小泉:《陶渊明理想人格教育思想研究》,《九江学院学报(社会科学版)》2021 年第 1 期。

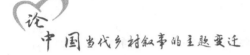

突显。

从文学风格角度来说,乡村文学在长期的自我形成与文人坚守之下,形成语言生活化、叙事精炼化、情感直率化的独特风格,有别于都市文学追求物质享受和感官效应的美学风格,也有别于才子佳人式钟情风月的主题风格。

乡村文学的语言来源于生活本身,是鲜活的生活语言在文学中的直接移植,呈现出原生态的文学语言风格。这对乡村文学追求本真性美学效应有着重要的支撑作用。以白居易的《杜陵叟》为例:

杜陵叟,杜陵居,岁种薄田一顷余。三月无雨旱风起,麦苗不秀多黄死。九月降霜秋早寒,禾穗未熟皆青乾。长吏明知不申破,急敛暴征求考课。典桑卖地纳官租,明年衣食将何如?剥我身上帛,夺我口中粟。虐人害物即豺狼,何必钩爪锯牙食人肉?不知何人奏皇帝,帝心恻隐知人弊。白麻纸上书德音,京畿尽放今年税。昨日里胥方到门,手持敕牒榜乡村。十家租税九家毕,虚受吾君蠲免恩。

这里运用诗歌的形式叙述了一个农村老翁一年艰辛的生活和对繁重的苛捐杂税抵制不满的情感,叙事的视角是农夫,是一个乡村老叟,作为长期生活在乡村的老叟,其语言不可能书面化、诗意化,更多的是朴素的诉说和直率的嘲讽。

诗歌中的语言充满乡村气息,富有乡土之美。"薄田""黄死""青乾"都是生活口语,富有色彩美,更重要的是流露出农民对庄稼不能正常生长、遭遇灾害的心痛之感。虽然说得轻松,实际在轻松之中寄托着沉重的伤感,这正是农村生活真实语言的魅力所在。"急敛暴征""剥我身上帛,夺我口中粟""豺狼""钩爪锯牙"都是农民用以描写酷吏的词语,充满了痛恨之情,非常本真。"恻隐""德音""蠲免恩"则是仿照官吏口吻来说的口头语,充满讽刺意味,很有乡村文学的独特风格。

乡村文学以叙事为主要表达方式。乡村生活的淳朴、富有趣味性,给文学书写带来了写作的动力。呈现乡村生活的真实性,在故事和生活事件之中融入朴素的道德伦理评判,成为乡村叙事的基本风格。乡村文学书写内容的真实性,恰恰为乡村文学注入了鲜活的审美情趣,也为乡村叙事提供了便捷的内容和形式。如果从乡村文学生成的背景来分析,乡村文学以叙事为主的写作特征,也与长期以来乡村文化处于低位有关,带有严格的韵律格式要求的文学作品不利于在被乡村所传诵,也不符合乡村通俗直白的语言表达习惯。

三、乡村叙事的范畴和内容

乡村叙事是以乡村为叙事背景,以乡村生产生活和民风民俗以及乡村遭遇到的变迁事故为内容,以知识分子代言的形式,书写乡村社会的生存状态和心灵期待。中国叙事文学主要是源于乡村叙事,在古代,乡村叙事成为文学书写的主要内容。即使是在诗歌中,也有很多叙事的内容,为后来叙事诗的写作提供了主题借鉴和表现方法的参照。

《诗经》中有很多以叙事为主题内容的诗作。例如《七月流火》,以叙事为主,在叙事中写景抒情,形象鲜明,诗意浓郁。通过诗中人物娓娓动听的叙述,高度概括地描绘了不同季节、不同形式的劳动场面、生活场景和人物形象,虽然是一首以"志之所之"的诗歌,却呈现出叙事的内容。《诗经》的表现手法有赋、比、兴三种,这首诗正是采用赋体,"敷陈其事""随物赋形",反映了生活的真实。又如《氓》(《诗经·国风·卫风》),叙述氓向女子求婚、结婚、弃婚的过程,其中还不乏逼真的细节描写,有情节、有人物形象、有细节描写、有心理表露,这些都是叙事手法的标志。

在诗经时代,诗歌中的叙事内容涉及三个方面:一是描绘乡村的自然风光和生产场景,例如《芣苢》写出真实的劳动场景,《桃夭》中所写的自然美景色彩鲜明、形象逼真。二是抒发对乡村苦难生活诉说以及造成这种苦难生活的社会等级差别的控诉之情,例如《硕鼠》。三是抒写乡村美好的爱情和纯真的人性之美,例如《静女》书写的是情真意切的爱情故事,而《氓》所叙述的则是一出爱情悲剧。

《诗经》中乡村叙事确立的主题,在后来的文学发展历史中逐渐得以认同,形成了相对稳定的几种乡村叙事主题类别。也许可以说,中国乡村叙事的主题确立起源于诗经时代。

当然,中国古代早期文学作品以"言志"和抒情为主要价值,并不追求叙事,叙事只是抒情言志的依托。那些情节完整、篇幅大、叙事特征凸显的文学作品大多是在民间生成并口耳相传,这些作品往往体现的是民间的审美价值和道德尺度。

乡村叙事的内涵如何界定?笔者认为,对乡村叙事应该从三个方面进行界定:一是叙事的内容是在乡村这个区域内发生的,不是在乡村之外发生的;二是叙事的风格和语言风格,都带有鲜明的乡村特色,是乡村熟悉的语言和叙事风格,带有鲜明的民间性、口语化、原生态色彩;三是叙事者是站在乡村人的角度审视乡村的,而不是站在知识分子或者其他人的视角。

诗经时代到唐代之间,很少有乡村叙事,因为在知识进入生产要素和社会管理层面之后,知识分子关注的已经不是乡村,往往是城市范围内的政治、经济、人情世故和风俗变迁。汉代之后,文学关注的往往是统治阶级的升降起落,而不是老百姓的生活与生存。修身、齐家、治国、平天下,这是知识分子一直想

尽办法追求的人生道路,但同时也使得知识分子创作的文学作品远离了乡村风情的叙事和乡村叙事的本真情怀。到了元代,知识分子底层化,话本文学重新钟情乡村故事,明代小说叙述也开始逐步增加了乡村故事,直至五四新文化运动,大量的文学作品开始书写乡村生活,发挥文学对乡村的启蒙作用,乡土文学开始形成。

四、乡村叙事形成的文化记忆

乡村记忆是中国文学最为看重的文化记忆。乡村发展进程中形成了自身的文化话语体系,乡村叙事既是乡村文化的一种形式,也为乡村文化提供了记忆的空间和审美的形式。乡村叙事成为乡村文化的一种特殊的记忆产品。古诗中的乡村,已经成为中华文化的一部分。乡村生活、乡村美景,成为诗歌书写的内容,"小荷才露尖尖角,早有蜻蜓立上头""千山鸟飞绝,万径人踪灭"是对乡村不同景色的描写;"采莲南塘秋,莲花过人头""晨兴理荒秽,戴月荷锄归"是写农村劳动生活的乐趣;"莫道农家腊酒浑,丰年留客足鸡豚""最喜小儿无赖,溪头卧剥莲蓬"是讴歌乡村内在品性的诗句,"开轩面场圃,把酒话桑麻""户庭无尘杂,虚室有余闲"则是对乡村日常生活的真实刻画。知识分子也有通过诗歌抒发远离官场、归隐田园的人生追求和超然心态,也有表达思念家乡、感时伤怀的悲痛心情,以及愤世嫉俗的感慨。

纵观乡村叙事,以书写的内容和主题来分类,可以分为乡村自然美景文化、乡村风俗风情文化、乡村生产发展文化、乡村心灵感悟文化。

(一)对乡村自然美景的文化记忆

乡村自然美景一直是知识分子心仪的景色,也是文学书写的重要内容。乡村美景属于自然景色,在文学中具有寄托情感和思想的作用,"遵四时以叹逝,瞻万物而思纷。悲落叶于劲秋,喜柔条于芳春,心懔懔以怀霜,志眇眇而临云。咏世德之骏烈,诵先人之清芬"[①],正是对乡村讴歌自然美景的概括。

乡村美景的最大特点在于原真性,是大自然赐予人类的物质财富和精神寄托。然而,中国文学中的乡村美景则是经过作家精神化了的景色,所谓一切景语皆情语,实际更多地指向了自然美景经过心理感受过的景色,不再是原真性的自然景色。

刘勰认为自然景物对人有着感染启发作用,作家凭借自然景物有所感受,

---

① 陆机:《文赋》,转引自郭绍虞主编《中国历代文论选:一卷本》,上海:上海古籍出版社,2001年版,第66页。

"物色之动,心亦摇焉","写气图貌,既随物以婉转,属采附声,亦与心而徘徊。"①认为外在景物的描写有利于对人的情感启发。这是传统的"文源于物"的观点,黄侃说:"诗人感物,连类不穷者,明三百篇写景之辞所以广也。"②人的心情是与外在景物密切关联的,受到外物的影响而情随事迁,自然就会诉诸笔。明代蔡羽所说的"辞无因,因乎情,情无异,感于遇。"③也是肯定了情感的产生源于外物的作用。当然,也有论者认为,受到宗法文化的影响,形成了"内重外轻"的思维取向和"以心为贵"的价值取向模式,呈现在文学中以写内在的精神为主,"或因为'内重外轻'的思维方式使作家表现了心灵意蕴而不自觉,或引文'以心为贵'的价值观念使人们自觉地追求心灵表现,以图使文学作品具有更高的价值品味。"④在这种以写内心感悟之"道"为主要表现特点的文学之中,自然景物的描写不再是复制现实生活中的自然景物,而是在自然景物之上进行了精神化的选择和处理。

陶渊明是钟情于乡村自然美景的典型知识分子,他在"庄老告退,山水方兴"的魏晋时代,在对自然美景欣赏之中感受到乡村真实的自然之美,这在他的《桃花源记》中写得非常真切:"忽逢桃花林,夹岸数百步,中无杂树,芳草鲜美,落英缤纷",落英是带着伤感的自然美景,更是一种纯真的自然美景。但是,"'豁然开朗'的,当然不仅仅是出乎意外的景物见闻,还有超乎想象的人生体验","对于武陵渔人来说,桃花源世界虽然是在他生活的现实世界之'外'的世界,但他毕竟亲身见闻并且体验了桃花源世界,因此这是一个真实的世界。但同时,由于只有他一个人见闻、体验了桃花源世界,而且他也只有一次机会看到、听到、体验到桃花源世界,因此这又是一个虚幻的世界——是他所'言说'的世界。"⑤陶渊明文学作品中的自然景物也已经赋予人的心理色彩了。

在文学中,乡村自然美景成为一种乡村文化记忆。作家把所在时代的价值观念、情感态度融入景物之中,成为一种特殊形式的文化记忆。有了这种文化记忆,乡村才能在知识分子心目中留下美好的向往之情。

《至小丘西小石潭记》(柳宗元)所描写的是乡村原始美景,在这里,远离尘俗和功利,自然景色成为唯一的主体,是乡村自然环境的一种精神性的特殊存

---

① 王志彬译注:《文心雕龙》,北京:中华书局,2012年版,第519-520页。
② 黄侃:《文心雕龙札记》,北京:中华书局,2016年版,第195页。
③ 蔡羽:《顾全州七诗序》,转引自祁志祥《中国古代文学理论》,上海:华东师范大学出版社,2019年版,第39页。
④ 祁志祥:《中国古代文学理论》,上海:华东师范大学出版社,2019年版,第18页。
⑤ 郭英德:《"绝境"原来是"梦境"——读陶渊明〈桃花源记〉随感》,《文史知识》2020年第8期。

在,它与以人为中心的乡村生活环境形成互相照应。《聊斋志异》中的自然景色是充满神奇色彩的虚构化的自然景色,例如《婴宁》中写的乡村独立于世,花草盈道的优美,与荒山坟茔的凄凉交织融合,实在是一种与众不同的景色。

文学发展到现代,对乡村的美景书写以沈从文、十七年农村题材小说中的歌颂农村土地改革和合作化建设内容的小说最为突出。沈从文对乡村的美景书写属于唯美主义,十七年农村题材小说中的乡村美景书写属于主题化寓意的书写,两者都写乡村景色,但写作目的不同。沈从文笔下的湘西美景是自然和谐而又古朴浑厚的,充满着原始自然风情,给人以清新心仪的自由、自然之美;而十七年农村题材小说中的自然美景则是生机勃勃、山河壮丽的自然美景,用乡村美景衬托乡村社会变革和发展生产的社会使命感。

而到了新时期之后,随着社会城镇化进程的推动,社会结构发生巨大变化给乡村带来了一种不适应感,作家笔下的乡村美景不再是原始的、充满活力和自然、自由之感的景色了,转而成为一种遭受破坏的乡村景色,带有很强的悲剧色彩。

(二)对乡村风俗风情的文化记忆

很多书写乡村生活的文学都会涉及乡村风俗风情,文学通过描写乡村的风俗习惯,可以揭示乡村世界的精神风貌和价值追求,以及乡村在社会发展过程中的现实状态。陶渊明在《桃花源记》中写到桃花源中淳朴的接人待客的风俗:"设酒杀鸡作食",这种符合中国传统礼仪的待人接物的方式,足以展示桃花源生活的安定祥和,以及这里长期处于相对封闭的生活状况。当然,作者在这种理想的生活场景的想象之中,也暗含了自己对现实生活的不满和心理的孤独与失落。

知识分子在文学中需要寻找的是心灵的安慰,这种安慰不仅仅需要自然美景的濡染,更需要人情世故的关心和体贴。乡村是一个相对封闭的世界,长期形成的乡村风俗风情具有纯真性,民风的淳朴、人际关系的单纯,能够给孤独伤痛的心灵提供一个自由舒畅的空间,给从官场和城市逃离的知识分子以心灵的抚慰和温情的滋润。

在乡村叙事中所描写的乡村风俗民情,呈现出以善为美的特征。这些风俗既有待人接物的礼节,也有乡村自我娱乐的欢快,更有乡村人心灵的自我陶醉。《牛郎织女》是以书写民间自由生活为主题的民间故事,其塑造的牛郎形象,心地善良,勤劳朴实,织女也是心存真善,追求自由和平静的生活,人物形象背后折射的是老百姓长期坚守的善心和友好人性。牛郎织女的乡村生活更是一种男耕女织的田园生活,带有浓厚民间色彩的诗意生活。这种安居乐业、简朴而幸福的生活正是老百姓所追求的理想生活,充满着善和爱。沈从文《边城》《萧萧》中的人情世故则反映出远离战争和功名的乡村世界美好的人性和自然和谐的生活图景。

在乡村叙事中也有另一类变异的乡村风俗,比如,为了争夺农业资源而群斗械斗,甚至互相厮杀的现象。这些乡村生活现象的背后反映的是乡村生活对资源的一种紧密依赖,记忆着乡村发展历史中悲苦的一面,也是以文学警示世人追求善的价值,走向文明与和谐,文学的价值追求还是设定在对乡村善的追求上。王安忆的《小鲍庄》在道德批判的基础上,"呈现出对民族文化之根明辨是非善恶的非凡智慧","成为民族生存的一个缩影,呈现出古老文化的底蕴以及它同现代文明进程的冲突。"①

(三)对乡村生产发展的文化记忆

生产是人类获取生活资料和延续生命的根本活动,没有生产就没有人类的发展和延续。在古代,农耕生产是生产的主体,农耕生产的劳动场景、劳动的快乐以及获得劳动果实的喜悦之情,在很多文学作品中都有描写和叙述。

在古代诗歌中,这种生产情境是常见的。《陌上桑》写罗敷采桑养蚕时以劳动为快乐的事情,营造了浓郁的乡村生产氛围。陶渊明的田园诗中的耕田、除草、收割,是知识分子对乡村生产劳动的热爱和亲近,带有很强的普遍性。范成大的乡村叙事诗选择一些富有情趣的特殊生产场景进行书写,《四时田园杂兴》选择了普通的耕田插秧的农村生产场景的同时,突出了"童孙未解供耕织"的有趣场面,在这种充满童趣的生产场景背后的那种心酸和伤痛更加富有深意了。

到了现代,十七年农村题材小说、新时期反思文学、改革文学,以及 21 世纪以来的新乡土文学,都有大量的农事生活场景的描绘,文学为读者展示了乡村生产劳动的热烈与自豪、艰辛与伤痛,对深化文学主题、丰富文学形象起到重要的支撑作用。

乡村生产现实和发展历程,成为乡村文化的重要内容,而乡村叙事恰恰是通过对乡村生产现实场景的书写、对乡村生产发展历程的勾勒,来承担乡村文化的记忆任务。乡村生产是乡村生活的基本形式,乡村生产能够集中反映中华民族在长期与自然进行抗争、融合中形成和表现出来的智慧,也展示出乡村人为了生存而艰辛劳动的沧桑之感。当然,文学中的生产劳动书写也是为表现主题服务的,并不仅仅为了生产劳动本身来去写生产场景。即使是在现代,"农民也开始成为国家的主人,在追求温饱的基础上,富贵与精神的享受也开始提上了日程。此时的内心不再是无欲无求,再加上商品经济全球化的冲击,不管是

---

① 郑斯扬:《〈小鲍庄〉中的道德景观》,《学术评论》2015 年第 2 期。

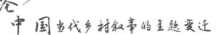

生存的手段还是生活的本心,都不再保持原始的单纯。因此无法在后期作品中全面呈现原始的田园牧歌。"①

(四)对乡村心灵感悟的文化记忆

乡村叙事是乡村心灵感悟(心理)的写真,从乡村叙事中能够找到乡村心理深处的文化记忆。乡村既能给人带来清新淳朴、自然淡然的心灵感悟,也能书写受伤心灵的皈依思念之情,更能从历史发展的时空视角体味乡村自身发展过程中的心理状态。乡村叙事成为乡村文化记忆的一个重要标志。

柳宗元的《捕蛇者说》是叙述劳动人民在苛政重税压榨之下的艰难生活,以及他们内心复杂无奈的伤痛之情,书写了一个旁观者对乡村心理的体味和描绘。

乡村的心理生成既有乡村自身发展的因素,也有外来利益争夺和权力争斗的干预,乡村自身发展的因素多呈现为人与自然的对立和融合。《愚公移山》书写的愚公精神正是乡村在与自然相处过程中的一种意志表达,也反映了劳动人民在生产生活过程中的智慧形成。《卖炭翁》《石壕吏》则是从外来干预的角度书写乡村遭受的侵蚀和悲惨境遇,既继承了《诗经》时代的批判性叙事的传统主题价值,也为现代苦难叙事提供了主题样式。

无论是古代乡村叙事还是现代乡村叙事,叙事的目的其实都很少停留在对乡村世界现状的观照上,更多的是通过乡村叙事来记忆乡村内心的发展历程和心灵轨迹。这在汪曾祺的《受戒》和《大淖记事》中表现得很明显。例如《大淖记事》中书写乡村的贸易生活:

大淖指的是这片水,也指水边的陆地。这里是城区和乡下的交界处。从轮船公司往南,穿过一条深巷,就是北门外东大街了。坐在大淖的水边,可以听到远远地一阵一阵朦朦胧胧的市声,但是这里的一切和街里不一样。这里没有一家店铺。这里的颜色、声音、气味和街里不一样。这里的人也不一样。他们的生活,他们的风俗,他们的是非标准、伦理道德观念和街里的穿长衣念过"子曰"的人完全不同。

这是一段叙述性语言,描写乡村的自由贸易情景,歌颂了乡村小镇人民相互信任的淳朴和真诚。这里的风俗、是非标准、伦理道德观念和上流社会是不一样的,他们不需要"吾日三省吾身",也不需要整天"子曰",世世代代心口相传的遵守信用、互相帮助、和谐相处,已经浸染到心灵深处,成为一种道德自觉,并化为美好的心灵。显然,作者在这里对乡村表露的感情是赞颂、欣赏与自豪。

---

① 王琦:《文学文本与乡村文化记忆——人类学视域下的民国乡土小说研究》,兰州大学博士论文,2018年。

乡村世界的独立性与乡村文学的独特性 第一章

第二节 乡村叙事的主题和审美取向

中国文学重视主题对内容的统摄,文以载道、文以明道,是中国文章学的基本理论,也是中国文学生成发展和获得生命力的重要元素。乡村叙事在自身的发展探索之中,遵循文以载道、文以明道的写作宗旨,形成了相对稳定的主题类型,这些主题的形成对乡村叙事的延续和发展起到重要的支撑作用。同时,乡村叙事主题的确定也为乡村叙事审美确定了方向和方法。

一、书写乡村原始美景,陶冶情操

古代知识分子笔下的乡村是自然纯真的,崇尚自然是知识分子的心性修养,把自己融入大自然之中,消解心理深处的孤独和悲伤,陶冶平淡雅趣的情操,是文人的一种人生境界追求。而知识分子追求的人生境界常常体现为清心寡欲、回归自然,超越现实功名和物质利益的诱惑,这是一种具有原始美感的境界。因此,在古代乡村叙事的作品中,自然美景成为作家书写的首选内容。无论是诗歌中的乡村景色还是散文中的乡村美景,都被作家描绘成为自然纯真的原始之美。

柳宗元的诗文中把乡村自然中的草木、土地、山峦,写得很朴实,很真实,具有原始之美。以《永州八记》为例:

自渴西南行不能百步,得石渠,民桥其上。有泉幽幽然,其鸣乍大乍细。渠之广或咫尺,或倍尺,其长可十许步。其流抵大石,伏出其下。逾石而往,有石泓,昌蒲被之,青鲜环周。又折西行,旁陷岩石下,北堕小潭。潭幅员减百尺,清深多倏鱼。又北曲行纡余,睨若无穷,然卒入于渴。其侧皆诡石、怪木、奇卉、美箭,可列坐而庥焉。风摇其巅,韵动崖谷。视之既静,其听始远。

这里石渠的声音"乍大乍细",很不符合音乐节奏和韵律之美,石泓、昌蒲、小鱼都是乡土本色的生物,更有一些令人感到诧异的景色。"诡石、怪木、奇卉、美箭",各种景色总是显示出稀奇少见的特征,与所谓的"大雅"不是一类美感。但是,"柳宗元与永州山水的相遇,碰撞出了中国文学史上最为炫目的诗文火花。"[①]"自然之景在改造之后,更成为与文人心理结构异质同构的空间。"[②]正是

---

① 刘城:《〈永州八记〉中的不遇之景与谪弃之臣》,《语文建设》2020 年第 5 期。
② 陈佳妮:《拯救与建构——论柳宗元〈永州八记〉的造境》,《兰州大学学报(社会科学版)》2009 年第 S1 期。

· 13 ·

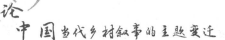

这些很少见到的景色才是乡村自身的美景,才具有乡村美景的原始美感。南帆评价《聊斋志异》的写景时说:"《聊斋志异》之中那些花妖狐魅时常出没于荒郊野岭的废弃院落,或者往来于古墓坟茔。无论是野性、神秘还是魔幻,这些性质或明或暗地源于原始主义——原始主义始终是乡村隐含的某种文化含义。乡村的荒凉、偏僻、人迹罕至显然有助于造就各种惊悚的情节。"①

在古代,城市空间是很小的,乡村人口也不是很多,乡村中的自然美景保留得很完整,也很原始质朴。知识分子在外出踏青赏景时所看到的多是原始的自然美景,把它们写进自己的文章之中,形成了质朴无华的原始美感。蒲松龄《婴宁》中的乡村美景是"乱山合沓,空翠爽肌,寂无人行,止有鸟道。遥望谷底,丛花乱树中,隐隐有小里落"②,充满空灵幽静之意蕴;《成仙》中的乡村景色是"时十月中,山花满路,不类初冬。"③而作家在这种对质朴无华美景的书写和赞同之中,也借以陶冶了自己的情操,舒展了自己的心性。回归自然,是中国知识分子的一种诗性表达,也是一种人生理想的追求。

文学是对人性的书写,追求自由、摆脱束缚是人性的基本特征,因此,文学需要为人性寻找一个自由恬淡的空间。而中国知识分子的人生追求是建功立业,需要远离家乡,劳心劳力,有时候还会陷入权力和利益争夺的漩涡,身心疲惫,心灵遭受长期的劳役,需要进行心理调整和修复,而最佳的选择是没有功利依附的自然景物。

当然,写景的真实目的不在于写景,景物是另一种心境的寄托。叙事文学中的写景,是作家寻找情感寄托的一种特殊方式。古代文人叙事空间多集中在乡村之外,乡村景色在文学中的书写相对很少,"乡村描写本来就属于缺失故事之处","在小说中乡村描写以此显得力不从心。"④

乡村叙事发展到现当代,书写乡村美景已经成为远离乡村的城市人对乡村的一种心灵回归。知识分子在离开乡村走向城市之后,物质生活的满足已经不再是整个人生理想的满足,在城市的心灵感受到寂寞孤独之后,需要重新寻找新的心灵栖息地,在内心深处产生了对乡村的记忆和皈依之感。于是对乡村美景的回忆已经非常迫切,便在文学中书写了乡村美景,找回心灵的自由和舒畅。

---

① 南帆:《文学的乡村:双重主题、知识分子及其叙事焦虑(上)》,《扬子江评论》2018年第4期。
② (清)蒲松龄:《聊斋志异》,合肥:黄山书社,1994年版,第25页。
③ (清)蒲松龄:《聊斋志异》,合肥:黄山书社,1994年版,第28页。
④ 许中荣:《明清小说"乡村描写"研究——以名著为中心》,山东师范大学博士论文,2014年。

《艳阳天》中的乡村景色是：

> 河床的形状已经在山沟、平地出现了。高山被劈开，棱坎被削平，沟谷被填满，河床直冲过来，伸进山前边的平原上。在这绿色的世界里，它像一条黄色的巨龙，摇头摆尾地游动着，显得特别的精神。①

> 这个地方属于燕山山脉，山势不很险峻，除了正北边远一点的新春山，差不多全是低矮、光秃的山头。一个小山连着一个小山，从西面伸延过来，有朝南拐了个小弯，然后再朝正东展去。东山坞就偎在这个小弯子里，村后是山，村前是望不到边的大平原……如今，除了道路和土坎子，全让麦子占领了；夜间看不清麦子的黄绿颜色，整个看去是一片墨黑色，月光之下，倒显出一幅特别诱人的神奇景象。②

这是二十世纪五十年代初期燕赵故地的乡村景色，山河雄壮，大地广阔，充满气势，富有力量。在富有原始色彩和味道的高山大地、江河川原之上，释放出来的是豪壮的精神气势和战胜困难的勇气力量。这种景色实际已经烙上了作家浩然离开乡村多年之后的心理记忆色彩，带有知识分子对乡村美好生活的向往之情。

乡村叙事发展到现当代，所描绘的景物的特征和意义也发生了变化。古代文学中的乡村自然景色，多呈现为自然美景、山清水秀、炊烟缕缕、鸟鸣兽走，诗意浓郁。不仅仅《永州八记》中的乡村景色是山清水秀、小径曲曲折折，优雅静谧，就是《水浒传》中的水泊梁山也是清新秀美的乡村自然之景。即使是写乡村遭遇战乱、灾难，也只是从人的生活状态和乡村物质破坏角度书写，很少把乡村自然之景写得很破败萧条。但到了现代，乡村叙事中的景色描写则表现成为多种形态和特征，既有乡村自然之美景，也有乡村人文化的景色，形成丰富多彩的文学美景图画，当然，也有乡村悲苦的生活现状的标志，"乡村开始具有复杂的含义。一方面，乡村可能是故乡，是乡愁萦绕的轴心，是衰老父母留守的家园，是正在遭受侵略者铁蹄践踏的肥沃土地；另一方面，乡村又意味着封闭、保守与蒙昧。"③

二、书写乡村淳朴的民风民俗，慰藉受伤的心灵

乡村民风民俗是乡村文化的重要组成部分，民风民俗进入文学对提升文学

---

① 浩然：《艳阳天》（一），北京：人民文学出版社，2019年版，第5页。
② 浩然：《艳阳天》（一），北京：人民文学出版社，2019年版，第23页。
③ 南帆：《中国当代文学史的乡村形象谱系》，《文艺研究》2019年第6期。

的美感起到重要作用,也增强了文学主题的厚重感。

乡村只是生活的一个场域,民风民俗才是这个场域中激发和增长生命力的关键要素。民风折射的是乡村长期发展过程中形成的价值追求,民俗是维系乡村社会结构的精神力量。因而,在中国乡村叙事中,书写民风民俗成为不可忽视的内容和表达智慧。

《桃花源记》中所写到的远离尘俗的淳朴民风是值得令人向往的,当捕鱼人进入桃花源中之后,得到了这里人的热情招待,"余人各复延至其家,皆出酒食",这种热情好客的民风也是知识分子认同的,更是老百姓在日常生活过程中形成的一种精神价值,流淌在民族的血液中成为民族的精神力量。

《大淖记事》中书写的小和尚、小英子以及小英子的家人,他们在面对世俗与佛界的交融对立、教义信条与日常饮食玩乐之间的对立,并没有严格的道德评价,而是充满民风民俗的淡然和心理认同,这种心理认同是对立足于民间的民风民俗的一种轻松欣赏,给读者带来一种清晰淳朴的人性之美。

为什么在中国乡村叙事中,民风民俗会得到作家的钟情?从文学的角度来说,乡村民风民俗是叙事的内容之一;从社会结构稳定和发展角度来说,民风民俗是维系乡村社会结构稳定的精神力量,需要文学去书写;从作家的心理特征来分析,则是知识分子对乡村社会文化的一种外视化的认同。中国古代知识分子追求的是学而优则仕,是在官场上建立功业,实现自己的家国理想,更能为自己的家族增添光彩。当知识分子在官场失意或者产生倦怠之感时,只能逃离官场回到乡村,感悟乡村民风民俗的自然纯真之美,以求慰藉自己的心灵,实现了心灵所在场域的转换的同时,也实现了人生价值观念的转换。

在乡村叙事中描写民风民俗是一种叙事的策略。民风民俗本身就隐含着历史故事、乡村发展故事和乡村社会结构的基本状态。因此,民风民俗的描写不是仅仅停留在风俗自身之上,更多的是用民风民俗代替一种故事情节来渲染叙事的氛围,隐含叙事的主题价值。"作为现实生活的对象化,文学文本中所展示的法术、法宝、神力和神技的用途,呈现为解决现实重大问题的具体功能,不再是诸如源自佛经、道教等一般性斗法的机巧变化之术。"[①]有些民俗内部蕴含着乡村的一种精神追求和寄托,比如,文学中描写的祭祀天地河神,是民间对于大自然的一种敬畏和崇拜;文学中书写乡村节日民俗既是对乡村现实生活的一种真实反映,也是对乡村美好生活祝愿的表达。

沈从文的小说中描写的湘西农村生活场域中的特殊风俗,湘西的吊脚楼,

---

① 王立,施燕妮:《"真假难辨"母题的文化整合意义与伦理价值》,《学习与探索》2017年第3期。

用唱歌来表达爱情和求婚意愿的传统,以及"走车路"的定情方式,还有庆祝节日的龙船活动,这些都真实地反映了湘西生活的情景和特色,具有鲜明的地方色彩。"民族风俗是民族个性的体现,是不同民族的文学互相区别的标志。"①而《艳阳天》这样的政治话语多于文学话语的作品,对乡村风俗的描写同样也很有特色。

三、回归乡村,寻找精神的家园

知识分子钟情于乡村美景、乡村风俗,很多情况下存在着醉翁之意不在酒的写作目的。借景抒情、借事怡情,是作家创作的潜在心理。在心灵承载不了外在的压力和内在的矛盾的时候,作家心理上渴望的是走向乡村,在乡村美景、乡村风俗习俗之中洗涤自己的心灵。作家回归乡村的过程,就是一种寻找精神家园的过程,也表达了文人对天地的崇敬之情,"'天人合一'不仅是中国古代哲学家追求的境界,也构成了中国山水文学的精神底蕴。"②

当然,乡村叙事其实只是知识分子置换心灵适应空间的一种设定,是知识分子重塑、调整自我心理状态、清洗心底杂质和伤痛的一种方式。"乡村在中国古代文学中作为与城市相对独立存在的生存空间,代表了宁静与超脱,与隐逸、江湖笑傲等精神取向密切关联,这在明清小说中表现得非常突出。"③陶渊明在自己的诗文中,很少书写具体的真实的"人"——农民,而大量的笔墨用于对乡村生活的叙事和景色的描写上。陶渊明处于"庄老告退,而山水方滋"的晋代,文人寄情山水、探寻人生意义成为一种风尚,自然要把目光投向乡村自然景色的描写上。书写乡村却没有写乡村的主人,这正是陶渊明写作的一种特殊心理,那是一种对精神家园的书写和自我心理调适。在陶渊明诗文中,乡村美景是绽放出自然美的景色,"方宅十余亩,草屋八九间;户庭无尘杂,虚室有余闲",这是一种抹去了所有功利观念的乡村生活,是一种平静无扰的精神家园,也正是在这种精神家园的建构过程中,陶渊明自我建构的宽广的胸怀、淡然的心境,透过语言文字表达出来了,并在作品中得到了升华。刘熙载评价说:"陶渊明为文不多,且若未尝经意。然其文不可以学而能,非文之难,有其胸次为难也。"④

然而,陶渊明的这种自我精神家园的建构和升华,却是知识分子自我设定

---

① 白松强:《沈从文小说的民俗描写特色》,《绵阳师范学院学报》2008 年第 7 期。
② 张清俐:《解读中国古代山水文学》,《中国社会科学报》2018 年 8 月 6 日第 2 版。
③ 许中荣:《明清小说乡村意象叙事艺术论略》,《广东技术师范学院学报》2014 年第 1 期。
④ (清)刘熙载撰:《艺概注稿》,袁津琥校注,北京:中华书局,2009 年版,第 91 页。

的一种精神理想,并没有与乡村中的人物和命运有着直接的关系。所以有论者说:"不关心动乱的社会现实,不关心广大下层人民的痛苦,是建安以后特别是东晋时期文学创作的一种普遍风气。"①由此,我们可以认为,古代乡村叙事中的乡村只是作家的一种精神家园的空间优选,而不是必选。这也使得乡村叙事中的乡村很多情况下只有乡村的形而少了乡村的魂。

在中国现代乡村叙事中,作家在很多情况下又把乡村作为一种集体意志和精神家园建构的选择,把乡村写成精神世界复杂、善恶对立明显的社会,在这种社会中,进行新的精神价值的塑造,提升乡村的社会价值,这成为现代乡村叙事的一种普遍现象。《山乡巨变》《创业史》《三里湾》在书写乡村社会变革过程中,突出了选择集体化道路的政治认同,《活着》《古船》在反思伤痛之中建构起一种带有哲学思辨的生命意义,《许茂和他的女儿们》《人生》则在书写对人性善恶的思考。在这些作品中,故事发生的空间背景都是在乡村,其实,在与不在乡村对主题设定的支撑价值没有太多的差别,放置到另一种空间背景也可以成功设定人物和故事。

---

① 王运熙:《汉魏六朝唐代文学论丛》,上海:上海古籍出版社,1981年版,第51页。

第二章 乡村叙事的情感变迁

乡村叙事是当代文学的一个重要主题,对乡村生活和生存状态的描写、对乡村文化的透视以及对农民心理的艺术体悟,成为当代文学中乡村书写的主要内容。在当代,文学在书写乡村生活的同时,体现出鲜明的情感观照,而这种情感观照,既有激情歌颂,也有痛苦诉说;既有对改革中乡村命运的悯恤,也有对新时期乡村发展现状的忧虑,这些,都寄寓着文学对乡村生存状态的浓厚情感,在当代文学中留下清晰的文化记忆。综观中国当代文学发展脉络,可以清晰地看到:文学中的乡村叙事始终铭刻着作家对乡村变迁过程中人物命运的人文关怀。

在乡村文化与乡村命运不断变化更迭的过程中,文学书写的主题和人物都与之紧密相随,从而使文学中的乡村书写在不同时期呈现出不同的价值取向和审美追求。而在这些价值取向和审美追求的过程中,文学对乡村的情感态度则成为乡村叙事的精神动力和价值起点。文学叙事的情感态度与主题设置是紧密相关的。主题实际是作家对生活和生活中的人的存在状态的一种感性体认,而文学体认是与情感分不开的。因为,从文艺理论角度来说,作品是作者情感的一种呈现形式,刘勰所说的"人禀七情,应物斯感,感物吟志,莫非自然"(《文心雕龙·明诗》)"情以物迁,辞以情发"(《文心雕龙物色》),陆机所说"情动于中而形于外",以及清代刘大櫆"化景语为情语"(《论文偶记》)王国维"一切景语皆情语"(《人间词话》)都在强调一个基本的文学理论:文学是作家情感的表达形式,文学的生成从一开始就离不开作家的情感。

综观中国当代乡村叙事中的情感变迁,可以相对地分为十七年乡村叙事畅想美好生活的欢歌情感、反思伤痛而又有美好想象的欢歌与伤痛杂糅情感、新世纪前后叹惋命运变迁的体恤与悲悯情感。不同时期的社会生活发展变化带来文学中的不同情感体验,构成了当代乡村叙事情感变迁的历史轨迹。

第一节 欢歌式畅想:十七年文学的乡村情结

新中国成立伊始,以革命斗争为主体形式的社会解放成为现实,打破旧社

会、建设了新社会,农民的社会地位发生了翻转性的变化,极大地鼓舞了作家对乡村美好未来的想象和创作激情,文学的目光聚焦在对革命斗争年代光辉历程的回忆和对新社会建设美好前景的畅想之上,书写乡村在土地改革和农业生产合作化运动中的政治事件和各式人物形象,成为这一时期文学的主要内容。"新中国成立以后,文学上升为国家意识形态,在写重大题材和塑造英雄人物的政治诉求中,'农村题材'成为与'革命历史题材'相并立的社会主义文学主导形态。"[1]在文学的想象中,乡村既是革命胜利的根源地,也是建设美好生活的理想之地,是一片孕育着幸福和欢乐的土地。这一带有革命历史自豪感和新生活建设幸福感的农村空间,通过作家的观察和想象,充满着轰轰烈烈的斗争,自由、富裕、幸福的生活,成为很多文学作品共同的书写亮点。

从主题角度来分析,大运动、大解放成为此时乡村叙事的主题选择,也是欢歌者的豪情所在。十七年文学作品的主题设定和选材体现出来的是一种从新民主主义革命到社会主义革命、从革命文学到建设文学过渡中的一种递进与衔接。从选材角度来说,既有对土地改革这一涉及全国范围的农村革命运动的书写,展示农民对新生活的热切向往;也有对新中国成立之初农村的思想、生产方式和生活状态变化的书写,以及对翻身农民激动喜悦心情的书写,以此来展示乡村对新生活的向往,歌颂作家以及新中国农民心中的幸福感、自豪感和崇高感。

赵树理的《登记》主要写翻身农民反对封建婚姻制度、冲破旧的婚姻观念、追求幸福生活的故事。艾艾和小晚、燕燕和小进这两对小情侣自由恋爱受到党的政策肯定和支持,也被当作了新社会青年男女追求幸福生活的模范婚姻。赵树理借婚姻自由这一主题来抒发新社会农民对未来美好生活的向往之情。自由幸福的婚姻生活是一个时代新生活的标志,"这也从一个角度反映了时代的变迁:婚姻自主固然还有重重困难,包办婚姻也已经不能大行其道了。"[2]周立波的《山乡巨变》则是叙述了农村合作社创办过程中的复杂形势和矛盾冲突,揭示了农村合作社等政策的正确性和历史发展的必然性,同时也揭示了农民心理性格的多重性,在欢歌之中启发读者深入思考农村合作社建设的路径设计和时代意义。

而柳青的《创业史》则在乡村情感设定上,主要表达翻身农民在合作化运动过程中的积极态度、奉献精神和喜悦之情,以及那些思想摇摆不定的"中间人

---

[1] 毕光明:《〈山乡巨变〉的乡村叙事及其文学价值》,《文艺理论与批评》2010 年第 5 期。

[2] 李卫华:《试析赵树理〈登记〉的叙事方式》,《文艺理论与批评》2010 年第 2 期。

物""落后分子"内心的情感变化,具有很强的政策宣传价值。以梁生宝为代表的翻身农民,走进声势浩大的合作化运动之中。在这光荣而艰难的过程中,梁生宝这些进步农民则是充满喜悦和信心,他们对农村生产变革、幸福生活建设和新的农村社会建设,都充满希望和必胜的信心,这种希望和信心从心底流传出来,转化为高昂的建设干劲,支撑和鼓舞着他们的行动。

作家正是在这喜悦和自信心的激励和促进下,把这篇小说的情感定位设定在歌颂合作化道路的正确性上。尽管当时的生活相当贫穷艰苦,但是翻身解放之后的农民却是充满信心和力量,充满希望和激情,满怀豪情地走在合作化道路上。不仅仅是思想进步的农民充满信心和豪情,就是任老四这样思想落后的农民,也对新生活看到了希望。这种豪情满怀,恰恰是当时文学共同的情感定位。

从人物形象角度进行分析,十七年文学中的农民形象也以欢歌式英雄形象为主。在这个时期的乡村叙事中,人物形象总是满怀革命理想和政治激情,有着进步的思想、高昂的干劲和战胜一切困难的信心和决心,"英雄人物"成为乡村叙事中进步人物的形象范本。而与之相对的是思想落后、自私自利、阻碍革命斗争并最后必然失败的"反面人物",以及政治觉悟不高、观望革命形势变化,最终洗心革面的"中间人物"。在不同的人物形象中,寄托共同的主题情感,那就是为建设乡村美好生活的英雄人物而歌唱和欢呼。

此时期文学中的人物形象可分为三种类型:一是思想进步、能够起带头作用的新社会建设的积极分子,他们在农村革命和运动中起到带头人的作用,是新型农民形象的典型。比如《创业史》中的梁生宝,《李双双小传》中的李双双。二是有落后思想但也不反对新社会新制度的中间人物,他们关注的是自己的利益,在党的政策感召下,在先进人物的影响和帮助下,由思想落后、自私自利转变为思想相对进步、有一定的集体观念和奉献意识的人物,充分体现出文学表达对政治动员的积极响应。三是与新制度新思想相抗衡最终失败的落后分子,比如《创业史》中的姚世杰和郭世富,与农村革命斗争相对抗,成为农村革命道路上的敌对势力或者政治障碍,他们是作为反衬性的一种形象类型,为塑造英雄人物形象作以对比。作家对不同的人物形象有着不同的情感态度,对待不同的思想也有着不同的情感态度,从作家的情感态度上就能够把人物形象很清晰地区分开来,反过来,从作家塑造的不同类型人物形象上也能很清楚地分析作家的情感态度。人物形象的塑造与作家的情感态度紧密相关。

其实,作品中的人物情感正是作家的情感表达。紧跟社会发展并对革命充满崇敬之情的作家们,在面对新农村建设的宏大历史事件中,心中受到现实的鼓舞和政治的激励,把自己对乡村生活的观照自然就定位在一种幸福自豪的情

感之上。不论是对哪一种类型的人物形象,作家们都是围绕一个中心塑造的,就是对农村美好前途的想象和信心。作家们深信:新社会下的乡村将会大有作为,天地广阔,前景美好。这是一种带有政治激情性的欢歌式的情感表达。

从文化角度来分析,此时的乡村文化呈现出一种精神文化与物质文化对立统一的文化特征。当时的乡村刚刚从旧社会旧制度走向新社会新制度,陈旧制度的统治,以及长期战争,给乡村留下的是积贫积弱,物质极贫乏,过去的苦难记忆仍然在乡村心中不能忘怀。但是,在积贫积弱的乡村,精神却是富有的,是充满阳光和力量的。因为,在这种历史性变革过程中,乡村精神深处充满着对新的社会制度和新的生产方式的坚定信任。特别是在政治理想的支持下,乡村自身的想象被激发出来,因而乡村未来的美好更多的是精神层面的想象,而非现实可见的生活真实,是一种想象性的美好和幸福,也是一种对未来美好生活的前置性感受,这也成为作家对乡村美好未来想象的逻辑起点,为文学作品中人物形象的塑造界定了一个具有时代性的评判标准:精神力量是第一的,只要有一种精神和信念作为支撑,乡村尽管贫穷,但也会因为有了这种精神和信念作支撑,一定能够走向美好和富裕。

第二节 欢歌与伤痛杂糅:新时期文学的乡村情感

新时期的思想解放促成了社会的改革,同样,新时期的社会变革也有力地反推了思想的解放。在农村,联产承包责任制的推行成为农村改革的主要形式,市场经济唤醒了农村人走入市场的好奇感和物欲心动。改革在乡村最有影响力和诱惑性,乡村在痛苦的反思中畅想新生活,在阵痛中想象美好的未来,编织着美好的理想。乡村的改革和发展为文学提供了新的主题和素材,大量书写农村改革、农村新思想、新风貌、新人物的文学作品涌现出来。同时,文学对乡村的想象比起之前的乡村题材文学增加了一份理性和现实性情感。

在文学中,作家们对农村生产方式、生活方式的变革充满信心,对乡村精神世界更是给予讴歌。这仍然具有十七年文学的那种欢歌特征,是对十七年文学欢歌式情感的接续,也接续了对乡村美好想象的文学主题。这种接续,恰恰使两个不同时期的文学对乡村的情感统一为一种欢歌式的特征。"类似乡土书写的抒情立场及思维,构成了当代文学主体与历史、现实发生关联的重要方式。"[①]不同的是,此时的文学在接续了十七年文学欢歌主题的同时,融入了新的理性

[①] 李丹梦:《文学的现实态度——聚焦第六届鲁迅文学奖中篇小说》,《文艺研究》2015年第4期。

思考和追问:处于社会转型期和改革开放中的农民如何能适应改革开放?他们的价值观、家庭观念、爱情婚姻观念是否适应了社会转型和市场经济发展的频率?

在主题的设置上,此时期文学对乡村的书写突出表现为三个方面:一是书写乡村在改革道路上的艰难探索,揭示改革开放的正确性和艰巨性;二是书写在改革过程中的乡村思想解放,展示乡村思想观念的复杂性和多变性;三是书写在改革过程中农民自身价值观的裂变,特别是乡村在城市文明诱惑下的价值异变。

何士光的《乡场上》在主题设定上,集中表现改革开放时期乡村思想世界的解放。思想的解放有力地反击了乡村宗法制度和权力意识,经济发展、思想解放又有力促进了乡村文明的发展和进步。类似的作品还有《被爱情遗忘的角落》,这是一篇反映"左倾"思想给农村带来心灵伤害的乡土小说。作者以一位农村女青年荒妹的视角来审视"左倾"思想对农民造成的精神束缚和危害,揭示改革开放时期农民思想的变化和分裂,寄予着十一届三中全会之后农村迎来新的希望。随着改革开放的推进,乡村爱情观念也随同生产经营方式变革发生了微妙的变化。尽管是改革开放之初,也许农民对党和国家政策还存有怀疑,但毕竟有一股新思想在以荒妹为代表的年轻一代农民心中滋生着、高涨着,升起美好的希望。这股大地回春的信息使得沉睡已久的乡村苏醒了,迎接农村和农民的将会是更加光明的前途。

在文学主题的表达上,另一个值得关注的现象是,此时的乡村叙事已经开始把视角由乡村转向城市,抒写乡村对城市文明的渴望与向往。铁凝的《哦,香雪》,被看作20世纪80年代最富诗意的短篇小说之一。在一个偏远的小山村,一块传统的乡村土地,长期与世隔绝,居然有火车经过。火车是现代文明的象征,火车通过台儿沟,象征着现代文明开始给这个封闭的小山村送来新的希望和想象,想象着现代文明的美好,想象着走出大山的幸福生活。相对于那个贫穷而落后的时代,对城市的想象和对物质现代性的幻想,成为乡村人对美好生活神话般的设定。在对外界并没有完全了解的背景下,山村人的想象是单纯的,也是甜蜜的,更是令人惊羡的。城市文明在向着固守贫穷的乡村发射出一缕诱惑的明光,使封闭的小山村掀起思想的波涛,清新扑面,充满诗意。这正是与十七年文学不同的地方,十七年文学对乡村的想象是不会走向城市文明的,坚守乡村、扎根乡村才是十七年文学主要的乡村情结,而新时期的乡村叙事在对贫穷落后进行反思的过程中,已经开始了对城市文明的向往。

从人物形象角度来分析,新时期乡村叙事中的人物多是呈现出欢歌与感伤并存的受伤者形象。新时期文学对乡村的想象虽然延续了十七年文学的那种

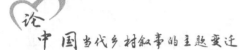

乐观与欢歌,但是,在新时期文学对乡村的情感观照中,也增添了有别于十七年文学想象的新内容,那就是对改革过程中发生在乡村的痛苦的精神记忆,"民众崇拜不见了,意外被发现的是乡村身份和精神的危机;诗意家园不见了。"①在这一时期的文学中,乡村叙事的情感起点是欢歌,但在欢歌之中却增加了对受伤心灵的抚慰和关怀。

但是,新时期的文学,也在以批判的目光传达出对都市文明的伤痛之情,杨春时在评价后新时期文学时说,此时的文学"具有写实的倾向。它不乏想象力。但不是创造一个虚幻的世界,而是以理想化的手段描写乡土社会,对抗正在崛起的现代都市文明。"②路遥的《人生》,塑造的主要人物形象是高加林。高加林的命运告诉读者如何在传统与现代碰撞中理性地对待人生,怎样在人生的道路上把守住做人的根基。这部小说,以沉重的笔调揭示农村固有的等级观念给渴求富裕生活的农村人带来的精神伤害,标志着这一时期文学对乡村的情感已经由单一性的歌颂或批判走向了复杂多样的人性关怀。人生就是人类文明的一个视点,是人性展示的一段轨迹。以城市为主要符号特征的现代文明对乡村的诱惑,在改革开放之初呈现得较为强势,而处于这种社会变革期的农民该如何在乡村和城市中做出选择?主人公高加林的人生命运起伏给了读者深刻的启发。作者对人生的思考已经做出一个基本的定位:农村也可以养人,与城市相比,农村有自己的文明定力。高加林幻想在城里生活的理想破灭了,从城市重新回到乡村,重新开始新的人生。作者在告诫读者,回到农村劳动并不下贱,人生道路虽然有曲折,但心不能倒了。作者在这里是担任着人生启蒙者的角色,也担任了农村改革政策的宣教者形象。对于那些受伤的心灵来说,农村最宝贵的东西就是深埋在人心中的善良、仁慈和宽恕,这种大爱般的精神财富是独特的,也是文学叙事中的乡村情感之根。

当然,不论是从社会层面的改革来说,还是从精神价值的角度来审视,相对于以物质财富为主要特征的现代物质文明来说,这种给予贫穷落后乡村美好希望的想象,是伴随着阵痛性的改革与思想观念转换而坚韧前行的。没有阵痛性的改革,理想也许只是一种不切实际的幻想。阵痛,需要在受伤之后作以理性分析与思考,需要进行理性的辨别和确认,这也与当时的反思文学主题密切相关。

与《人生》人物形象的悲剧色彩不同,梁晓声的《陈奂生上城》则塑造了一个

---

① 孟繁华:《百年中国的主流文学——乡土文学/农村题材/新乡土文学的历史演变》,《天津社会科学》2009年第2期。

② 杨春时:《现代性与三十年来中国的文学思潮》,《中国社会科学》2009年第1期。

喜剧色彩的人物形象：靠着精明的小本经营意图改变生活命运的陈奂生。在陈奂生形象上寄寓的是文学对人性的思考，且偏向于对社会变革时期农民的人性弱点的揭示。在从传统走向现代，从封闭走向开放的过程中，农民的精神世界变得更加丰富和复杂了。在陈奂生的精神世界里还固存着中国农民的传统旧思想和旧观念，是与改革开放的新时期的思想解放不相适应的，"在温饱之后渴望有新的精神生活，渴望获得理解与尊重，在面对困难时，表现出相当坚韧的一面，同时又有迷信、崇拜权威、缺乏主见与愚昧、落后、自欺欺人的一面。"①

第三节 体恤与悲悯：新世纪文学中的乡村情怀

在走向21世纪的过程中，文学对乡村的观照是带着悲悯的情感从底层视角开始的。随着市场经济的发展和社会资源配置的差距拉大，城乡差距愈显突出，乡村作为社会底层的特征在现代性不断强化的过程中愈加凸显，乡村正承受着现代性进程中被挤压的无奈命运，在对城市的向往中，乡村自身却成为以城市为标志的现代性的牺牲者和抛荒者。因此，在21世纪初的文学中，乡村叙事的视角不能单独停靠在乡村自身，而是把乡村放置在城乡对立又互补的视域内加以审视。这一时期的文学对乡村的情感已经由激情想象、欢歌述说转向苦难叙事和心灵救赎的悲悯了。

从主题角度分析，此时的乡村叙事主要体现为：一是对底层化乡村困境的同情和关注，用知识分子的人文情怀对乡村生活境况和农民的生存境遇给予关怀，对乡村的贫苦、落后以及被城市文明疏远的生存状态寄予同情。二是书写乡村精神世界的蜕变，揭示市场经济大潮冲击下农民内心世界发生的裂变，乡村自信心丢失、传统文明被遗弃、乡村价值观扭曲，这些已经成为新世纪乡村叙事的主要观照点。三是书写乡村对现代性的失望和疏离，在此时的乡村文学叙事中，揭示的是社会现代性的发展带来了整个社会价值观的蜕变和传统优秀文化的弱化，乡村在对城市现代文明羡慕的同时，开始产生了远离社会现代性、回归自身的退避感。

新世纪文学中的乡村叙事实际是对20世纪80年代、90年代乡村叙事的一种主题性延续，是在对80年代以来反思文学、新写实写作经验继承基础上，形成的底层叙事。20世纪80年代以来，文学主要是在反思，反思社会转型期社会价值和人性的变化，特别是在城镇化进程中，作为乡村人应该以怎样的心态适应社会现代性的发展。当然，对这种反思的情感态度，首先形成的是苦难叙事

---

① 张丽军，田录梅：《农民陈奂生的精神溯源与当代启示》，《语文建设》2005年第7期。

的文学主题。"底层文学在苦难主题上所体现出的富有现实性的精神追问,就是最典型的文学性表达。"①

陈应松的《到天边收割》《马嘶岭血案》等系列小说,均属于苦难叙事主题,罗伟章的《大嫂谣》《哑女》,描绘令人伤痛的乡村苦难生活。刘庆邦的短篇小说《到城里去》,写的是不堪忍受贫穷折磨的农村人对城市的坚韧向往和竭力追求。长期以来乡村对城市充满渴望,"到城里去"是历代乡村人共同的情感渴望。这种情感也成为对十七年和新时期文学欢歌式的乡村叙事的一种反驳。小说中的宋家银对城市坚韧不移的追求,给读者留下的印象是:乡村是苦难的,充满悲哀和无奈,并不如想象的那么美好,改变命运的唯一出路是走进城市。正如刘震云所说:"故乡在我脑子里的整体印象,是黑压压的一片繁重和杂乱。从目前来讲,我对故乡的感情是拒绝多于接受。我不理解那些歌颂故乡或把故乡当作温情和情感发源地的文章或歌曲。"②

苦难叙事虽然是新世纪初乡村文学的一个主题,但比物质的贫乏、生活的苦难更为发人深思的是乡村精神生活的变迁和心理的迷茫。因此,新世纪的乡村叙事中增加了一种对底层群体精神世界批判的主题表达。

刘继明的《茶鸡蛋》叙述了一个农村老婆婆的凄凉故事。黄幺婆是一位善良的农村妇女,当年曾救过同村的黄三,在困难岁月里对黄三施以恩德。但是,当黄三发财致富回乡之后,对黄幺婆却是冷眼相看,并报以人格性的侮辱,致使黄幺婆心灵受到极大的伤害,在迷茫、羞愧、难忍之中结束了自己的生命。悲哀就在这个羞愧上,羞愧是底层精神价值的迷茫表现,这也构成了文学对一个时代的追问。乡村在市场经济冲击下失去了主导价值,模糊了善恶的界限,传统的知恩图报的伦理美德已经被新的等级观念和物质现代性的价值观完全遮蔽。这是一种新的乡村叙事的情感表达。

从人物形象来分析,新世纪初乡村叙事塑造了一个类型化的形象群:那就是精神受到伤害、背负着沉重的心灵伤痛的底层形象。黄幺婆就是这样的形象典型。黄幺婆与黄三之间的价值冲突,只能说明在物质利益观念强化的当下,传统正义价值观陷入了无奈的败退与乏力;一败涂地的传统价值观念在与现代物质为上的价值观念的对话中,显得说教苍白,失去了现实的支撑,导致乡村精神世界的上层建筑在现代性冲击下开始动摇。底层沦陷与上层逃离从两个方向对传统价值伦理进行解构。现代化的发展带来的是物质第一的实用与现世享受价值观、人生观,在这些观念面前,黄幺婆选择了逃离。事实上,黄幺婆与

---

① 贺绍俊:《从苦难主题看底层文学的深化》,《当代文坛》2008年第1期。
② 刘震云:《整体的故乡与故乡的具体》,《文艺争鸣》1992年第1期。

黄三在价值选择上出现了错位,黄幺婆选择的是知恩图报的传统伦理观,而黄三则是选择了有钱能使鬼推磨的现世实用观,在传统尺度与目光下,当代的农村已经失去了理想的光环。

用隐喻的方式揭示现代化进程中乡村精神裂变,已经成为新时期文学的一种特殊情感表达方式。朱山坡的《灵魂课》《我的叔叔于力》等系列小说,直接解剖在底层生存又在承受着巨大精神伤痛的乡村人的灵魂变异,和在伤痛与煎熬之中的无奈与伤痛。陈应松的神农架系列小说描写了很多底层人物形象,他们不仅仅是生活在物质的底层,更是生活在精神世界的底层。这些人物是新世纪乡村人物的典型。造成他们精神伤害的因素,既有来自外在的物质挤压,更有长期积存在自身内在的人性劣根性。

文学在对乡村物质贫乏和精神异变的叙述中,寄寓了知识分子对乡村贫穷落后和愚昧的同情,这是新世纪文学中乡村叙事的主要情感态度。但是,也有一些文学对乡村叙事持另一种情感态度:那就是乡村尽管物质贫乏,而与现代性的城市相比,乡村则更适合人的生存和生活。于是,反叛现代性、回归乡村,成为新世纪乡村叙事的一个新的主题。"90年代是中国传统文学复活重构的时代,这一潮流深刻影响到以乡村叙事为主导的当代文学。"①这在关仁山、杨小凡等作家的作品中表现较多。

关仁山的小说《镜子里的打碗花》,写一位靠在城里拉人力三轮车谋生的失地农民张五可,一次偶然机会救了突发疾病的富翁太太,受到富翁夫妇的赞赏和厚待,享受着富裕的物质生活,但是在享受富裕悠闲生活的过程中,张五可却逐渐感觉到自身价值的迷失,于是放弃城市的优裕生活而坚定地回归乡村,继续过着普通农民的生活。杨小凡的《欢乐》中的贾欢乐,《工头》中的杨老四,都是这类人物形象。这与路遥当年写的《人生》在文学情感上构成了跨时代的呼应。

在新世纪初的文学叙事中,乡村与城市的关系、作家对乡村的文学想象,都与十七年文学和20世纪80年代文学对乡村叙事的情感态度相距甚远。十七年文学、20世纪80年代文学,对乡村的想象总是美好的,充满信心的。但是,到了21世纪,文学对乡村的叙事则发生了转向。乡村人心理承载着现代性的拷问,价值观念在痛苦地分裂,乡村人经历了对城市的向往之后,开始了重返乡村的心灵回归。

---

① 陈晓明:《无法终结的现代性——关于中国文学的当代性思考》,《学术月刊》2016年第8期。

论中国当代乡村叙事的主题变迁

综观中国当代文学中的乡村叙事,不同时期呈现出不同的情感态度。产生于不同时期的文学总是体现出时代特征的情感关怀,这给我们重新审视不同时期的文学作品内容、结构和写作艺术,都是一个不得不重视的文学美学启示。因此,在对当代文学中的乡村形象进行审美时,我们会清晰地感受到,文学创作由关注"大我"、书写集体性的感情,向关注"小我"、书写个人化情感和情绪折转,由物质现实观照向精神关怀转向,正如王蒙所说:"当人们面向着现实、实用,而现实生活已经紧紧地与经济与市场与利益得失结合起来的时候,文学,至少越来越多的精英意识比较强的文学构成渐渐走向精神世界的或内里、或高端、或妙语、或边缘、或超前……反正不完全是那么急功近利的地带了。"[1]这种人文性的情感关怀一直存在于当代文学的乡村叙事中,并将随着物质现代化的深入,在文学对乡村的叙事中逐步得到强化。

---

[1] 王蒙,王元化:《中国新文学大系》第五辑总序,《小说界》2009年第4期。

第三章 论七十年乡村叙事的主题变迁

乡村叙事是中国文学的重要题材,由此构成了乡土文学、农村题材文学,尔后转向新乡土文学。孟繁华认为"'乡土文学'是指反映中国乡村社会面貌或社会性质的文学;'农村题材'是表达意识形态诉求的文学;'新乡土文学'是对'农村题材'的颠覆和对'乡土文学'的接续。"①正说明了乡村叙事主题的复杂多样性。

新中国成立以来,乡村叙事从十七年的农村题材文学发展到新时期新乡土文学,再到新世纪初回归农村底层叙事文学,并兼有新乡土文学的反思性在新世纪的延续发展,形成复杂的主题诉求。纵观七十年乡村叙事的主题变迁,可以看出,乡村叙事的主题设定始终与意识形态的变化紧跟相随,并在城乡融合发展共同建设新生活的结构框架内审视乡村与城市之间的分离与媾和,以及乡村自身的发展追求,在这三个维度上呈现出文学对乡村在不同时期的前途和命运的现代想象及精神批判。

第一节 到乡村去:十七年文学抒发乡村改造和建设的激情

"十七年"乡村叙事的意识形态色彩很浓,文学为政治服务的指导思想表现很明显。新中国成立之初,社会生产力水平的提升成为当时主要的政治任务。对于农村来说,面临两个主要任务,一是迅速提高乡村生产力水平,二是推动乡村文明建设,"农业社会主义改造的基本治理逻辑是不仅要消灭私有财产的制度形态而且要改造与之相关的观念、心理乃至情感。"②这两项任务的实现主要集中在推动私有制生产方式尽快向公有制生产方式转变,互助组、合作社成为

---

① 孟繁华:《乡土文学传统的当代变迁——"农村题材"转向"新乡土文学"之后》,《文艺研究》2009年第10期。
② 郭丽君:《"集体"场域中的"个体"与性别——以〈李双双小传〉为个案》,《文艺争鸣》2014年第6期。

新中国成立之后乡村公有制的主要表现形式。这两个主要任务也为"十七年"乡村叙事提供了相对集中的书写主题。

"到乡村去"成为"十七年"乡村叙事的主题特征。文学响应政治号召,走向乡村,塑造乡村建设洪流中出现的英雄人物和典型事件,书写对建设新农村的政治热情,突出政治动员的强大力量和信服力。

"十七年"乡村叙事,根据书写的内容不同,其主题又呈现为三个方面:一是抒发新中国成立之后新农村的幸福自信感;二是记述农业合作社成长发展的历程,展示农业合作社道路的正确性;三是倡导并歌颂乡村新风尚新观念。主题的确立遵循了延安文艺座谈会确定的"文学为人民服务,为社会主义服务"的创作导向。

一、抒发新中国乡村的幸福自信感

新中国成立伊始,虽然社会生产力极度低下,物质生活极端贫困,但是,从半封建、半殖民地社会走出来的新中国农民,在高度认同新中国制度的前提下对乡村充满强烈的自豪感和崇高感,这是新中国乡村自身的身份重塑、价值重塑的自信。因此,"十七年"乡村叙事对乡村的观照就定位在对新农村的幸福感之上,是一种时代必然。

幸福是一种对未来的想象,而不是建立在当时极度贫困的物质基础上的现实表达;幸福想象是对社会制度变革的一种主体参与意识。这种建立在美好想象基础上的主体参与意识,成为当时最有政治意义的幸福感,它不是个体性的幸福,而是集体性的幸福情感。而这种集体化的幸福感也就成为文学对乡村的一种向往与想象的必然性价值选择。

集体化的幸福感不是文学能够书写的,需要转换成为典型化的个体幸福感。因此,这一时期文学话语中的幸福呈现的是个体化的政治诉说,集体则成为个体获得幸福的坚强后盾。这种由集体到个体,再由个体到集体的主题表达模式,使得十七年乡村叙事有着共同的题材形式和主题特征。

《山乡巨变》写新的社会制度带给乡村的巨大变化,以及农业合作社的创建与扩大,歌颂乡村社会变革所取得的成绩,突出公有制生产方式在乡村发展中的唯一正确性;"在农业中国,没有什么比农村的社会主义化即生产资料的集体所有更能表明社会革命的构想真正变成了现实。"① 《创业史》写农民创业的发展历程,从新中国成立前农民艰苦创业屡遭失败到新中国成立之后创业成功的历

---

① 毕光明:《〈山乡巨变〉的乡村叙事及其文学价值》,《文艺理论与批评》2010年第5期。

史发展过程,肯定了艰苦创业是乡村求得自身发展的唯一路径。《艳阳天》是直接抒发乡村对美好未来的自信和幸福之感,歌颂社会主义道路的正确性,展示了社会主义永远是艳阳天的坚定信心。

乡村的幸福,虽然在很大程度上是来自政治话语的启发,而不是乡村自身发展过程中的自发性情感。但是,在"十七年"农村题材叙事文学中,作家不可避免地流露出这样一种态度:以乡村为基础的中国新民主主义革命的胜利,使得乡村理应认定自身走过道路的正确性,并需要以自身发展的实证来增强对政治话语的认同,否则,乡村的翻身解放便失去了现实意义,正如《创业史》中写的,梁生宝"把他的一切热情、聪明、精力和时间,都投入党所号召的这个事业。他觉得只有这样做,才活得带劲儿,才活得有味儿!"①

幸福,其实就是一种集体性的想象,是知识分子对乡村的集体想象。这种想象有先进的社会制度基础,但缺少现实生活中能够提供的丰富实证故事。但不论怎样,文学毕竟还要抒发情感,需要想象。

二、回答乡村发展该走什么样的道路

选择什么道路,往哪个方向走,这是一个政治话题,因而,这也成了"十七年"乡村叙事十分关注的一个主题。这一主题其实主要回答乡村建设和发展的制度问题,而不仅仅是生活实践问题。这一主题的设定,需要作家有着正确的政治立场和敏锐的政治意识,需要文学与政治始终保持话语的统一。

在"十七年"乡村叙事中,回答这一问题的作品多是使用了政治化的语言直接阐述了要走社会主义道路,而不能走私有制的道路。"农业合作化运动中的大多数英雄形象,却是通过对现实的改写来塑造的,并反过来重塑一种与意识形态高度吻合的'时代新风尚'。"②道路是一个政治化的词语,但是道路却又决定着文学怎样表达现实。从封建半封建制度下解放出来的乡村不能走封建制度的老路,也不能走资本主义道路,这是许多文学作品共同的主题内涵。

《创业史》通过梁生宝组织互助组并发展为合作社的事例,证明了社会主义道路的正确性,以梁生宝为代表的进步农民坚定不移地走互助组、合作社的道路,以姚世杰、郭世富为代表的旧思想、旧势力固执地坚守着私有制道路,两者形成鲜明对比,并以合作社道路的胜利作为结局。文学故事对政治话语的阐释在这里既显示出感性倾向,又增强了理性思考,"把农村的变革提到了民族的高

---

① 柳青:《创业史》(第一部),北京:中国青年出版社,1960年版,第102-103页。
② 林霆:《论"十七年"农业合作化题材小说的真实性》,《文史哲》2012年第1期。

度","表现了农民的集体意识、国家意识的逐渐形成和新的文化信仰的建立。"①《不能走那条路》则是直接点明主题,站在政治高位向乡村发出告诫,为乡村发展指明道路和方向:不能走资本主义道路。张栓的糊涂,宋老定的贪财,最后是经过宋东山的劝说,张栓和宋老定都转变了思想,走上互助合作的道路。在进步与落后之间共同构成一组对比的意象和话语,在对话之中点明主题。

选择什么道路的问题,实际是一个非文学的话题,但是,"十七年"的乡村叙事却不约而同地涉及这一主题,这恰恰证明了"十七年"乡村叙事积极参与社会变革的主体意识。用文学语言直接回答政治道路的问题,恰恰在道路自信之中呼应了乡村叙事的幸福主题。正如孙犁所说:"总路线给文学指出一个重大的光辉的主题,文学应该反映农村在过渡时期的各种斗争,反映农村生活在过渡时期所发生的重大变化。文学如果充分地描写了广大农民在总路线灯塔照耀下所作的奋斗和努力,文学本身也就在社会主义现实主义指导下,得到了创作上的成功。"②

但是,乡村叙事对选择什么道路问题的回答,常常表现为政治化口号式的回答,而不是借助故事和人物形象。这种表达会消减文学叙事的价值,弱化文学的审美性。

三、歌颂新生活新风尚

新中国的成立,不仅仅表现在一种新的社会制度的建立,更要表现为社会生活各个方面都有新的变化,需要以全新的思想和认识进行新生活的建设。新的生活方式、新的价值观念,都会在社会变革时期应运而生。生活价值观念发生了变化和创新,那么,社会风尚就会与之同步发出新的生机和活力。

十七年乡村叙事对于新风尚的书写没有像对生产方式变革的书写那样突出,但是,在对生产方式变革的书写中总会涉及社会风尚的变化。社会风尚的变化实际从一个方面说明了中国革命需要乡村进行深层次变革。

当然,十七年乡村叙事对乡村风俗的描写是以对比手法作为主要表现方法的。对比的目的有几重:一是亮明阶级对立,告知读者旧思想、旧风俗源于旧制度,起到情感先导的作用;二是展示重点人物,告知读者要形成鲜明的判断意识;三是以旧制度、旧思想、旧观念的失败而凸显新制度新方法的正确性或者不可替代性。

---

① 倪万军:《"十七年"时期农村题材小说得失之辩:以〈创业史〉为例》,《中国文艺评论》2018年第6期。

② 孙犁:《孙犁全集·第三卷》,北京:人民文学出版社,2004年版,第470页。

新风尚是新社会的一个文化标志,也是新社会名之为新社会的一个标志,新的社会制度需要有新的风尚文化与之相呼应。制度是官方层面的,风尚则属于民间,官方与民间的线路统一才能覆盖社会结构的整体。十七年乡村叙事中的新风尚是相对于旧有风俗习惯而说的,新风尚是适应新的社会制度、新的意识形态需要而生成的,必须由新的价值观念和新的外在形式两个要素来构建。

"十七年"乡村叙事中展示出来的新风尚,包括以下几个方面:一是人人平等,在风俗上表现为除去政治权利平等之外,人的非政治权利也是平等的,人格与社会地位都是平等的;二是恋爱婚姻自由,恋爱以及恋爱延伸的婚姻,都是平等的,这不仅仅是一种制度约定,更是一种新风气;三是破除迷信,封建迷信在新中国成立之后依然残存,因而在乡村叙事中,破除迷信、相信科学和事实成为文学书写的一个重要任务,也是一个特殊主题。

《创业史》中的梁生宝有着最高贵的品质,就是对一切人都能平等对待。平等相对于封建社会的贵贱等级风气来说,是新事物。恋爱自由在《创业史》中也有书写,那就是徐改霞与梁生宝的爱情发生与发展都是在平等环境和条件下进行的。婚姻是爱情的延续,爱情自由得到民间的认同,新婚姻制度也会得到民间的认同。《登记》中的小飞蛾是一个有着封建旧思想旧观念的人,虽然她的爱情与婚姻不是很幸福,但是她的心底还是对旧风俗情有独钟;小诸葛的假聪明使其成为一个守旧者的形象,受到批评和嘲讽。在十七年乡村叙事中,还涉及对不浪费粮食和生产资源等新风尚的书写。

风尚需要民间的支持,需要社会个体的积极接受和传承。风尚对社会制度和意识形态的巩固起到了支撑的作用。但是,新风尚从形成,到民众接受践行,更需要主流意识形态的推动和民间进步人物的引领。而这些引领者在乡村叙事中常常被书写成为党员干部,而民间的积极分子则成为党的后备力量。

李準在《李双双小传》中塑造了农村新的女性形象李双双,在大跃进、办食堂的历史性重大运动中,"李双双这个形象的意义还在于挣脱套在中国女人脖子上的枷锁,指涉男权中心体制下的女性生存话语权的缺失,但又不简单等同于同时代的'铁女人'形象。"①作为一位农村女性,能够和男人一样甚至超越了男人,学文化、听报告,走进生产的洪流之中,其形象其实就是一种新社会新风尚的符号设定。所以说,"李準在小说中通过李双双和喜旺夫妻关系的矛盾,

---

① 李正红:《一个"红色女人"的浪漫主义想象——论李準的小说〈李双双小传〉》,《文艺理论与批评》2007年第1期。

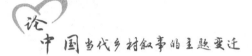

着意要改造千百年来中国农民和农村长期'小农经济'遗留下来的风俗习惯。"①

第二节 撤离乡村:新时期乡村叙事反思乡村发展历史

把"十七年"乡村叙事与新时期乡村叙事相比较,可以看出,两个时期的乡村叙事对城市与乡村关系的情感态度是不同的。"十七年"乡村叙事是走进乡村,而新时期乡村叙事则是从乡村撤离,站在时代发展的大潮中向往城市。但是,由于城乡文化的差异,乡村还没有做好走向城市的准备,一些走向城市的前驱者承受了背叛乡村的指责,却又在一定程度上受到城市的拒绝。

乡村人对乡村的逃离,多是因为城乡经济水平的差距,加之改革开放带来的城市文明对乡村的诱惑。在乡村人心目中,城市是理想的去处,但又难以割舍自己的乡土,于是形成了逃离与观望相互杂糅的文学叙事主题。

一、再次启蒙乡村思想解放

改革开放是从乡村开始的,但难以开放的思想观念恰恰是维系乡村秩序的根深蒂固的传统思想。知识分子响应政治动员的号召,并以人文关怀的情感态度又一次呼唤乡村的思想解放。思想解放是从乡村走向城市并得到城市认可的一个基本准备,所谓的思想解放,其实就是改变乡村原有的生活价值和文化价值观念。

《乡场上》是一篇反映农村思想解放主题的短篇小说。小说叙事以乡村自身的思想解放为观照点。冯幺爸与曹支书、罗二娘之间的矛盾是建立在传统的乡村权力结构基础上的,冯幺爸受到改革开放的政治鼓舞而觉醒,并开始试图挣脱权力的约束和压制,以维护做人的基本尊严,作者带着乐观的情感态度为乡村描绘了新的希望和美好前景。

《哦,香雪》书写乡村对城市文明的渴望和追寻,那通过乡村的火车是城市文明的象征,它为乡村带来了清晰的城市气息,也用城市文明叩开了乡村封闭的心灵之门,香雪的希望是在追随城市文明中而萌生的。

文学对政治的响应,在新时期首先表现在为改革鸣锣开道。破除旧思想、旧观念,成为文学对乡村述说的重要话题。按照这个思路,文学对乡村的形象观照和描绘,不仅仅着眼于物质变化,而更多的是解剖乡村的思想和灵魂,实现在新时期的又一次精神启蒙。

---

① 郭丽君:《"集体"场域中的"个体"与性别——以〈李双双小传〉为个案》,《文艺争鸣》2014年第6期。

但是,这种对思想解放和心灵解放的呼唤,始终是站在知识分子立场上的一种外在性催醒,而不是乡村自我感悟的心理自觉。最主要的标志是,文学不知道如何引导乡村走向现代化,如何与城市文明结亲。也就是说,文学价值集中体现在批判现实主义立场上,很少有建设性的现实主义关怀。这也导致了文学发展到20世纪90年代乡村叙事迷茫和困惑成为必然。

二、批评乡村精神瘤疾

呼唤与批判是文学引领乡村走向开放的两种情感态度,也是文学对乡村精神救赎的两剂良药。唤醒乡村,就必须剖开乡村心灵深处存在的精神瘤疾。只有大胆地解剖,才能看清楚乡村内在的落后、自私、狭隘等精神症候。

《陈奂生上城》系列小说,具有很强的解剖性。陈奂生心灵深处存在小农思想和自我安慰的阿Q精神,与中国传统伦理道德中说到的"随遇而安"是有着不可割裂的关系的。但是,这种随遇而安的价值观念在改革开放、走向现代化的过程中,难以与时俱进,是需要进行解构的。如此带有传统意义的价值观念要想在短时期内被革除或者变革,不仅有时间上的限制,更有着民族心理情感上的阻力。从这个意义上来说,陈奂生的小农思想和阿Q精神,在改革开放的新时期,实在是一个难以自消的精神瘤疾。

对于乡村,特别是留存着深厚民族文化记忆的乡村,不能适应现代化建设步伐的精神瘤疾是多方面的。不仅仅是小农思想,还有奴性、自私自利、保守惰性以及男女不平等,等等,文学叙事多会选择其一进行深入解剖和批判。《许茂和他的女儿们》的主题是多重意义的,除去要表达农村新旧思想的对立和斗争之外,还聚焦乡村陈旧的婚姻观念、权力观念。路遥的《人生》既写出乡村在城市诱惑之下梦想逃离而无法逃离的伤痛,又写出乡村自身心理深处存在的狭隘的人生观、价值观和幸福观。在现代物质欲望的涌动下,人性自身的弱点、乡村在城市面前表现的卑微以及集体性的价值偏离,非常鲜明。"从1980年代到新世纪的前10年,许多中国乡土小说的创作都涉及权力叙事,为读者呈现出一幅农耕文明裂变下复杂多元的乡村政治生态图景,同时传达出作家对现代化进程中乡村社会的强烈关注与深切忧思。"[①]批判是对呼唤的响应,是为呼唤乡村觉醒进行侧面的规劝,力图收到引起疗救注意的效果。

---

① 谷显明:《乡村秩序的瓦解与消遁——新世纪之交中国乡土小说中的权力叙事》,《当代文坛》2017年第4期。

三、塑形乡村美好人性

如果说呼唤是起始的目的,批判是对呼唤的助推,那么,在众多的文学作品中,则表现出对陈旧落后思想的批判,对美好人性的呼唤。而在现实中,乡村则呈现出陈旧落后的现象,难以跟上现代化的步伐,呼唤的意义和价值尤显重要。

当然,文学不能停留在揭露伤疤、指责缺陷这种批评之上,还应该挖掘乡村的美好,为乡村走向改革开放和步入现代化注入自信力量和精神勇气。而为乡村美好心灵塑形,展示乡村心灵的闪光之处,就成为新时期乡村叙事的一个鲜明主题。

从乡村自身发展的历程角度来看,乡村虽然长时期处于物质贫乏状态中,但却始终保持着美好的心灵,呈现出善良的人性。这是中国传统文化价值观在乡村精神世界留下的坚实记忆,也是乡村在物质现代化进程中保持传统特色的根本。离开了美好善良的人性,乡村将不再是乡村,离开美好的人性,乡村秩序将会被破坏残损。书写乡村美好人性,为乡村灵魂塑形,是作家站在高于物质现代化的角度观照乡村自身发展的一种责任和使命。

《平凡的世界》是一部很能体现乡村美好人性的作品。孙少安和孙少平的心灵都是美好的,在他们身上体现了中国传统农民所具有的善良、坚韧、刚直、豪爽,这些优秀的品德汇集在一起,就是一个字:"善"。善是中国传统伦理学的基本价值观,是中国人做人的首选德纲,也是个体价值实现的必然追求。孙少安的坚韧、聪明、心怀广博,这是一个个体所具有的优秀品质,是建立在善的基础上的。

刘庆邦是比较善于挖掘乡村心灵深处的美好人性的作家,他的小说内容也多去展示小人物的美好心灵,为乡村塑造了一批善良而智慧、纯真而宽容、自主而独立的人物形象。《鞋》写守明和"我"的纯真而无果的爱情故事,借此表达对农村那种潜藏在骨子里的真诚情感的记忆和呼唤,书写作者心中的人性之美。

第三节 遥望乡村:20世纪90年代乡村叙事中的迷茫困惑

乡村叙事在经历过20世纪80年代的伤痛反思与对乡村的前景展望,为乡村设置了向城市和现代文明靠拢的方向,乡村自身也通过发展经济从而提升了物质文明水平。但是,尽管乡村在不断发展,而城乡差距却明显加大,乡村陷入了迷茫和困惑。特别是乡村文明建设与城市文明建设的差距更加凸显。在这种迷茫和困惑之中,知识分子也开始对乡村进行再解剖,再思考,试图为乡村寻找一条能够加快现代化进程的道路。但事实告诉知识分子,这是在短时期内难以实现的。于是,20世纪90年代的乡村叙事陷入低迷,并在低迷之中表现出明显的困惑。

知识分子在追问乡村发展滞后的原因之时,把目光聚焦在乡村文化和乡村苦难的现实之上。文化寻根为现实中的乡村施以内在的心灵慰藉;新写实文学的出现,直面生活现实,集中书写乡村真实的困惑和生活境遇,为乡村诉说外在的生活体验。

一、探寻乡村文化之根

在无法为乡村寻找到一条通向城市和现代文明道路的困惑之际,乡村叙事调转视角,转向为乡村寻找慰藉心灵的良药,试图探寻到乡村内部秩序结构稳定的文化根源,引导乡村守住自身发展的主体性道路,这就赋予了此时期乡村叙事文化寻根的主题意义和审美价值。乡村有自己的文化根基和文化秩序,这种文化秩序维系着乡村按照自身发展的规律前行。因此,未必一定要推动乡村向城市文明靠拢,乡村人生活在自己的文化氛围之内,有着自身的价值追求和人生模式,这是乡村文化对稳定乡村结构的积极一面。从另一个方面说,乡村之所以难与城市文明迅速媾和,主要还是乡村自身文化与城市文明、现代文明有着不同的价值观念和生命意义。

乡村文化是乡村之所以成为乡村的根本,探寻乡村生活生产背后的深层次文化价值体系,成为知识分子为乡村灵魂塑形的重要理论。因为,那些属于乡村自己的文化秩序,才是保证乡村在物质现代化下能够坚守自我的方法。

《白鹿原》叙述了乡村在发展过程中交织演进的两种价值体系,一种是传统的家族制度、宗法权力,另一种是革命和改革的力量。两种价值体系纠缠着乡村,但乡村依然保持自身的文化权威。封闭、落后,都可以是外界对乡村的指责,但乡村自身并不需要解除这种传统的家族制度、宗法权力。很多时候乡村自恋着这种封闭文化。乡村是乡村人的乡村,在这里体现得非常深刻。韩少功的乡村叙事试图在乡村底层寻找乡村文化之根,寻找乡村自身发展的合理性。韩少功的乡村叙事"就是他不再将创作题材聚焦于现实,而是集中思考乡村文化,其思想态度也不再是以启蒙立场进行简单的否定,而是表现出强烈的探寻意愿。"①

文学视域的文化寻根源于20世纪80年代,张炜的《古船》是探寻中华民族

---

① 贺仲明:《探寻与创造——论韩少功与乡村文化的复杂关系》,《文艺研究》2021年第3期。

的心灵史的文化寻根代表性作品。文化寻根为20世纪90年代乡村叙事开掘出一条新的道路,也为乡村叙事创立了一个新的主题。这个主题一直延续到新世纪的乡村叙事之中,为乡村叙事增加了厚重感。

二、体验乡村的真实生活

"如何表达变革时期乡村中国的社会生活和世道人心,如何展现一个真实的乡村中国的存在,可能是在这个范畴内展开文学想象的所有作家面对的共同困惑。"[①]经历了改革开放,乡村经济水平提升了,但是乡村并不感到幸福和获得感。知识分子也同样为乡村的真实状态感到忧虑,于是,在乡村叙事中书写乡村真实的生活境遇,为乡村代言,对乡村施以悲悯情怀,成为20世纪90年代乡村叙事的一个重要主题。

《许三观卖血记》书写乡村面对贫困坚韧地维护自己的生命的悲壮经历,许三观的个人生活经历代表了乡村人的共同命运。卖血成为一种利用自身资源求得生存的自我伤害性道路,但是,为了维护生命的尊严,自残也是求生的一种无奈的选择。乡村的隐忍和坚强,这也许正是文学对乡村的真实生活体验。

《活着》中的福贵形象其实是作者余华用来阐释人生基本价值的文学符号,从富家少爷输光家产,到遭遇兵荒之劫,再到历次社会运动遭遇的家破人亡,最后仍然独自坚忍地活着,这里暂不说怎么回答活着本身的意义,而就福贵的人生中遇到的生命事件,则足以展示出乡村生存的沧桑艰难。

20世纪90年代一些作品被称为新写实文学,新写实文学主要观照点在于城市的中下层生活遭遇,而作家们也把视线投向了乡村。新写实标榜的是零度情感介入,直视生活真相,不加主观评价,但是在乡村叙事中,作家却不自觉地流露出对乡村的同情与关怀。池莉的《你是一条河》,主要塑造了辣辣这位农村女性形象,她生活在社会运动不断的年代,人多粮少,生存艰难,只能遮住脸面,丢掉尊严,维护一家人的生存。虽然作者未加点评,但写实之中已经蕴含着酸涩的情感关怀。

与20世纪80年代乡村叙事不同的是,20世纪90年代乡村叙事已经开始怀疑乡村走向城市文明的获得感,反过来开始尝试为乡村寻找自身存在和发展的价值体系,为乡村自我发展前行寻找出路。这印证了20世纪90年代的乡村叙事开始从撤离乡村转向回归乡村的精神困惑。"90年代文学中率先做出对20世纪的激进现代性历史进程的反思,也因此最早疏离出文学现代性与社会历

---

① 孟繁华:《百年中国的主流文学——乡土文学/农村题材/新乡土文学的历史演变》,《天津社会科学》2009年第2期。

史现代性的时间进向。也就是说:关于农业文明最后的历史书写(最后的史诗),代替了革命战胜旧历史的单一的逻辑,它相当深刻地表现了'短 20 世纪'(阿兰·巴迪欧语)的悲剧本质。"①

第四节　游离于城乡之间:新世纪乡村叙事主题

进入 21 世纪,城乡一体化得到快速发展,城市与乡村的融合程度不断加深,乡村对城市文明和社会现代化的体认进入深层次,城市文明在形式上对乡村给予接纳,但在文化认同、价值认同等内涵上,乡村明显感受到被城市文明和物质现代化所疏离。快速发展的物质现代化和城市文明,与相对稳定的乡村文化之间形成很大的落差,城市文明以居高临下的姿态对待乡村的靠近,乡村在靠近城市的过程中也逐渐感觉到被抛弃。

从主题角度分析,此时的乡村叙事主要体现为:一是对底层化乡村困境的同情和关注,用知识分子的人文情怀对乡村生活境况和农民的生存境遇给予关怀,对乡村的贫苦、落后以及被城市文明疏远的生存状态寄予同情。二是书写乡村精神世界的蜕变,揭示市场经济大潮冲击下农民内心世界发生的裂变,乡村自信心丢失、传统文明被遗弃、乡村价值观扭曲,这些已经成为新世纪乡村叙事的主要观照点。三是书写乡村对现代性的失望和疏离,在此时的乡村文学叙事中,"揭示的是社会现代性的发展带来了整个社会价值观的蜕变和传统优秀文化的弱化,乡村在对城市现代文明羡慕的同时,开始产生了远离社会现代性、回归自身的退避感。"②

一、诉说乡村苦难

继承 20 世纪 80 年代伤痕文学的人文关怀传统,承续 20 世纪 90 年代乡村叙事的同情与悲悯情怀,新世纪乡村叙事开始为乡村苦难进行代言,强化苦难叙事成为新世纪乡村叙事的审美取向之一。苦难是一个民族的情感体验,也是文学对民族命运表达情感的逻辑起点。叙述苦难并表达苦难同情,体现了知识分子的人文关怀和对民族发展的焦虑情感。

新世纪的苦难并不仅仅是物质上的,更多的是精神上的受伤和无奈。严格

---

① 陈晓明:《无法终结的现代性——关于中国文学的"当代性"的思考》,《学术月刊》2016 年第 8 期。

② 李金泽:《论中国当代乡村叙事的情感变迁》,《三峡大学学报(人文社会科学版)》2019 年第 1 期。

地说,中国当代城市的发展是以牺牲乡村利益为代价的。乡村的物质输送给城市,为城市发展提供保障,但是城市并不感恩,反而对投奔而来的乡村给予鄙视、嘲笑和欺凌。这就给乡村带来了物质上的贫困和精神上的伤痛的双重挤压,而精神上的伤痛则成为新世纪乡村叙事的主要关注点。

精神上的伤害主要根源在于城市文明对乡村的鄙视和疏离,在长期以来形成的城乡二元格局中,乡村一直处于低位,"由于当下中国的乡村叙事主要呈现为乡村空间与城市空间的对话,城市空间无疑处于引领者地位,因此,边界征候主要产生于乡村空间。"①无论是物质资源还是文化资源,乡村在城市面前都处于边缘位置。加上体制的倾斜,城市的优越感更加强烈,相反,乡村在走向城市的过程中则不断感受到落后与孤独。

最能表达乡村在城市中苦难体验的应该是"打工文学"。用郑小琼的诗句表达是"打工,是一个沧桑的词。"②陈应松的《太平狗》书写农民从家乡走向城市试图挣钱养家,却遭受到欺骗和黑工厂的关押欺凌,最后客死城市,孤魂返乡,直接带给读者的应该是一个追问:你为什么要伤害乡村?《马嘶岭岭血案》(陈应松)、《大搜谣》(罗伟章)、《温故一九四二》(刘震云)、《狗日的粮食》(刘恒)都是写乡村苦难主题的叙事佳作。

精神上的苦难是乡村叙事关注的一个深层次问题。乡村在承受来自城市文明和现代化挤压的过程中感受到了精神的伤痛。刘庆邦的《麦子》书写的是城市文明对乡村文化的武力拒绝,表达出作者心中对乡村的体认和对城市冷酷的批判,乡村的麦子被带到城市,即使是在空闲无用的地方,也不能种植。城乡两种文化差异带来的结果居然是乡村受到城市文化的武断拒绝,已经扬花的麦子被彻底铲除。城市铲除了侵入城市的乡村文化,也封闭了自身文化的发展空间。

从20世纪80年代的反思文学到新世纪初的乡村叙事,诉苦一直是一个表达主题,其意义在于表达文学对乡村的同情和悲悯,给予乡村更多的人文关怀。当然,文学应该正视城乡发展的战略顺序,不宜一律都是否定式的过度批判。仅仅给予乡村道德性的关怀,最终只能增加乡村对城市、对现代化的敌对甚至仇恨的情感,缺少建设的意义。

---

① 王力:《论当下乡村叙事中的边界空间》,《江苏社科界第八届学术大会应征论文集》,南京,2015年。

② 郑小琼:《打工,一个沧桑的词》,《散文诗》2003年第14期。

二、慰藉游离的灵魂

走向城市,乡村成为孤岛,人去楼空的现象在所有的乡村均可看到。对此,文学发出追问:走向城市的乡村人,你们的灵魂寄托在何处?朱山坡的《灵魂课》回答了这个问题,小说写一个进城打工的农村青年阙小安,施工中意外身亡,但怀着对城市的极端向往,阙小安死后灵魂仍然漂荡在城市,不愿意回归故土。很多新型市民的灵魂是在城乡之间游荡不定的,虽然他们在城市安家生活,但是,长期以来积聚的乡愁情怀使他们魂牵故土,而又不愿意或者不能够回归故土,于是,魂灵只能游荡在城乡之间,失去了寄托之根。

许多乡村人都渴望到城里去,而且从灵魂深处对自己曾经生长过的乡村持失望和逃离态度,于是就有了一批优秀作品揭示乡村灵魂如何在城乡二元结构中迷失了方向,对乡村给予了阵痛式的同情与关怀。范小青的《父亲还在鱼隐街》叙述"父亲"走向城市打工,长期杳无音信,无数来自乡村的"父亲"们被城市文明所淹没。乡村人在城市文明的诱惑下失去了自我主体价值,丢失了灵魂。无根的灵魂只能在城市与乡村之间游荡,这是乡村的最大悲哀。

乡村灵魂游离不定,意味着市场经济在为乡村带来物质进步的同时,也消解了人的价值观和个体生命尊严。反思这一时代的现象可知,乡村的发展必须建立在自身的立场上,如果不是建立在自身立场之上的发展,则只能是寄人篱下的苟且偷生,丢失自己的根去寄身他者之下,灵魂难以找到长久的寄托。在此时的乡村文学叙事中,"揭示的是社会现代性的发展带来了整个社会价值观的蜕变和传统优秀文化的弱化,乡村在对城市现代文明羡慕的同时,开始产生了远离社会现代性、回归自身的退避感。"[①]

对灵魂的关注,实际就是对乡村精神价值的关注,灵魂的游荡不定实际就是精神价值的动摇。新世纪乡村叙事关注的是人的精神层面发生的变化,这与20世纪80年代反思文学的价值追寻是具有相关性的。20世纪80年代的《乡场上》书写的是乡村思想的解放,灵魂得以提升,《人生》是告诫世人乡土是乡村人的生命之根。而在新世纪文学中,刘继明的《茶鸡蛋》则通过黄幺婆对乡村权力的攀附、黄老三恩将仇报害死黄幺婆这种沉重的主题书写,透视出物质主义给乡村灵魂带来的伤害和悲哀,这与《灵魂课》在主题上是一致的。20世纪80年代撤离乡村的乡村人还能回头坚守自己的故土,而新世纪走向城市的乡村人很难找回自己的精神家园。

[①] 李金泽:《论中国当代乡村叙事的情感变迁》,《三峡大学学报(人文社会科学版)》2019年第1期。

三、揭示城乡文化冲突

带着追求物质富裕和享受优质社会资源的期望,乡村开始向城市挺进,这是乡村人的梦想。这一现象足以证明长期以来城乡之间存在的巨大差距,并证明了乡村内心深处对城市充满向往而不是拒绝,乡村的心灵是开放的。乡村人离开自己家园走向城市的决心在刘庆邦的《到城里去》中表现得最为突出。宋家银不仅让自己的丈夫坚守在城市,还动员自己的儿女都要离开乡村、走向城市,这种离开与投奔内含着一腔无奈的悲壮之感。

新世纪文学更多关注城乡结构变化过程中乡村所处的境遇与心理感受,"总体说来,新世纪乡村叙事更多关注当下农民生存的境遇与精神困境,关注乡村城市化进程中的结构性变化等诸多问题。"①由于城市和乡村所追求的价值观不同,根植于两种不同的文化视阈,因此,它们各自的稳定性带来了城乡之间文化的价值冲突和矛盾对立,造成了城乡文化结构的不和谐,并使乡村在走向城市的过程中遇到了层层阻击和围剿。

新世纪乡村叙事对城乡文化冲突的书写成为文学对社会现代化建设的一个反思点,而不仅仅是一种传统的文学关怀。这也说明了新世纪乡村叙事已经站在超越乡村文化建设的立场上对乡村现代化建设给予理性思考,在这种理性思考之中,启发读者思考一个社会问题:文学应该如何看待乡村现代化?

从20世纪80年代开始,城市文明和物质现代化对乡村释放出强大的诱惑力,文学中的乡村已经开始投向城市。到了新世纪初,苦难叙事主题则更加凸显了城乡差别,强化了乡村向城市进军的艰难历程。随着乡村在城市屡遭拒绝和鄙视的现实加剧,文学对物质现代化、城市文明的狭隘性进行对比性的反思,在这种反思基础上认识到,建立在资源集聚、政策倾斜基础上的城市文明和物质现代化对乡村是带有鄙视态度的,城乡之间的文化价值追求是不同的,乡村的传统善恶是非价值观在物质现代化时代已经显得不合时宜。

四、生态批评的乡村关怀

就乡村叙事来说,20世纪80年代是在反思追问社会运动中的人的价值和尊严,20世纪90年代则在解构崇高与宏大主题的过程中回归世俗的真实,引入实用主义来消解精神崇高和宏大叙事,到了新世纪的苦难叙事更多地聚焦在对社会现实的道德批判层面了。

文学不能只是批判,也不能简单成为社会道德的代言人,更不能只是现实

---

① 韩文淑:《生态意识与新世纪乡村叙事》,《贵州社会科学》2013年第8期。

生活的直接翻译。文学需要思考人的生命价值,需要把个体的人放置在整体的人的背景下去思考生命和存在的意义。而生态批判就是在这种背景下进入文学叙事的。

生态批评视野下的乡村叙事的价值在于:"深入思考生态危机产生与发展的内在肌理和外部环境,冷静反思当下社会运行的机制与体制,审慎分析造成生态危机发生的社会根源与人类的思想文化。"① 乡村的生存,需要有超越狭小时空局限的"整体人"的观念,需要站在整体的人的角度来思考人的生存价值、生命意义。这既是文学对人的生命关怀,也是文学跨越了自身边界进入人类生命价值领域的一种探寻。这种生命价值的探寻,关注更多的是人对生命意义的认识,以及生命存在的物质环境和人文环境,这一时期的乡村叙事是带着忧患与批判的态度去书写的。

贾平凹的《带灯》叙述了基层领导为了自己的政治前途,大力发展经济,却是以牺牲乡村的自然环境为代价。陈应松的《无鼠之家》所描绘的乡村到处是受到污染的乡村环境,甚至自然环境的污染带来了人的生存本性的弱化,作者在这里寄托着对乡村未来如何存在和发展的悲悯与忧患。

违反自然规律的经济发展带来的直接危害是乡村自然环境的逐步恶化,但是,与此相关联的更加令人心痛的是乡村的文化生态也同样遭到破坏,现代化进程初期对乡村文化生态的忽略,导致乡村人性变异,传统美好的礼仪伦理遭受冲击。曹征路的《豆选事件》揭露的是乡村基层的权力与民主的较量,在这种较量之中暴露出乡村人性的裂变。

新中国成立以来,七十余年的乡村叙事,其主题在随着政治话语调整和社会发展的变化而不断变化,形成了当代乡村叙事的主题链条。文学对乡村的观照,从"十七年"寄寓的美好想象,到新时期的质疑追问,再到新世纪文学对乡村精神世界的关怀以及对社会现代化的反叛性思考,乡村叙事从乌托邦式的歌颂与想象回归到理性审视与思考。

文学既不能夸大政治话语在审美中的植入,也不能过度悲观地引入否定性批判,更不能跨界用非文学的话语书写乡村生活表象。文学需要在肯定和批判中给予乡村以精神的动力,站在审美角度,表达对乡村的关怀和心灵启迪,创建中国乡村叙事特色话语体系。而从文学所反映的社会现实来说,更给予我们深思的是,乡村应该如何在自身的立场上寻求有节奏的生命发展轨迹,走向人类自身关怀的现实境界之中。

---

① 高春民:《社会化反思:生态文学创作的潜在主题》,《江汉论坛》2019年第3期。

第四章　政治高歌与美好想象:"十七年"时期乡村叙事的主题设定

"十七年"时期的乡村叙事呈现出鲜明的政治话语特色,文学对政治的召唤给予积极响应。文学为人民服务,为社会主义服务,成为政治话语对文学价值观的主要要求。"两为"方针是延安文艺座谈会以来的主要文艺政策,对乡村叙事更加适合。因为,人民的主体就是工人和农民,农村、农业和农民成为文学"服务"的主要对象。由此可以说,"文学为人民服务"的最好体现是在乡村叙事之上。

为什么这样说呢?因为,中国无产阶级革命是以工农阶级为主体的革命斗争,而且是以农村作为起点和根据地的,中国革命的胜利也是以工农翻身做主人为主要体现的。乡村,从此就成为社会中的重要组成,是与纯真、进步、光明密切相关的。而文学叙事也自然关注着乡村,并且以欣喜、自豪、憧憬的姿态进行叙事的。在"十七年"时期的文学叙事中,几乎没有把乡村描写得贫穷、落后、悲苦、凄凉的,尽管当时的乡村刚刚从旧制度的盘剥与长期战争的摧残中走出来,尽管当时的乡村无论是物质基础还是生产业态都并不美好,但是,文学叙事中的乡村则是充满美好前景和活力的,是需要用高昂的歌声歌颂的。歌颂与赞美成为"十七年"时期乡村叙事的主要价值基点和主题色彩。

第一节　"十七年"乡村叙事主题确立的逻辑性

"十七年"时期的乡村叙事,在文学史上通常称作"农村题材文学"。把新中国的新农村生活和建设作为乡村叙事的主要书写对象,在那个特定的历史时期和特定的国家意志影响下,此时的农村题材文学作品在"写什么"和"怎么写"上,都表现出高度的一致性。"在更大程度上文艺界通过国家主流意识形态强调把表现社会主义农村翻天覆地的生活作为一种符号机制,以此彰显主体的在场。故而,'现实斗争'和'政治诉求'成为'十七年'农村小说的内涵和共识。"[①]

[①] 首作帝,张卫中:《"十七年"农村小说话语的分层与配置——以〈三里湾〉、〈创业史〉、〈山乡巨变〉为中心的考察》,《南京社会科学》2008年第2期。

政治高歌与美好想象:"十七年"时期乡村叙事的主题设定 第四章

既然要体现新中国成立之后农村和农民的"主体在场",那就需要把农村和农民作为社会主义新农村建设的主体来对待,对这种历史性的宏大事件的书写,是不同于五四时期以批判为主题的乡土文学。以歌颂为基调,重点抒写翻身农民的喜悦和自豪之情,抒写新社会主人的身份自认和责任自设,这是十七年农村题材文学的主题特征。

此时期的农村题材主题可分为三种类型:翻身主人的自豪与自信主题;建设新社会新农村的宏大历史叙事主题;对乡村美好未来的向往和想象主题。前两个主题是站在"现实"的角度来确立的,第三个主题则是从对未来的想象角度确定的。

这是从中国社会发展变化的层面进行的分析。这种社会变化与中国新民主主义革命的特点有着密切关联,是中国新民主主义革命的特点决定了乡村叙事的主题设定方向。新民主主义革命的目标是建设新政权,消灭私有制,走集体主义道路,带领人民走向共同富裕。"集体主义思想的最终目的,指向'共同富裕',而以'独富'为其目标的小农经济思想便失去了生存的合法性。"[①]翻身之后的农民也不再是启蒙时期的农民,他们以主人公的身份积极参加到"革命"和乡村建设中来,新中国成立以后的农村题材小说,由于受制于政治的影响,原有的启蒙思想被减削为对农民自发倾向的改造和批判。[②] 翻身之后的农民不仅要对地主、富裕中农和混入革命队伍中的坏分子进行革命和改造,同时,还要对自己进行改造,"当农村完成了'暴风骤雨'般地对阶级敌人的革命运动之后,革命的矛头就将指向农民自己了。"[③]事实上,改造别人也是改造自己,甚至可以延伸理解为作家也在进行自我改造。无论是从文学的创作角度还是从文本批评角度来审视"十七年"农村题材文学,都需要从"革命"这个历史性、社会性的逻辑开始,"'十七年'时期以乡土、农民为书写对象的文学创作之所以叫'农村题材',既是由于文艺主导者、文艺理论家和文学史家的概括划分,也表现出这种革命化的小说类型,具有国家化、人民化、现实性等特点。"[④]这是"十七年"文学中乡村叙事主题成立的第一个逻辑基点。

---

① 郭丽君:《"集体"场域中的"个体"与性别——以〈李双双小传〉为个案》,《文艺争鸣》2014 第 6 期。

② 肖向明:《革命"召唤"——论"土改"和十七年农村题材小说的民间信仰叙事》,《哈尔滨师范大学社会科学学报》2011 年第 3 期。

③ 谢有顺:《"十七年"小说的叙事伦理——以农村题材小说为考察对象》,《学术研究》2016 年第 4 期。

④ 孙晓文:《"十七年"农村题材小说的革命书写》,南京师范大学博士学位论文,2011 年。

论中国当代乡村叙事的主题变迁

"十七年"乡村叙事主题成立的第二个逻辑基点是：长期的革命斗争生活和基层生活体验，使得新中国成立之初的大部分作家对乡村生活更加熟悉，而对城市生活则拉长了情感距离。特别是长期接受政治话语的引导，接受文学为人民服务的创作观点，已经把乡村叙事作为对主流意识形态和政治话语积极响应的重点选择。因为"人民"一词在现代主要是指向乡村人的一个概念，乡村是知识分子对人民最熟悉的生活区域，而城市则成为相对陌生的地方。"虽然不能说'十七年'时期的小说家，在书写乡土题材时就摆脱了这种张望的心态，但他们在政治意识形态与文艺政策的号召下，确实比 20 世纪其他时段的作家们更贴近乡土，更深入农民生活，像赵树理、周立波、柳青这样的作家，要么从乡土来，要么抛弃城市生活回归乡土，长期生活在乡村，熟悉和热爱乡村，他们身上洋溢着浓烈的乡土气息，他们中的多数人本来就是农民，所以他们笔下的乡村也比其他现当代小说家笔下的乡村更显真切自然。"① 例如周克芹，为了创作农村题材的文学作品，长期在农村生活，"那种轰轰烈烈的日子，使我暂时忘记了学校生活和书本，而真心崇拜那些一字不识的农民英雄和那些坐在会场上翻开灰布制服及捉虱子的工作队员"，并曾经立志"将来要做一名优秀的农艺师，让丰收的粮食堆满农民的粮仓，让肥壮的牲畜布满山岗，让鲜艳的花朵开遍祖国大地"，对农村充满深厚的感情。② 柳青为了熟悉乡村生活，主动向组织要求到基层去，"1952 年，组织满足了柳青的要求，任他为西安市长安县(现西安市长安区)县委副书记，于是他打起背包，举家搬到了长安县皇甫村，在皇甫村一住就是 14 年，并创作出了反映 20 世纪 50 年代中国农村走互助组、合作化道路的史诗般小说《创业史》，从而奠定了他作为一名著名的现实主义作家在中国现代文学史上的地位，也成为中国现代文学史上的一面旗帜。"③ 而柳青虽然在《创业史》中肯定了农村合作化道路的正确性，但他并没有停留在政治话语的层面对农村建设进行肤浅的褒扬，而是深入到农村生活和生产的内在进行理性思考，更加增强了小说的真实感，"其现实主义的真实性就体现在，通过新旧两种'创业'的对照，揭示了农民只有走集体富裕的道路才能摆脱贫困与破产的历史规律，这被认为是不容置疑的本质真实。"④ 这是柳青对乡村生活非常熟悉的地方。文学要写人民，当然就要写乡村。

---

① 谢有顺：《"十七年"小说的叙事伦理——以农村题材小说为考察对象》，《学术研究》2016 年第 4 期。
② 蔡廷华：《周克芹简谱》，《四川大学学报(哲学社会科学版)》1991 年第 2 期。
③ 张若筠，何建龙：《新时代呼唤柳青精神》，《陕西档案》2019 年第 4 期。
④ 林霆：《论十七年农业合作化题材小说的真实性》，《文史哲》2012 年第 1 期。

政治高歌与美好想象:"十七年"时期乡村叙事的主题设定　第四章

"十七年"乡村叙事主题成立的第三个逻辑基点是:中国共产党的文艺政策催生出乡村文学叙事的主流形态。1962年8月2日至16日,中国作家协会在辽宁大连市召开"农村题材短篇小说创作座谈会",农村题材受到高度重视。此后,大量的写农村题材的小说成为文学走廊中的一道风景线。把农村放置在国家建设的宏大背景下进行书写,这是党的文艺政策的意图。农村建设已经成为新中国建设中的重要组成部分,农村建设的现实生活也为新中国成立之后文学书写乡村提供了大量鲜活的素材。

当然,在此之前,就有很多作家已经把文学的注意力集中到乡村叙事上了,这大概是乡土文学继承者的书写传统了。但是,在大连工作会议之前的部分农村题材小说实际还是延续着20世纪30年代乡土文学的主题基调,那就是以批判为主,例如赵树理创作于1950年的短篇小说《登记》对遗留在乡村的封建思想和生活习俗给予了批评,也对乡村基层政权建设存在的不足之处进行了批判。这种社会性批判主题是与"五四"之后的乡土文学的主题紧密相关的。

在中国共产党的政策引导下,在作家对乡村进行亲身经历和自信性的想象之中,十七年时期的农村题材文学得到前所未有的发展机遇,也是文学自身前所未有的自觉书写,出现了一些比较典型的长篇小说,作为此时期乡村叙事的主要作品。代表作品有《山乡巨变》(周立波)、《创业史》(柳青)、《艳阳天》(浩然)、《李双双小传》《不能走那条路》(李凖)等长篇小说;短篇小说有《归家》(刘澍德)、《水滴石穿》(康濯)、《我们夫妇之间》(萧也牧),长篇小说集中在乡村生产和建设的现实场域的较多,而短篇小说往往把乡村与城市对比起来进行叙事。

"十七年"时期的农村题材小说,具有强烈的政治意识,政治叙事色彩浓厚,写什么、怎么写,往往有统一的模式。对这种主题设定和叙事表达的方法,批评界的观点不一致。有的认为这是一种比较好的叙事模式,"社会主义集体主义在人物塑造和主题设定时的潜移默化,是50年代出生的作家的乡土书写相对于新中国其他几代作家群体尽管也强调自我经验,但在精神境界上能走出自我关怀的狭小天地,显出一种厚重、大品格的重要原因。"①也有人认为,这种政治话语浓厚的文学叙事缺少审美差异性,"这一时期的农村题材短篇小说与现代文学史上的乡土小说有着本质的差别。乡土小说重在表现特定地域的文化传统、价值观念、伦理习俗与自然风光,一般都能透过社会政治层面对乡土社会的文化心理有所揭示,因而具有某种程度的文化意味……而二十世纪五六十年代

---

① 姚晓雷:《试论新中国前期文学资源对50后作家乡土叙事审美建构的内在形塑》,《南方文坛》2018年第4期。

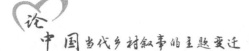

的农村题材小说,则显然与这种乡土小说大异其趣。"①其实,不仅仅是短篇小说,长篇小说也受意识形态的影响较重,文学自身审美的价值相对不足。

第二节　翻身主人的自信与自豪主题

翻身,其实是一个政治话语,但移植到文学叙事之中,则具有人的价值重现和尊严复活的特点。在旧中国的阶级社会中,"人民"一直就是一个社会地位很低、人格尊严极低的社会群体。在《诗经》时期,"人民"就是指社会最底层。"'人民'最早见于先秦典籍,如《诗·大雅·抑》曰:'质尔人民,谨尔侯度,用戒不虞',主要指从事生产劳动的奴隶。"②生活在底层的人民,他们的人生价值和社会价值是很难体现出来的,因而常常被人蔑视、欺压、驱使;人的尊严是难以找到更多的场域呈现出来的。因为,以物质财富多少和社会地位高低,或者出身贵贱来确定一个人在社会和生活中的价值和尊严,只能把对人的评价转向外在的社会性评价,评价的视角和对象发生了严重的偏离,对"人"自身的内在品格评价转向了外在物质条件标志性的评价,在文学叙事中也呈现出这样的方式。

比如,《三国演义》中对曹操和刘备两个文学形象的不同评价立场,形成了对历史小说文学评价的基本方法,就是以一个或者多个参照人物进行的一种外在评价,而很少对刘备、曹操内心深处的人性进行评价。《红楼梦》中对贾雨村、王熙凤形象的评价则是局限于因果报应式的设定,对贾宝玉形象的评价则又走向人生价值虚无的暗示。这些都不是对个体人自身的价值界定,而是站在社会学的角度或者伦理学的角度进行的价值设定。《聊斋志异》被认为是"写鬼写妖高人一筹,刺贪刺虐入木三分",但是诸多的故事则是在告诉人们人鬼两个境界是一体的,带有鲜明的中国民间神话和习俗色彩,虽然人妖混同,但这却是进入人的内在而形成的审美评价。

当然,也有许多文学作品关注着人的内心状态和品性,关注人的自身心性形态和成长规律,关注人的自身品格和价值追求,特别是把人与自然紧密联系起来,形成了借助山水田园生活来培养性情的文学叙事主题。像谢灵运、陶渊明、孟浩然、王维等,就是以山水田园生活为主要抒写对象,但是,在当时,这样

---

①　董健,丁帆,王彬彬:《中国当代文学史新稿(第3版)》,北京:北京师范大学出版社,2017年版,第57页。

②　张胜利:《从"人民性"到"人性"——新时期以来文学评价标准转变之一》,《烟台大学学报(哲学社会科学版)》2010年第1期。

的作品不论在古代任何一个时代都没有占据叙事性文学的主流,而多呈现为诗歌和散文作品。

新中国成立之后,对乡村有着浓厚感情的知识分子,或者一部分就是从农村走出去的作家,对新中国成立之初的乡村情感更加深厚了。于是,他们就凭借手中之笔来描绘乡村的美景、人物和风俗习惯,来塑造人物的品格和形象,展示出对乡村建设的自信,和对乡村文学书写的自信,柳青"在写作《创业史》之前,他就已经亲历了一场堪称巨变的历史革命,从而真诚地为之感动,为之着迷,为之欢呼;当农业合作化运动作为社会主义改造运动的一部分被提出时,柳青迷恋于对历史必然性的认识,以找到社会发展规律而自信,对象征着'历史进步'的合作化运动进行全景式书写,认为这是合乎逻辑的事情。"①

20世纪50年代的农村题材文学的一个主要创作主题就是对农业合作化道路正确性的书写。正确,是一个社会性的价值判断,在这里用在文学创作与批评上,是政治与文学标准的有效结合。从政治的角度来说,合作社是20世纪50年代农村集体化道路的一种主要形式,是自上而下需要贯彻执行的一条道路和政策。事实上,对这一政策和路线,能够真正弄明白的人并不多,不懂就可能会不支持,1957年2月16日毛泽东在颐年堂召集文艺界人士座谈会上就说过:"现在是大变革时期,有的人不满农业合作化,富裕中农就不满。"②不满,其实是没有弄明白,没有理解当时政策的真实意图。既然有不满情绪和反对势力,就需要有坚定的支持者站出来,坚定的支持者首先是坚信农业合作化道路是正确的,也就是说,这种正确性来自当时的国家和知识分子对农业合作化道路的自信。这种自信一是源于中国新民主主义革命的成功,革命的成功增强了文学对新中国之初的乡村建设道路的正确自信,二是源于政治的感召,新的历史条件下政治需要文学对其做出积极响应。毛泽东《在延安文艺座谈会上的讲话》确定的文艺要为工农兵服务、文艺为政治服务,成为十七年农村题材文学坚定的创作原则。文学要与政治紧密地结合起来,才能起到政治宣传和教育的作用。而且,文学对政治紧密响应,不仅能够教育反对国家路线的人,还能够对翻身的农民进行自我教育,因此,这一时期的农村题材小说"一方面表现了农民在这一时代新变面前丰富的内心活动和灵魂的斗争,另一方面表现了农民的集体意识、国家意识的逐渐形成和新的文化信仰的建立。"③

---

① 林霆:《论十七年农业合作化题材小说的真实性》,《文史哲》2012年第1期。
② 洪子诚:《材料与注释》,北京:北京大学出版社,2016年版,第9页。
③ 倪万军:《十七年时期农村题材小说得失之辩:以〈创业史〉为例》,《中国文艺评论》2018年第6期。

论中国当代乡村叙事的主题变迁

《艳阳天》中的萧长春在带领东山坞的农民创建农业合作社的过程中,遇到许多困难,但是,在萧长春看来,有困难总会有解决的办法,并安慰焦淑红、韩百仲等进步同志要坚定必胜的信心。当马连福带头闹分红的时候,大闹会场,引起众多贫农的不满,甚至会导致贫农与中农、富农之间的严重对立。而在这种矛盾将要激化的情况下,萧长春还是保持冷静,忍住愤怒,在经过内心的短暂思考和衡量下,胸有成竹想出应对的办法,那就是一直保持冷静,保持沉默,任凭马连福发泄情绪。萧长春试图在听取马连福的怨言中全面掌握中农和部分受到蛊惑的贫农的真正想法,以此洞悉马连福闹会场的背后势力和思想。最后,萧长春用党的政策说服了马连福,稳定了马连福的思想,成功地平息了这场风波,使得以马之悦为首的自私自利团伙不得不接受党支部制定的分粮方案。而当夏收正忙、准备上交公粮的时候,党支部副书记、农业合作社主任马之悦暗中操控马大炮、弯弯绕聚众强抢粮仓的时候,萧长春也是泰然自若,发动积极分子保护粮仓,并在乡党委书记的支持下,成功平息了又一场风波。

萧长春的自信来自对党的政策的信任和信心,来自党组织给予的力量和支持。乡党委书记王国忠是一个经过革命洗礼的干部,对党的政策掌握得非常准确,既有高度的政治觉悟,又能够深入基层了解农村的现实情况,更善于做好那些思想不稳定农民的思想动员工作。他是党的政策化身,也是在东山坞这个充满矛盾的小乡村中党的政策主要宣传者。正是这位党的政策代言人内心充足的信心,支配着自己不断改变处理事情的方法,实现了化解矛盾、有效推动合作社健康发展的目标。

书写"翻身"以及国家建设的自豪感,也是十七年农村题材文学要表达的一个主题内容。自豪感,是基于农村作为中国革命根据地的历史事实而生成的,也是基于新中国成立之后国家建设这一宏大社会现实而生成的。在新中国成立之初,农村建设已经不仅仅局限于自身的稳定与发展,而是要把农村建设放置在国家整体建设的历史洪流之中进行审视,"合作化运动所力图解决的并不仅仅是农村出现的贫富分化的现象,而且指向国家的工业和农业、消费和积累、个人和国家等矛盾关系问题。"①这种带有崇高而重大时代意义的建设任务落在翻身之后的农民和农村干部身上,为他们的心理注入了无限的精神崇高感和社会自豪感。

《山乡巨变》中的邓秀梅15岁就参加工作,是共青团县委副书记,热心于新农村建设,她积极主动地下乡到清溪乡建设农业合作社,并坚决相信集体化的

---

① 徐勇:《农村社会主义改造、革命与欲望问题——从浩然的〈艳阳天〉到〈苍生〉》,《文艺理论与批评》2016年第3期。

道路一定是改变农村和农民命运的最好道路,因此,她在清溪乡工作的时候,始终保持着高昂的战斗热情和克服一切困难的决心和信念。《艳阳天》中的萧长春从工地回到东山坞的路上,已经感受到自身内心的那种自豪感,并由这种自豪感滋生出超出寻常的精神力量。东山坞的那些进步青年们,也因为自己从事的乡村建设具有国家建设的重大意义而自豪,焦淑红、马淑英把夜晚在田野里看守麦田、起早到河边清理淤泥池边的积水当作非常光荣而自豪的事情,焦淑红更把指导韩道满接管农业合作社的账目当作一件政治工作对待,并为自己能够快速掌握会计业务知识而感到自豪。自豪,是一种精神体悟,是一种在宏大历史时期政治动员下个体价值的自我体认。这是"十七年"农村题材小说中常常表达的一种主题性情感。

第三节　书写参加新中国建设的高昂热情和宏伟目标

　　新中国成立之后,由于长期战争造成了物资极度匮乏,各项事业亟待恢复和建设。中国共产党领导的新政府开始把工作重点转移到新社会建设上来,而乡村建设则成为新中国社会建设的重中之重。

　　中国革命的初心是让广大的劳动人民在推翻旧制度、旧社会之后,能够过上富裕、和平、稳定的幸福生活。革命胜利之后,乡村对重建家园、重建美好生活开始了美好的想象,也把全部精力投入到社会主义新农村的建设上来。这是乡村在进入新社会之后树立的一个历史性宏大目标,书写乡村以及农民参加新中国建设的高涨热情和宏伟目标,就成了这一时期叙事文学的重要任务。

一、书写农业合作化的先进性和社会建设意义

　　新中国成立之后,政府确定的农业合作化道路成为建设社会主义新农村的主题思路,在政治动员的鼓励和情感激发之下,乡村认定了这一道路的正确性,并积极投入到农业合作化建设之中。知识分子积极响应党和政府的号召,到农村调研、亲自参加合作化建设,积累了一定的感性认知之后,把对农业合作化美好前景的畅想写入文学作品之中,产生了多部书写农业合作化建设宏大主题的文学作品。《山乡巨变》《创业史》《三里湾》,成为传诵一时的名作。老中青作家都把文学目光聚焦到农业合作化建设的重大主题上来。

　　在文学叙事中,农业合作化必定成功,这是作家们流露出的时代激情。《创业史》中的梁生宝,在旧社会深受苦难,进入新社会后看到了乡村社会发生了翻天覆地的变化,认识到农业合作道路是改变农村落后面貌的唯一正确之路,就以满腔热情和共产党员的政治觉悟,带领部分积极分子战胜各种困难,终于在

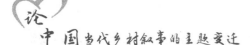

合作化道路上走出了成功之路。在梁生宝的心中,带领农民走合作化道路是一件宏大的事业,要把合作社建设得轰轰烈烈,以此来展示农业合作化建设的伟大性,用事实击败了姚世杰这些敌视农业合作社的落后分子。

信心是成功的内在力量,农业合作社的建设需要内在力量,农村题材的小说也正是按照这种思路书写农村建设中的那些积极分子对农业社充满了信心。《艳阳天》中萧长春在东山坞组建合作社的时候遇到了马之悦和马小辫等反对势力的阻挠和破坏,萧长春表现的不是忧愁,不是退缩,而是始终信心满满,精神抖擞。在一次和自己的父亲萧老大的谈话中,萧长春是这样说的:

"您想想,去年秋天要翻车,咱们不是把它赶起来了吗?前几天又要翻车,咱们不是又把它赶起来了吗?以后不管再出来什么样的坡坎,咱们也不准它翻车,照样儿要往前赶!"①

这是农村基层干部对农村建设必胜信心的表达,也是党员干部对革命事业必胜的信心宣誓。这种信心是充满斗志和勇气的。

那么,是什么让农村基层的干部充满信心和勇气呢?是党的正确领导,是革命的正义性,是中国新民主主义革命之后农村选择的一条正确道路决定的。这是作家要告诉读者的一个基本的政治话语,这种政治话语支配着文学的主题确立,使得《艳阳天》按照政治的思路用文学的手法去书写乡村的生产和生活。当工作遇到困难或者困惑时,萧长春心中铭记"要找领导,找方向,找办法",王国忠是东山坞农民最信任的党员干部,更是萧长春做好基层工作的政治依靠,因为,在《艳阳天》中,王国忠始终是党组织的代言形象,是正确的路线、方针的传达者和解读者,是指导东山坞合作社能够走向成功的主要精神支柱。

当然,拥有好的工作方法和工作智慧也是农村基层工作成功的条件。在《艳阳天》中,工作方法和工作思路以及工作的指导思想是紧密相关的。政治方向对了,工作方法就对了,这是作者要告诉读者的一个基本道理。"一手抓斗争,一手抓生产",这是王国忠告诉萧长春的主要工作思路。在具体工作中,也要针对不同阶级性质、不同政治立场的乡村人使用不同的方法,对贫农,要依靠,对地主要斗争,对马之悦这样混在党内的两面性人物要善于做思想工作,还要坚持斗争,对受到私利蛊惑而做错事情的中农,要帮助他们转变思想、转变立场。这是王国忠给萧长春的具体工作方法指导,也是萧长春借以冲破重重阻力实现了东山坞农业社顺利发展起来的工作方法。

宏大的主题需要宏大的场面来展示。在《创业史》中,有两个场面是十分宏

---

① 浩然:《艳阳天(二)》,北京:人民文学出版社,2019年版,第8页。

大的,一是梁生宝带领进步青年进山砍竹子,解决合作社资金不足的问题。作者把这一事件放置在山路崎岖、劳动条件极其艰苦、劳动强度极大的背景下进行描写,以此衬托出梁生宝他们内心深处的建设热情和高昂干劲。他带领合作社的成员走进深山砍伐竹子,编制农具,换来了农业合作社的建设资金,在富农和富裕中农面前为贫农挣得了自信和骄傲,使得落后的富农、富裕中农开始相信农业合作化道路的正确性。解决资金问题也许只是一件普通的事情,然而对特定历史时期的农业合作社建设来说,这一项工作就显得意义非常重大,而且具有非常重要的政治意义,因为,解决资金问题成为进步力量战胜落后势力的事实证据。

把普通的农业生产劳动的意义上升到政治意识层面,这种劳动的意义就显得很宏大了。与梁生宝对立的是郭世富、姚世杰这些富农,他们沉浸于旧社会的那种自我富足的生活,不顾贫农的生死,没有集体观念,对农业合作社的建设持抵抗态度,并且在背后使用各种手段破坏农业合作社发展,他们是封建剥削阶级思想和个人独富落后思想的代表。而恰恰就是这些富农落后分子,以及他们的不断挑衅,使得梁生宝、欢喜等积极分子学会了思考问题,学会了用新思想、新方法去认识新问题,在对立斗争中提升了自身的思想水平和工作能力,从而能够在艰苦和困难中把合作社建设成功。这个合作社的成功,不是一般意义的成功,它证明了农村普通劳动的国家意义和政治意义,具有很高的宏大美学意义。正如学者对《创业史》的评价:"作者以强烈的历史意识和真诚的阶级意识,通过描写梁生宝父子两代人不同的创业道路及其结局,概括了中国农民的生活历程,反映了他们要求改变苦难命运的强烈愿望。"[①]在农村题材小说中,农业合作社代表的是全体劳动人民的意愿,是翻身之后的农民走向共同富裕的最佳道路。

宏大的历史使命激发出农民高昂的劳动积极性和政治热情,这成为农村题材小说要书写的一项内容。《李双双小传》从乡村女性的角度书写乡村参加农业合作社建设的激情和政治觉悟。孙喜旺是一个具有大男子主义的青年农民,好吃懒做,投身于新中国乡村建设的政治觉悟很低,严重的小农思想加上浮躁的人生态度、虚荣的面子之感,在孙喜旺身上体现得很全面,也很形象。这一个形象其实是乡村人的共同特点,或者说是共同的人格缺陷,用一个词语就能概括孙喜旺的性格特征:陈旧。而与之相对比的是孙喜旺的媳妇李双双,她是一个敢闯敢干、心直口快、有高度的政治意识的农村女青年,还有她纯真善良的心

[①] 朱栋霖,丁帆,朱晓进:《中国现代文学史(第二版)》下册,北京:高等教育出版社,2012年版。

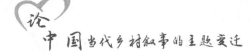

地,赢得了全村人的热爱和敬佩。李双双是一个新社会的新型农民,在旧社会的地位低,新中国成立之时,对合作社充满自信,敢于引领全村走向合作社,共同创造美好幸福的生活。李双双是一个农民的象征,是一个自立自强农民形象的典型代表,她以女性在乡村社会建设中的独立形象出现,更加具有代表性和典型性。李双双政治觉悟很高,虽然她不是什么知识分子,但政治觉悟远远高于男同志。李双双在农业合作社建设过程中始终表现出鼓足的干劲和高涨的积极性。而且,她相信,合作社一定能够成功。

我们需要追问的问题是:当时的乡村叙事为什么要写这种投身乡村建设的积极性和自信心?知识分子自身的位置在哪里?

笔者认为,知识分子大力抒写农业合作化道路建设这一主题,应该有三个方面的原因。一是政治需要。知识分子在新中国成立之初,也与工农阶级一同成为新中国的主要建设者,新中国的建设需要知识分子,知识分子也同样需要响应政治的号召。一个新的时代开创而来的时候,作为这个时代的主人会激情蓬勃、干劲十足。政治号召要宣传农业合作化道路,作为为政治服务、为人民服务的文学,理所当然地要歌颂必胜的信心和充足的干劲。二是文学叙事主题创新的需要。农业生产合作化作为新中国成立之初的改天换地的政策,在旧中国是没有的,是一种新的生产方式和社会结构方式,对于战乱之后稳定和凝聚农村人力资源有着重要而积极的作用。三是知识分子自身转变的需要。在工农阶级为主体的革命过程中,知识分子被视为觉悟低、思想落后的一个群体,在文艺为人民服务、文艺为政治服务的感召下,应该接近群众,走向乡村,走向农民,写出乡村和农民的声音,写出他们的情感,写出他们的理想。这就成为知识分子写作的一种复杂情感动力。

二、批判旧思想、旧观念

新旧思想的冲突,才是农村在社会变革期内在的存在状态。历史上任何时候都有新旧思想的冲突,没有冲突就没有矛盾,没有激昂和力量也就没有除旧布新的社会进步。

旧思想、旧观念是与新事物相对而存在的。写新思想、新观念,就必须有旧思想、旧观念来进行对比。在农村题材文学中,所谓新、所谓旧,既是以时间为分界,也是以阶级为分界。时间分界是以旧社会结束、新中国成立为标志的,阶级分界是以贫农和部分中农为代表的新,以地主、富农和部分落后中农为代表的旧。"十七年时期作家着力刻画的是农村中的'新人'形象,如梁生宝,同时作为对比还涌现了一大批老一辈农民形象,如梁三老汉、亭面糊等。十七年乡村作品中新旧人物的塑造构成了二元对立,更多是为了突出新人形象、宣传主流意识形态和新的政策。而进入新时期以来作家笔下的农民形象愈加多元化、立体化。"[1]

新中国的成立,对乡村农民来说,是一个翻身性的历史事件,因为,在这个时间,乡村农民的身份发生了翻天覆地的变化,由原来的依附于地主阶级转向社会地位的独立,由原来处于被剥削被压迫的地位转向国家政权的主人地位。翻身农民自身的地位变化,使得他们对党和国家的新政策非常支持,主动接受新的思想、新的政策和新的风俗,参与新社会建设的积极性一直处于高涨状态。翻身农民对党和国家新政策、新思想、新观念的支持和认同,使得农民自身的思想呈现出新的状态和价值,观念是新的,思想也是新的。正如《艳阳天》中的萧长春所想的:"本事不大,可是自己爱党,听党的话,爱社会主义,决心要做硬骨头!有了这个,才是胜利的根本。东山坞的许许多多的老同志、新同志,都有这条根本。"[2]这为新思想确定了基本的评价标准,就是是否与党的政策保持一致。

在《艳阳天》中,萧长春、韩百仲、焦二菊是经历过革命斗争生活的,长期接受党的教育,思想进步,他们是东山坞进步思想的主体力量;焦淑红、马翠清、焦克礼则都是青年一代中积极进步、富有新思想的人。韩道满虽然有犹豫思想,但在事实面前以及党团组织的教育,成功地转向思想进步的一面。《创业史》中的梁生宝、欢喜,都是坚定地走农业合作社道路的人,梁生宝的母亲、梁老四等,都是既有传统农民朴质美德又能接受新的思想和政策的农民。他们是翻身之后的农村中新思想的代表者。

与之相对的是地主阶级、富农、富裕中农中的一部分,他们在旧社会属于占有较多社会资源的阶级和群体,维护旧制度、维护旧社会结构的思想惯性很强,即使在新中国成立之后,接受一定的新思想、新观念教育,但是从内心深处是拒绝的。他们中的一部分就成了旧思想、旧观念的主要代表者。新中国成立,对他们来说,是一个思想裂变的历史时刻,能否走向新生活,关键要看自身思想和观念能否转变。严格地说,主要是政治立场的转变,是阶级属性的转变。当然,对他们来说,最能够让他们转变的往往不是政治教育,不是政策解读,更不是延续过去的斗争,而是新的生产方式,特别是农业合作社能不能给群众带来实惠性的物质收入,这种实用性很强的理由往往超越了政治理论的教育。

旧思想也存在于一些政治上翻身、思想上没有翻身的贫农身上。这些贫农往往具备三个特点:一是在旧社会有一定的土地,或者与地主阶级有着亲附关

---

[1] 张丽军,范伊宁:《乡土中国文学的"农民劳动史""乡村心灵史"——读贺享雍〈土地之痒〉》,《当代文坛》2019年第3期。

[2] 浩然:《艳阳天(二)》,北京:人民文学出版社,2019年版,第26页。

系能够优惠地享受地主的待遇;二是认为依靠自身劳动能够获得较为稳定的生活,不愿与他人合作,也不愿帮助别人;三是他们的人生经历复杂,价值观混乱,自私自利的思想凸显,对新制度持以蔑视态度。

《创业史》中的旧思想、旧观念主要体现在两类人身上,一是姚世杰这样的地主代表,旧思想、旧观念根深蒂固,对新社会、新思想、新制度拒绝接受,而且与新中国的农业合作社政策极力对抗。包括郭世富这样的富农,心中充满对旧生活的怀念,对旧社会的依恋,不肯走集体化道路,不积极参与新社会新生活的建设,更不愿意帮助贫困农民。二是一部分政治上翻身、思想上没有翻身的贫农。王瞎子就是这样的人,在旧社会他与姚世杰有着一定的亲戚关系,得到过姚世杰的一定优待。新中国成立之后,仍然幻想地认为姚世杰会帮助自己,给自己很多的好处,唯物质思想高于政治觉悟。这两种人都是旧思想、旧观念的主要寄存者,他们心中对新中国成立之初的农业合作社生产方式的抵触、拒绝,带来的是梁生宝工作上产生了巨大压力和思想教育方面的难度不断增加。

《李双双小传》中的旧思想、旧观念是什么呢？是大男子主义,是好吃懒做,是男女不平等。而这些都集中体现在孙喜旺身上。孙喜旺是一个典型的需要改造的乡村落后分子形象。而且,作者把孙喜旺的形象放置在同一个家庭之中,与他的妻子李双双相对比,这是富有喜剧色彩的。同在一个家庭,两种对立的思想,矛盾冲突极为典型,人物形象也会丰富多彩,并且具有很强的生活韵味之美。

李双双的形象是一个具有传统农民勤劳朴实品德与现代农民政治热情的结合体。在李双双身上能够看到中国传统农民所具有的淳朴、勤劳、宽厚优秀品质;同时又释放出积极响应政治动员的现代进步思想。因此,李双双是一个最富有传统美德与现代进步思想的文学形象,李双双形象的塑造,体现了作家站在传统与现代两个道德维度上对乡村提出的希望和期盼。在这样的形象衬托下,孙喜旺身上的旧思想、旧观念就显得非常特殊而且典型了。两个相反的形象在一个家庭里互相比较,赋予家庭以特殊的社会意义,充分展示出文学的批判价值。

批判旧思想、旧观念,恰恰是"十七年"文学的一个重要任务。但是,这不仅仅是任务,也是一种审美,这种审美用文学形象作为代言来褒扬新思想,批判旧思想、旧观念,把抽象的政治话语转化为生活化、形象化的文学话语,达到了艺术源于生活又高于生活的目的,具有现代文学审美意义。

在塑造社会主义建设的新农民形象的同时,批判旧思想、旧观念,既可以丰富文学的形象内涵,也达到了在对比中宣传了党和国家的乡村建设政策的目的。书写新社会的政治思想、集体观念的正确性,需要有与之相对立的思想、观念作为反证,在反证过程中,农业合作社路线的正确性更加有说服力。新旧思想形成鲜明的对比,并以此赞扬了积极投身农业合作社建设洪流之中的那些积极分子的大公无私、家国情怀和必胜信心。

三、书写中间人物的政治觉悟转变

中间人物是"十七年"文学形象中的一类特殊形象。在"十七年"农村题材小说中,几乎每一部作品都有中间人物形象的存在。这些中间人物形象,与先进人物、落后分子形象,共同完成了文学形象完整性的结构组成。

《创业史》中的梁三老汉,《山乡巨变》中的亭面糊,《艳阳天》中的韩百安,都是中间人物,他们共同的行为特点是,对新事物、新制度在观望。观望其实是一种很中庸的处事方法,也是一种实用主义的策略。这种人,他们具有思想圆滑、行动多变、人格多面的性格特征。"《山乡巨变》中的亭面糊就是一个非常典型的代表,善于见风使舵、轻信谣言、死要面子、贪杯好利,同时因为土改时所获得好处积极拥护共产党、毛主席,但在面对合作化运动时犹豫不决,左观右望,消极性和积极性相生相克。"①

梁三老汉对自己的养子梁生宝带头组织社员建设合作社内心是不支持的,但在口头上给予一定的赞同,在合作社运行好的时候表现很积极,很支持;但在合作社遇到困难时,心中的抵触情绪很快流露出来。在公与私的利益关系处理方面,表面是以公为主,实际在内心还是盘算自己的私利。韩百安虽然出身贫苦,但政治觉悟不高,为了自己的利益主动巴结反动人物马之悦,并很自私地参与到倒卖粮食这样违反党的政策事情之中,这是一个心中始终装着私利的中农分子,利益成为他选择如何做事、做什么事的标准,心中对私有制和倒卖粮食始终存有幻想,对马之悦暗中操作的抢夺粮食,韩百安也是参与的,直到觉察到了马之悦的阴谋之后才幡然醒悟。

如果把《创业史》中的梁三老汉和《艳阳天》中的韩百安相比较,他们具有相同的心理和价值追求,就是不管什么样的方法,只要能够获得物质财富就行,具有共同的唯物质主义的旧思想。他们不关心正确与错误的历史现实,也不关心新和旧的价值差异,他们关心的只是自己的利益,是典型的利己主义者。因而,"十七年"乡村叙事中的中间人物形象是有着极大相似性的性格特征的,也可以叫同类现象。

那么,写中间人物的目的是什么呢?意图很明显,以中间人物的转变证明

---

① 首作帝、张卫中:《"十七年"农村小说话语的分层与配置——以〈三里湾〉、〈创业史〉、〈山乡巨变〉为中心的考察》,《南京社会科学》2008年第2期。

新政策、新制度的正确性,证明先进分子的思想和行为是正确的,新制度必然战胜旧制度,新思想必然战胜旧思想。这是为主题表达而必须设定的一个侧面展示。"他们的出现固然可以作为对比或陪衬,以烘托正面人物的高大和完美,同时阐明社会主义革命和建设的艰巨性和长期性。"①

事实上,在合作社的创建与运行过程中,很多阻力来自这些中间人物。与落后分子的相对比,他们的性格和思想具有很强的隐藏性,行为表现上易变性很突出。由于他们的善于隐藏,才使得新事物在发展过程中容易忽略潜在的阻力和困难。这就更加显示出农业合作社建设的艰巨性和历史重要性,进一步强化了主题,使得先进人物更具有智慧,精神更加高尚,信心更加坚定。这是一种侧面描写的艺术策略。

然而,写中间人物这一正常的文学书写现象,在20世纪60年代却受到了强烈的批评。"中间人物"论进入文学视野被视为文学对政治主题的一种"违规",被视作降低了农村题材叙事的主题深度。邵荃麟在1962年6月大连会议上的检讨材料中写道:"我自己又从《内部参考》《宣传动态》等内部刊物上看到一些反面的或片面性的关于农村情况的材料,这是我对三面红旗,从动摇、怀疑发展到对立的情绪,并且和写'中间人物''现实主义深化'等资产阶级文艺观点结合起来,形成了系统的修正主义文艺思想。"②当然,这里所说的《创业史》《艳阳天》中的"中间人物"与受到批判的"中间人物"两个概念还是有一定的区别的。中间人物论是指要以写中间人物为主,而这里所说的"中间人物"并不是小说中的主要人物形象,而是被作为衬托和对比的人物形象。

因为有了中间人物,这些人物思想上存在一定的陈旧和落后,而且很多情况下是麻木不仁、是非不辨,需要施以拯救,所以,中间人物的出现,突出了文学的道德救赎和政治救赎意义。也就是说,中间人物是正面人物施以道德教育和政治教育的落后对象,而且又是可以通过教育能够争取过来的一个特殊群体。对这样的群体,从社会阶级的角度分析,他们属于被争取的群体,但不属于敌对势力。但他们也同样是可以被敌对势力利用和蒙蔽的,因此,文学也需要对他们进行政治启蒙和人生价值观教育。毛泽东在1957年2月16日颐年堂座谈会上的讲话就指出:"对小资产阶级应当用适当的方法将他们改造。那么多的小资产阶级,我们要靠他们吃饭,要把他们改造成无产阶级。"③通过教育和团结,把中间人物作为被拯救的对象加以拯救,并能够获得成功,这是十七年乡村

---

① 首作帝,张卫中:《"十七年"农村小说话语的分层与配置——以〈三里湾〉、〈创业史〉、〈山乡巨变〉为中心的考察》,《南京社会科学》2008年第2期。

②③ 洪子诚:《材料与注释》,北京:北京大学出版社,2016年版。

叙事中描写人物、叙述故事发展变化的一个基本模式,"十七年文艺中的拯救者除了具备逆转形势的特点外,一般都能让受难者的困苦一下子云开雾散,获得某种巨大的精神力量。"①

第四节 书写乡村的自然美景

乡村自然美景是文学叙事的一个重要资源,也是文学主题表达必须选择的一种背景。自然景色与乡村密切相关,没有自然美景,就难以在文学叙事中凝聚乡村的吸引力和美好。"一切景语皆情语"告诉我们,作为以表达情感为主要价值的文学叙事不能没有自然景色的描写。

"十七年"文学中的乡村叙事,表达一种情感的一个价值基点就是乡村是美好的。而所谓文学中的乡村之美,其实就体现在自然之美和人性之美、风俗之美上。自然之美是最纯真的美景,不论在任何时候、任何条件下,都能勾起作家和乡村自身的欣赏陶醉之情。因而,自古至今,乡村自然美景已经成为文学书写的常见内容了。这也许正能够体现中国是一个传统农业文明国家的文学现象。

对于农村题材文学来说,书写乡村美景,其价值在于两个方面:一是乡村既然是美好的,那么,建设乡村就是一项惠及万千民众的历史使命,文学当然要在描写乡村自然美景基础上展示乡村建设的意义和价值;二是乡村的自然景色是美好的,但是,与之相应的物质生活如果不富裕,乡村建设自身的成就就体现不出来,文学就没有理由逃离乡村,不论是思想进步者,还是思想守旧者,都要扎根在乡村这块土地上,文学有理由争取每一个个体自觉融入建设美好乡村的历史大潮之中。

乡村美景还有更重要的意义,那就是给乡村建设者心中增生出巨大的热情和干劲。每一个热爱乡村美景的人,都会对乡村的自然风景油然而生爱意,在他们的心目中,只有自己生存的这块土地才是最美的。这样,文学叙事就把自然美景延伸到乡村整体的美,审美范畴得到扩大。

梁生宝在外出购买"百日黄"稻种的路上,遇到了重重困难,勤俭节约的传统品质使他不愿意住旅馆,不愿意多花一分钱,省下钱来为合作社社员多买些稻种。他一路艰辛,但心中却没有感到委屈和困苦,而是充满希望和信心。这其间就有很多描写乡村自然美景的妙笔,正是这些乡村自然美景给梁生宝注入

---

① 田蓉辉:《新中国十七年文艺中民间拯救者原型阐释》,《社会科学论坛》2015 年第 12 期。

了无穷的动力和干劲,使他克服了种种困难,完成了作为合作社带头人的艰巨任务。在梁生宝的眼中,渭河流域的土地是肥沃的,山川充满豪迈情感,河流蕴藏着巨大的力量。乡村美景已经从自然的存在被意义化作主题的表达。

《创业史》中有这样一段景物描写:

"早春的清晨,汤河上的庄稼人还没睡醒以前,因为终南山里普遍开始解冻,可以听见汤河涨水的呜呜声。在河的两岸,在下堡村、黄堡村和北原边上的马家堡、葛家堡,在苍苍茫茫的稻地野滩的草棚院里,雄鸡的啼声互相呼应着。在大平原的道路上听起来,河水声和鸡啼声是那么幽雅,更加渲染出这黎明前的宁静。"

这是《创业史》第一章的开场白。这一段自然环境的描写,突出的是声音,这种声音来自山川大地,也来自生活人烟,自然天籁与鸡鸣啼叫声互相呼应,成为一支充满希望和力量的乡村进行曲。

在即将解放的汤河岸边,响彻的是充满希望、迎接新生活的声音。解冻的水声,雄鸡的啼叫声,这些在文学叙事中都是预示新生活、新事物的乡村符号,构成了充满生机活力的诗化意象。"幽雅"与"宁静"其实又与声音之动形成鲜明的对比和衬托,高昂的雄鸡声与幽雅、宁静的乡村早晨,共同描绘出一幅幸福美好的生活图景。同时,这种以静为特征的景物描写也起到一种反衬作用,暗示着下堡村这个表面宁静的山村里蕴藏着动人心魄的农村建设和激烈的革命斗争。这是乡村的自然美景,这种美景本身的审美价值已经足以给人以喜悦幸福之感,再加上即将到来的新社会、新生活,自然美景的意义更加丰富了。

《创业史》中又描写道:

"春雨唰唰地下着。透过外面淌着雨水的玻璃车窗,看见秦岭西部太白山的远峰、松坡,渭河上游的平原、竹林、乡村和市镇,百里烟波,都笼罩在白茫茫的春雨中。"

如果从自然角度来说,春雨是新的季节开始的标志,是春天的使者,代表着新的事物和生命。而如果从意象来分析,"春雨"是一个蕴含着生机和希望的意象,在古代诗文中,"春雨"始终是新生力量的象征。"好雨知时节,当春乃发生",是把春雨写成了"好雨",好雨是老百姓最朴实的自然情怀,最朴素的希望寄托。在《创业史》中,"春雨"也沿用了这一意象的意义。在春雨的普洒之下,高山、平原、乡村和市镇,都焕发出勃勃生机。这种自然美景自然就和作者要表达的主题密切关联起来了。

第五节　书写乡村人性的善与恶

　　乡村之美,最主要的体现是在人性美之上,同样,乡村中的落后思想也是建立在人性之恶基础上的。在凸显政治功能的"十七年"文学作品中,书写乡村人性之美对突出文学的社会功能起到重要的作用,政治话语也为人性之美赋予了一个特定时代的含义:政治觉悟要高、敢于与落后思想和风气作斗争;同时也不乏中国传统伦理道德的善恶分明、乐于助人,这样才能更加突出文学要歌颂的集体主义思想和公有化制度。因为,任何政治目的的实现都必须依靠以正义为核心的善良人性来进行检验,没有高尚的人性做支撑,再美好的政治理想和愿望都难以实现。人性的善恶成为塑造人物形象的价值起点。

　　"十七年"文学主要是把人性放置在宏大的社会变革和社会运动之中去书写,在特定时期主流意识形态的呼唤下,在全国性的农村振兴建设的时代号召下,剥去所有的功力诱惑,消解所有的自私利益,人性才是最美的。这是"十七年"农村题材文学中需要书写的人性状态。这种写法带有很强的政治说教性,但也清晰地展示乡村朴素的人性在特殊时期的特殊意义。

　　正面人物的人性之美总是带有一定的相同性,他们都会在公与私的衡量中选择舍己为人、大公无私,为集体利益、为他人利益勇于牺牲个人利益。梁生宝、邓友梅、李双双,都具有这样的人性之美,都是先进人物的代表。

　　在"十七年"文学叙事中,作家常常是以中国传统的伦理道德标准来审视乡村人性之美的。梁生宝、李双双、邓友梅都是富有中国传统劳动人民美德的先进人物。他们出身于劳动人民,受过中国传统道德的教育,血液中已经浸染了劳动人民的优秀美德。勤俭持家,勤奋劳动,能够吃苦,以自己的劳动换来较为富足的生活,这是基本的人性美。在乡村,他们能够以德服人,不与他人争名夺利,不伤害乡亲父老,得到乡亲们的赞成和敬佩。在处理小家庭、集体和国家的利益上,显示出中国传统儒家的家国情怀和价值观念,舍弃个人利益,保护集体利益,舍弃小家庭利益,保护国家利益。

　　《创业史》中的梁生宝是一个政治上积极进步、工作上刻苦勤奋、生活上勤俭持家、利益上大公无私的非常全面的正面人物形象,而农业技术员韩培生完全没有书生的自傲和清高,从城市下到农村支持梁生宝的农业合作社建设,展示的是一个普通人物内心的善良与正直,"具有技术干部、中农知识分子等身份的韩培生,他的思想进步过程也是彰显柳青'精神信仰'与'物质利益'一体化的叙事过程。"①《山乡巨变》中的邓秀梅,从城市走向农村,响应党的号召,把自己的智慧和能力献给乡村建设,在中国当代乡村叙事中,是一个先进形象的典型代表。

作家们把人性之美放置在国家建设这一大的时代背景下来书写,同时,又寄情于日常生活小事来展示,实现了大背景、大主题统领下的小细节、生活化的写实审美。这就使得这些人物内心的人性之美显得很真实,更很朴素,并不是有论者所认为的概念化、脸谱化现象,"作品总是力求透过一些看来是很平凡的日常生活事件,来显示出它们所蕴藏的深刻的社会意义,透过个人的生活遭遇和日常言行,来挖掘人物性格中的生活内容。"②当然,"十七年"乡村叙事中人性书写也存在一定的公式化现象,在一些人物形象的塑造上,作家们常常会陷入固设的人性观局限。作者按照一种事先设定好的人物性格变化的模式来叙述人物,书写他们的语言和行动,用他们的语言和行动来嵌入作者预先设定的人性观。例如,《创业史》中的徐改霞,与梁生宝相同的是,这位农村女青年政治觉悟高,积极参加国家建设的热情高涨,对梁生宝的农业合作社建设很支持,既是梁生宝的支持者,也是梁生宝的追寻者。在劳动和生活之中两人产生了互相爱慕的感情。但是,作者却在小说中让徐改霞离开了梁生宝,离开了互助组,走向城市投身于祖国的工业化建设。梁生宝与徐改霞的爱情定格在同心同德参加国家建设这一超越生活爱情的政治爱情观上。也许作者认为,把甜蜜缠绵的近距离爱情转换成为远距离的爱情更加富有爱的高度和意义,更加符合当时的道德评价,也更加符合当时的政治动员。从另一方面看,这种以牺牲真诚感情为代价的政治选择,也许是生活中常常发生的事情,但却不是最美的人性,总是留给读者一种缺憾之感。这实际也是"十七年"文学在塑造高尚人物形象中共同存在的一种模式,过于拔高人物的政治觉悟,远离了人性的本真,违背了人的性格多样性。

对反面人物的人性书写,农村题材小说把他们放置在政治和传统伦理两个角度进行审视,并强化与正面人物的对比,突出他们的"恶"。贪婪是第一之恶,在对私有制与公有制的对立性思考中,"十七年"时期农村题材小说总是从反面人物身上挖出他们内心的贪婪。《创业史》中的姚士杰贪婪财物,梦想回到旧社会那种占有大量土地、压榨剥削他人的生活状态,以此满足自己的私欲;郭世富一直在用单干的方式与农业合作社进行较量,其实较量的不仅仅是财富,而且

---

① 吴都保:《"十七年"农村题材小说"自利性"农民形象的剖析》,《中国现代文学研究丛刊》2019年第9期。
② 黄秋耘:《〈山乡巨变〉琐谈》,《文艺报》1961年第2期。

还有对社会财富的支配权。《艳阳天》中的马之悦不仅贪财,还贪权贪色,欲壑难平,在内心涌动翻滚,最后导致他从一个革命干部堕落为人民的敌人。阴险而愚蠢是第二恶,为争夺私利满足私欲而处处使用阴险的手段,然而却每次并不能得逞,常常手段败露而颜面扫地。姚士杰在心中痛恨共产党,痛恨那些跟着共产党走的农民,他更阴险毒辣,奸污了妻侄女素芳,还唆使她嫁祸于梁生宝,是暗藏在农村中阴谋破坏社会主义革命事业的阶级敌人。马之悦擅长借刀杀人,嫁祸于人,表面是党的干部,背后是邪恶势力的幕后指挥者。欺诈是第三恶,不论对谁都可以使用欺诈手段满足自己的欲望。欺诈是一种不真诚的道德,也是一种低劣的人性表现。在正常的规则之内获取合理的利益是不需要欺诈的,欺诈是因为不遵守正常的规则而能获取不合理的利益。马之悦对那些私心很重的中农是欺诈的,把他们当作自己争权夺利的枪手和牺牲品,即使是别人求他帮助销售余粮的时候,他居然把韩百安寄存的粮食给吞占了,并拒绝了韩百安的索回,欺诈表明了马之悦已经失去做人的基本人格。

人性之善恶在中间人物形象上也有一定的体现。中间人物身上体现得更多的是人性之美,这种人性之美与他们身上的政治觉悟低、贪图小利益、见识短浅形成互补,成为一个完整的人性样式。中间人物的设定与评价,更多是从政治标准来进行的,但如果离开了特殊的政治标准,中间人物留给读者的可能是一种真诚的人性。他们看中一些小利益,物质观念重,偶尔也显得很狡猾。但是,他们心中还是潜藏着传统农民的质朴、善良和同情心的,在传统伦理道德面前良心尚存,那是一种自然的心灵之美。《艳阳天》中的孙桂英,虽然是一个品行不端又好吃懒做的农村女性形象,也是在生产劳动中表现很落后的中间人物,但在农忙季节急需劳动力的关键时候,她能积极参加生产劳动,也能放弃自己的小利益。《李双双小传》中的孙喜旺,在自私、落后之外,也表现出一定的善良和坚韧,在生活困难面前能够承受巨大的压力和困难。但是,这些中间人物形象却很有文学审美价值,"这些群像既映照出特定历史时期普通农民的生活方式与精神状态,也折射出农村生活的日常经验,更还原了历史的鲜活与生动。"①

中间人物的人性是复杂的,而这种复杂的人性恰恰能够反映个体对社会变革和政治运动的认识与态度,从此可以窥见一个时代的社会运动是否符合更多人的意愿。《创业史》中的梁三老汉,《山乡巨变》中的亭面糊,《登记》中的小飞蛾,都有着中国传统农民自身独具的正直、朴实、憨厚的人性美,同时也具有中

---

① 吴都保:《"十七年"农村题材小说"自利性"农民形象的剖析》,《中国现代文学研究丛刊》2019年第9期。

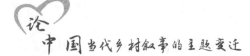

国农民典型的小农经济思想,而这种小农经济思想是在从私有制走向公有制、从个体劳动走向集体化道路的一种障碍。他们在遇到困难时也会表现出对理想和政治动员的怀疑,表现出政治意识的淡薄以及宏大理想的缺失,对宏大的社会运动和社会变革表现出抵触甚至是灰心。这些人物之所以被冠之以"中间人物",主要是从他们对社会变革的一种犹豫不决的思想表现来定位的,这种定位又从另一个方面表现出主流意识形态对转变他们思想的一种期待。而如果从人性角度来分析,这些所谓的中间人物其实就是普通的正常人,是有着朴素人性的常人。常人之人性,才是最真之人性;但从人的角度来分析,有缺陷的人性也许更加符合读者的审美需求。然而,"十七年"农村题材小说则是基于批判又救赎的叙事立场上对他们进行书写的,并不是对他们人性中的善和恶进行单一化的肯定或者否定。

第五章　新时期乡村叙事的主题

文学界对新时期的定义是：20世纪80年代至20世纪末。在这一时期，文学开始向内转，从歌颂到反思，从宏大政治话语转向对个体生命关怀的书写。站在人文关怀的角度揭示生命个体在社会变革和重大社会运动中的心灵伤痛、情感伤害以及个体生命的体验。这充分体现出文学在经历了绝对服务于政治之后的自身回归与价值重塑。

新时期文学转向并不是文学自身独立进行的翻转，而是同样有着政治变革和社会变革之背景的。在全面开展实践是检验真理唯一标准大讨论的主流意识形态导引下，文学开始反思自身价值的定位，"'文艺为工农兵服务'、'文艺为政治服务'等在当代通行多年的口号被放弃，代之以文艺'为人民服务，为社会主义服务'的方针。"[1]同时开始探索文学主题表达、人物形象塑造和艺术表现方法等方面的新思路、新问题。1978年《人民文学》杂志社举办的全国短篇小说评选中，对当时还存有争议的"伤痕文学"的创新价值给予充分肯定，卢新华的《伤痕》、刘心武的《班主任》都获评全国优秀短篇小说奖。这一时期的文学呈现出表达主旋律的传统文学与书写审美为主要价值的纯文学并存的局面，李陀、王蒙、贾平凹等成为这一时期纯文学的代表作家，对文坛产生了很大的影响。

1979年第四次文代会提出"不再继续提文艺从属于政治的口号"，重提"两为""双百"方针。"两为""双百"为文学主题设定的转变提供了坚强的政策支持。"一体化的文学格局开始解体，尽管由于制度等方面的原因，'解体'的过程会延续相当长的时间。"[2]

从人性论的角度出发，用人道主义反思现实生活中的个体生命遭遇，成为这一时期文学书写的主要特征。而文学对乡村的书写则实现了两个大的转变：一是主题设置上，不再是聚焦乡村建设中的先进人物、政治化人物形象，而是转向书写在历次政治运动中受到伤害的乡村底层人物，以及他们在新的乡村变革中呈现出来的思想变化。二是在情感表达上，体现出作家对乡村和乡村人的赞

---

[1]　洪子诚：《中国当代文学史》，北京：北京大学出版社，2010年，第237页。
[2]　洪子诚：《中国当代文学史》，北京：北京大学出版社，2010年，第236页。

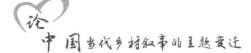

颂与悲悯杂糅式的情感。

从叙事语言角度分析,新时期文学开始走向多元话语审美之路,退去了更多的文学语言中的政治话语,而增加了更多的生活审美化的语言。语言更富有情感性,回答了文学的本质在于书写情感的重要问题。在语言风格上,更加重视语言的自然性和真诚感,给读者一种清新纯真的朴素之美。在乡村叙事中,语言也在追求朴实无华,干净直白,生活味道浓郁。新时期文学语言在探索语言的规范性与读者接受的可能性之间的关系。①

从文化背景角度分析,新时期文学的转型是在对此前标签化文学的一种否定,在这种否定之中重新找回文学叙事的本真方式,追求真实地反映现实生活,响应"实践是检验真理的唯一标准"的思想革命。在主题向度的转型方面更加表现为对乡村纯真自然生活现实的书写,进而反映社会转型过程中的人性变化。事实上,新时期文学的发生离不开"十七年"的文学资源,正如程光炜所说:"如果没有代表中国当代史的'十七年'文学资源,就不可能有真正的'80年代文学'和'90年代文学'。"②但是,新时期文学在辩证性地利用十七年文学资源基础上,在文学观照视角上实现了向内转。这是新时期文学发展的历史和文化背景。

新时期文学发展的主题价值新设和叙事话语模式的新建,影响了很多作家开始思考城市和乡村的文化差距和物质生活差距,对新时期乡村叙事的主题设定和情感形态起到重要的转向作用。"十七年"乡村叙事呈现出来的歌颂和赞美式的主题转化为批判性主题,"十七年"时期概念化、标签化语言系统开始解体转而走向了生活化的语言系统。对乡村生活的观照也从宏观的集体化生活转向个体的生活状态,个体生活和生存的艰辛困难成为新时期乡村叙事首先书写的内容,进而延伸到对乡村精神世界的批评,发挥文学的精神建构功能,突出了文学对人的精神批判功能,也接续了"左翼文学"的批判传统。"至少在中国大陆,从1949年到70年代末的文学创作,内容上从未呈现后来的普遍的批判力,也未有类似的冲击感。即便就从事创作的人数、文学期刊的数量论,新时期也是空前的。"③

"新时期文学出现了两个主导的文学走向,首先是用'文学是人学'的宣言反驳'文革'政治意识形态对文学的干涉和压抑……其次,出于对民族国家建设

---

① 刘福根:《新时期文学语言的创新与规范》,第三届全国语言文字应用学术研讨会,2004年10月,浙江杭州。
② 程光炜:《新时期文学的'起源性'问题》,《中国人民大学学报》2009年第5期。
③ 张炜:《当代文学的精神走向》,《天涯》1999年第1期。

新的想象,知识分子开始向西方寻求理论资源。"①在这种以反思、伤痕为主题特征的文学批判性思想的引导下,新时期乡村叙事的主题特征与此前的十七年农村题材文学主题之间有着一定的继承关系,也进行了书写价值取向的调整,当代乡村叙事进入一个新的历史时期。新时期乡村叙事所思考的问题首先是对乡村和城市的选择问题,是固守乡村还是走出乡村,这是一个重构文学叙事中的乡村历史的话题。"80年代初,小说主人公高加林之所以让很多人激动,同时也饱受争议,关键正是他首先启动了那个年代整整一代中国农村青年'脱历史'的历史进程,把中国走向'现代化'将必然面对的'历史困境'严峻地摆在了人们面前。"②

新时期的文学价值导向,新的文学主题表达,支撑着新时期乡村叙事成为中国当代乡村叙事史上一次重要的文学变革和价值重建。这种文学主题价值的变革和重建,也推动了文学走向新的历史时期。

第一节 主题一:书写乡村在历次政治运动中表现出来的复杂人性

中国当代文学一直是与政治结缘的,文学主题的设定、文学叙事话语的风格,以及人物形象的塑造,都渗透着鲜明的政治色彩和意义。

经过实践是检验真理的唯一标准讨论之后,主流意识形态确定了实事求是的政治思想和发展经济的政策。作为为人民服务、为社会主义服务的文学,同样以实事求是的思维方式来观照历次运动中表现出来的人性复杂性。

早在20世纪50年代,就有学者提出文学人性说,上海的钱谷融教授就是一个主要代表。他认为,文学所写的内容是人,"文学的对象,文学的题材,应该是人,应该是时时在行动中的人","我反对把反映现实当作文学的直接的、首要的任务,尤其反对把描写人仅仅当作是反映现实的一种工具、一种手段。"③文学要写人性,人性是丰富多样的,文学中的人性不能是一个模式,一种状态,这需要文学家有锐利的眼光和对文学负责的态度,来对现实生活中的人性百态进行相当写实的揭示和批判。

人性的复杂体现在哪些方面?综观新时期乡村文学叙事,可以把作家对人

---

① 巫丹:《"当代文学"、"新时期文学"到"新世纪文学"——从文学史角度考察"新世纪文学"概念的产生》,《艺术百家》2012年第8期。
② 程光炜:《新时期文学的"起源性"问题》,《中国人民大学学报》2009年第5期。
③ 钱谷融:《钱谷融论文选》,上海:上海文艺出版社,2009年版,第22-24页。

性的描写分为三类：一是乡村人的奴性，乡村仍然积存着浓郁的奴性；二是善良的人性，特别是乡村有着淳朴的善良人性；三是冲破多重挤压形成的狡黠性。这些都只是在新旧思想撞击之下形成的复杂人性的不同方面，在每一个人物形象上面未必都能体现出来，但是至少可以清晰地看出每个人物人性的一个方面。

例如《陈奂生上城》系列小说，揭示了农民在社会变革过程中的复杂人性。陈奂生的内心既有传统农民的勤劳、坚韧和朴实的品德，也有现代市场经济意义上的精明、算计，既有知恩图报的善良，也有小农私利的狡黠，更重要的是内心深处的奴性比较明显。

陈奂生的复杂人性，代表着20世纪80年代大部分农民共同的心理特征，正反映出社会变革震荡出的乡村精神状态，也折射出乡村人性之善背后的复杂性，告诉读者一个道理：人性不是一成不变的，人性呈现出来的形态不是单一的，而是与外在环境因素密切相关的。外在社会环境因素的变化会直接影响着人性形态发生变化，离开外在社会环境因素很难判定或者评价人性的好与坏、真与假。

同一个人，在不同历史时期，不同环境下，会表现出不同的言行、处事方法，也表现出不同的自我价值定位，更表现出不同的品格、思想、道德形式。陈奂生在被安排在县委招待所入住前后，表现出明显不同的价值形态，也表现出不同的人格尊严。这其中涉及住招待所的费用超出陈奂生预想范围，涉及买一顶帽子的愿望落空，也涉及陈奂生如何看待自己与乡亲之间的社会地位的因素。总之，多种因素导致陈奂生的性格呈现出复杂多样性。复杂其实就是分裂。陈奂生人性的复杂，恰恰证明了陈奂生的性格是分裂的，而不是单一纯粹的。

一、批判乡村以及农民心底潜藏的奴性

鲁迅曾经批判过中国人的奴性心理，这在《狂人日记》《阿Q正传》中都有深刻的表达。但是，中国乡村与农民心底的奴性思想并未因为五四思想解放运动和鲁迅等文学家的揭露而消隐，在新时期，乡村和农民表现出来的奴性思想仍然很沉重，这在文学书写中表现很突出。陈奂生的人性根底存在着对权力和金钱的奴性，《乡场上》中的罗二娘和曹支书，以及《人生》中的高加林，他们的心底也潜藏着很明显的一种对权力的奴性。

奴性也许是一个带有阶级性的词语，是一个带有久远历史记忆的民族心理伤痕。古代乡村叙事中是很少有奴性书写的，因为在那个特殊时代，奴性是底层人群应有的一种合乎封建伦理道德的品性。"五四"之后，随着平等、民主思想的引入，文学进入现代时期，对人的社会属性、社会地位的重新思考，引发了

文学对人性自身的重新思考。奴性的确定需要有相对立的对象,左翼文学所批评的奴性是封建权力和阶级地位等与阶级性相关的奴性,新时期乡村叙事所批判的奴性则是与权力、地位、金钱相关的。因为,权力、地位、金钱,形成支撑奴性的不同因素,而事实上,三者常常互相影响,推动着奴性继续延续。

也许阿Q的奴性是一种低级的生存崇拜,但这种崇拜其实并不在于金钱,而是从一种权力奴性走向另一种物质奴性,对物质的崇拜其实也是对社会权力的崇拜,在多重崇拜之中潜藏的是多重奴性。因此,奴性的存在其实是两个因素造成的,一是社会个体对物质价值的追求态度,二是他者对个体的价值误导或绑架。这是五四文学以及左翼文学留给读者的一种思考。在十七年农村题材小说中,人物的性格主要是"正面"和"反面"的两分类型,梁生宝、萧长春、王金生都是正面形象,毫无私心和奴性,是当时的正面人物形象的典型代表;姚士杰、马之悦、谢庆元,他们的灵魂深处不再仅仅是奴性,更是一种恶性。但在这种两面之间,其实是存在一定的灰色性格形象的,这种灰色性格其实也属于"中间人物"系列,《创业史》中的白占奎,《三里湾》中糊涂涂,《艳阳天》中的韩百安,《山乡巨变》中的"亭面糊",都是带有明显权力奴性的中间人物形象。

进入新时期,相比此前的乡村叙事,此时期乡村叙事对奴性的理解变得更加多样了,权力、物质、社会地位、金钱,都成为滋生奴性的直接诱因,这既反映了新时期乡村的社会矛盾和思想观念发生了质的变化,也反映了人性自身的变化和奴性内涵的历史性变化,文学对乡村世界的外在形式和内在实质都进行了新的观察和思考。《茶鸡蛋》叙述了一个荒诞而可能的故事,当年的地主的儿子黄三经过外出经商发家致富而成为乡村的头面人物,回乡之后花一千元买了蒋婆的茶叶蛋,而曾经斗争过地主的何幺婆为了能攒够买棺材的钱,也低眉折腰祈求黄三买自己的茶叶蛋,却被黄三狠狠羞辱一番,最后何幺婆不堪羞辱上吊而死。蒋婆、何幺婆都有奴性,只不过是蒋婆的奴性成就了自己的一时满足,何幺婆的虚荣带来了自己的生命终结。相比之下,黄三心底的奴性才是最为牢固的,他不仅要用自己对金钱的奴性来满足蒋婆的奴性安慰,而且要用对金钱的奴性来报复何幺婆的生命信仰,更用金钱奴性来俘虏地方党政干部,而满足自己物质奴性在乡村的掌控地位。《许茂和他的女儿们》中的郑百如,《古船》中的赵多多,《平凡的世界》中的田福堂,他们的心底都潜藏着浓厚的乡村奴性和对奴性的麻木之情。

新时期文学为什么要写农民心底的奴性呢?笔者认为,这其中原因是多方面的。

一是新时期思想解放使然。新时期的文学解放是与思想解放密不可分的。打破个人崇拜和文化专制的思想桎梏,倡导实事求是的认识态度和方法,探寻

真理标准的存在,不仅仅是在思想领域展开,同时波及农村生产方式的转变,市场经济体制的建立,以及文化领域的自我解放。生产方式的变革是属于社会性的活动,而一个社会的转型发展不能仅仅依靠外在的生产方式的变革,也不能仅仅停留在分配制度的调整与改革上,因为,这些只能解决社会层面的不稳定,而人的内在的精神能否凝聚起来,则对社会变革会起到重要的支持和推动作用,因此,文学响应社会改革的作用就显示出来了,"文学从根本上说也是慰人的精神的,所以,好的文学作品应该就是一座精神的寺庙。"①在乡村,家庭联产承包责任制逐步取代集体化生产方式,个体生产积极性的高度释放,带动的是乡村生产力水平迅速提高和生活方式逐步由传统走向开放,知识分子对乡村的观照开始审视:生产水平的提高与乡村思想文化水平是否协调?乡村生产力的解放是否还需要从心灵深处的痼疾开始解剖?乡村的思想界的革命和"翻身"能否紧跟时代发展的步伐?

  对现实问题的近距离观照是新时期文学书写的一个基本特征,新时期乡村叙事与其他文学叙事有着同样的审美方向的转化,就是从书写社会历史事件、政治事件转向对生活中个体的心理世界、精神世界的观照,体现文学的心灵慰藉作用。同时,文学叙事开始思考城市与乡村的关系对立和空间转化,"从新时期以来的文学空间表征层面看,农民的古典空间意识的裂变与现代空间意识的重构,主要表现为:宇宙空间意识、国家空间意识、城乡空间意识的裂变与重构,以及随之而来的生活空间意识与心理空间意识的裂变与重构。"②此时期乡村叙事对乡村心灵深处的奴性的批判,对乡村固守的传统封闭的乡土观念的质疑,以及对乡村内在的文化结构现实价值的思考,都促使着乡村叙事在强化文学对社会思想解放的启蒙作用。

  二是中国乡村的文化发展滞后于生产方式改革和市场经济的发展,需要加快推进文化建设,跟上改革开放的步伐。后者可以通过行政命令或者政治动员在很短的时间内进行,而文化的发展则需要很长时间,需要与外界文化进行沟通融合。中国乡村改革的起因是为了解决物质生活的温饱问题,是长期以来形成的意图摆脱饥饿困扰的集体性心理,因而,在历史进入新时期之后的社会变革时期,乡村首先需要变革生产方式,以求获取更多的物质财富。当社会群体的主要价值追求集中到物质价值上来的时候,文化的发展和创新就显得明显滞后。新时期乡村叙事中所塑造的人物形象中,无论是在乡村坚守生产变革的陈

---

① 贺绍俊:《建设性姿态下的精神重建》,北京:作家出版社,2012年版,第13页。
② 廖斌:《异形空间:新时期文学农民进城的现代转型与空间转换》,《兰州学刊》2012年第10期。

免生,还是梦想脱离乡村走向城市的高加林,心底都潜藏着一定程度对权力、对物质财富的过度依赖和盲目追求的奴性,也许这种奴性没有被当事人所感知,但长期形成的奴性心理依然是在他们的心中潜藏着、延伸着。

有奴性就需要唤醒他们的觉悟和自我精神建设,建立对社会发展起到补充精神钙片作用的文化价值观念,更加需要文学来承担唤醒觉悟的重任,因为,文学是启蒙和拯救的重要形式,文学的价值就在这里。新时期的社会变革和发展,首先需要唤醒那些心底深处潜藏着奴性的人群觉悟起来、奋发起来,自我革新、自我提升精神境界,以新的精神姿态跟上社会变革的频率和节奏,这样,社会变革和发展才能生发出真正的内在动力。

三是推动乡村社会结构变革的必然要求。中国乡村秩序本身就是一个差序社会结构,亲情和血缘关系成为构成乡村社群的主要纽带,以自己为中心,可以根据需要形成不同的圈子,而维护自己的利益是建立、选择圈子的主要目的。在以自己为中心而不是以集体为中心价值的乡村社会里,权力就具有重要的影响力,传统的乡规乡约也是建立在权力秩序基础上的。加上中国社会一直是农耕社会,以自己为中心的小农思想根深蒂固,对现代化的生产方式、基层组织形式和思想意识形成强大的拒绝力。即使乡村文化接受了改革,但是其内在的本质性秩序是不能颠覆的。在改革开放之初,乡村仍然遵守着传统的权力制约,体现在人的行为上就是明显的奴性。

不可否定,在乡村,等级观念、差序秩序对乡村社会结构的稳定起到很大的支撑作用,甚至有时候会超越法律法规和行政命令的效力。但是,随着乡村生产模式的改革,随着乡村对市场经济的逐步认同,乡村需要改变自身文化内部那些不适合社会进步的因素,乡村精神世界中对传统乡村社会结构认同的情感已经受到现代性的冲击,需要乡村及其个体对此进行一个转型期的选择。特别是当随着乡村走向现代化,乡村社会原有的社会结构形式已经难以适应农民对现代化建设的认同,留恋乡村权力、高度紧密的家族意识、对新生事物拒绝的情感,大都是不能适应于社会进步的。文学需要在这个时候发出自己的声音,表达对乡村社会变革和精神重构的启蒙呼唤。

何士光的《乡场上》,叙述一个小村庄发生的新旧思想斗争的故事,揭示的是乡村发生的新变化。小说围绕着罗二娘与冯幺爸之间的对立关系而展开,冯幺爸是一个有着懒惰、破罐子破摔的旧习性的农村人,在曹支书眼中是一个可以任意摆布的底层人物。罗二娘仗着与曹支书的非常关系而飞扬跋扈逼着冯幺爸作假证,但是,在一番较量之后,冯幺爸还是说出事情的真相,并没有像往常一样屈服于曹支书和罗二娘的威胁。在冯幺爸的心底是有着非常根实的奴性的,但是,在新的思想影响下,他的奴性消隐了,显示出来的是真实地做一次

堂堂正正的人,说一次真实的话,引起了全村的震撼。

冯幺爸的醒悟不是一个人的醒悟,而是代表着乡村所有人的觉悟。这实际是作者对乡村奴性的一种整体性催醒,是用文学批判取代道德教化,在批判之中给予乡村推开一扇充满阳光的大门。但是,一代农民独立人格的觉醒与建立,很多情况是需要扎实的经济基础作为支撑的,而不是人性自身无条件就能够独立与觉悟。二次翻身带给农民精神的独立、人格的尊严与价值的恢复,既让读者看到了希望,也让读者读出了忧虑。

当然,仅仅依靠物质的刺激是难以真正消除人性中的奴性的,因为人性本身就具有多重性质特征,呈现出多重要素的互相影响状态。如果乡村个体不能自主性地实现价值观的重构,人性中的善、良知、独立,都是难以自显的。《乡场上》是写改革开放之初奴性的消隐,而《陈奂生上城》《陈奂生转业》等作品"则注重书写改革开放以后物质的富裕并不能疗治陈奂生们的精神痼疾"。"《陈奂生上城》通过对陈奂生阿Q式的精神特征的揭示,表达了对农民'哀其不幸,怒其不争'的情怀。"①

但是,仅仅靠物质、金钱这些外在的疗治真的能够起到拯救的作用吗?事实上,"陈奂生上城"这个题目本身就带有鲜明的价值定向性,陈奂生是农民,是乡村的代表,城市与乡村的对立就在一个"上"字中体现出来了。作者仍没有摆脱自古以来城乡等级观念的影响,何谈"疗治陈奂生们的精神痼疾"?真正的痼疾不仅仅在陈奂生身上,而更多在于社会自身结构改革。倒是陈奂生很能面对现实,以乐观的自我安慰来排遣因为花掉五块钱带来的心中懊悔,这不是阿Q精神,这是历史在农民心底种下的一种自我疗救方法,何谈"哀其不幸,怒其不争"?有何可争?社会资源分配的不均衡在陈奂生时代是造成陈奂生精神疾病的主要因素,但是,在陈奂生心底潜藏的对权力和物质的奴性仍然是陈奂生可悲形象生成的一个重要原因。

二、展示乡村青年对纯真爱情压抑而坚韧的追求

在中国历次社会变革过程中,乡村一直处于社会关注的焦点和前沿,乡村发挥了自身巨大的变革潜力。但同时,乡村又一直处于被变革的地位,而且乡村的变革首先表现为生产方式和分配制度的变革,因为,这些直接关系到乡村社会结构的稳定。而作为文学不能忽视的一个传统内容——爱情,则在历代以社会变革为主题的文学作品中,是作为支撑内容来叙事的,处于被忽视、至少是

---

① 董健,丁帆,王彬彬:《中国当代文学史新稿》,北京:北京师范大学出版社,2017年版,第298页。

被轻视的书写地位。《水浒传》《三国演义》中的历史叙事和人物故事演义集中在人与社会、人与人之间的矛盾斗争和利益纠葛上,几乎没有涉及爱情这样的主题。而与此不同的是,在当代乡村叙事中,则把爱情书写一直作为乡村一项精神世界变革的主要内容来写的,这就给乡村叙事带来更丰富的内涵、更深刻的主题和更有趣的艺术魅力。

在乡村,爱情其实是被深埋在乡村男女心底的一种基本情感,正是这种情感维系着乡村内在的希望、信念和对人性美的坚守,在这种维系过程中,乡村人获得精神上的愉悦和心理上的满足。但是,在物质利益为主要价值取向的社会里,这种情感的处境是非常尴尬甚至危险的。在强硬的道德伦理条规约束下,男婚女嫁成为传宗接代的集体意志和社会责任,真诚而自由的爱情往往被社会性、利益化的婚姻所遮蔽,甚至会被社会舆论所扼杀。千百年来形成的婚姻为主的家庭观念不允许青年男女过于独立地追求属于自己的爱情,而是要求他们遵循社会道德和家庭伦理的制度自我消解心中的爱情。于是,在社会变革过程中,乡村爱情往往也被冠以履行人生义务和家庭责任的名义受到关注,甚至也成为维系或者新构权力化社会关系的工具。

然而,进入新时期,随着社会的变革和思想的解放,尊重生命个性、关注基本人性,成为新时期乡村叙事对待爱情主题的理论依据。古华在《芙蓉镇》中为饱受命运折磨的胡玉音设置了理想的爱情结局,在她经历了生命的多次劫难之后终于又获得了幸福的爱情,用这种喜剧的结局来表达对强权势力的鄙视。在新时期乡村叙事中,很多乡村叙事的作品都开始观照乡村青年男女对纯真爱情的追求,歌颂他们对美好而坚贞爱情的追求。

周克勤的《许茂和他的女儿们》,叙述的是许茂的几个女儿在乡村社会变革过程中追求纯真爱情付出的巨大代价和她们内心的复杂感受,给世人以多视角的思考与感受。

透过文学中乡村爱情故事的发展过程,我们可以感受到,乡村叙事的作家往往也没有真正地书写乡村爱情,而更多的是借助写乡村爱情来揭示乡村人性的复杂性。在追求纯真爱情和维护乡村道德秩序、追求乡村物质发展的多重视角下,人性的复杂性往往呈现得非常鲜明。

许茂的女儿们都生活在贫困的乡村,都有着追求幸福生活的愿望。在改革开放之初,她们除去在物质生活上开始发生变化之外,女儿们也开始追求各自的爱情生活。大女儿离婚之后,四女儿许秀云钟情于大姐夫金东水,并在心中坚定地追求着,冲破来自家庭、党支部副书记郑百如和社会舆论的各种压力及阻碍。

四女儿许秀云是一个典型的受到乡村黑恶势力和不良社会舆论多重挤压

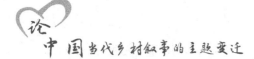

而承受人生悲苦命运的农村女性形象。作为一个普通的农村女性,她有美丽的外表、纯洁的内心和刚强的个性,她的身上既有传统母性的温柔、善良、爱心,也有现代女性对幸福生活和美好爱情的执着追求,更有对命运进行抗争的现代品质,传统乡村女性之美与现代女性之美集中在一起,成为一个备受读者喜爱和同情的文学形象。许秀云的最重要的命运波折在于她的爱情生活的曲折,郑百如羡慕她的美貌而用卑鄙手段占为己有;但是随着"文革"的到来,因为夺取社会基层政权的需要,郑百如又抛弃了许秀云,并用道德污蔑迫使许秀云和金东水陷入舆论围剿之中。最后是在工作组的引导、社会正义的支持下,许秀云才脱离了悲苦的命运。在这种挣脱之中,许秀云也在坚韧而执着地追求对金东水的爱情。

张弦的《被爱情遗忘的角落》,写两代人的爱情之路,借以从一个侧面揭示乡村心灵深处的伤痛,书写乡村心灵承受的压抑和悲屈。菱花和沈荒妹都是曾经被作为乡村婚姻的礼物送给别人的,但她们都在极力反抗这样的婚姻形式,也都在追求自己的爱情。沈荒妹坚决拒绝这种传统的乡村婚姻,并在十一届三中全会召开之后,看到了追求自己爱情的希望。两代女性,虽然所处的时代不同,但是她们的命运极其相似,一代一代人为追求而承受着心灵伤痛,她们在追求自己爱情的过程中,承受着来自乡村精神深处的道德戒律的压力和折磨,在追求爱情上和精神解放上,她们仍然是乡村社会中的弱者。

事实上,张弦关注的是那些不敢违背道德戒律、委曲求全的弱女子。"弱"的背后是"强",弱是与强相互对立、相互依存的。正是这种相互对立、相互依存的关系结构,才更加显示出人性的复杂,也更加显示出社会对待乡村爱情的晦涩态度。因为,在文学叙事中,乡村爱情一般都被定位在淳朴、善良、勤劳基础上的情感态度。乡村的真实生活需要爱情,但是道德戒律又在限制约束着爱情,个体需要爱情,但是集体则往往限制爱情。

爱情是叙事文学的一个永远话题,追求爱情是人的基本权力和对美好生活的一种抒发表达。但是,在以社会反思和政治反思为主要题材的新时期乡村叙事,为何要在社会转型期书写爱情主题呢?其实,爱情作为人的一种基本情感,是人性自身具有的精神追求,在长期发展过程中自然要融入一定的社会因素而具有一定的社会性,而不再仅仅是一种基本的情感。新时期的乡村叙事对美好而坚贞爱情的书写,不仅仅是为了重复这一个传统的文学主题,更多的是为了配合新时期思想解放和社会变革。长期以来制约乡村爱情的是传统伦理道德中的狭隘的忠贞观念和男女有别的家庭伦理观念,而新时期文学则把追求爱情作为女性追求生存权力和个性解放的一种价值设定,"无疑地,生存型女人的生存精神启蒙了她们的后代,使他们滋生出强烈的要奋斗、要牺牲、要翻身、要解放、要发财致富出人头地的心理,以改变乡村、改变社会、改变扼杀她们母亲的文化秩序。"①

透过社会或者文学叙事对待爱情的态度是可以看出小说中追求爱情的主人公所处的舆论环境是如此复杂,追求美好爱情的单一性与环境的复杂性,正能够看出人性的多样性,以及多变性。

20世纪80年代是一个探寻个性解放的文学时代,文学在反思历史、悲悯现实的过程中,审美进入一定的疲劳状态,作家们试图找回已经在物质欲望掩盖着的失落的纯真的人性之美,并把这种纯真的人性寄托在生活在底层的普通人物身上,"开始关注人性的深层,热切追求审美个性。"②作家们把对人性的关怀放置到民间,特别是保留原始精神面貌的乡村,乡村、民间才是真实人性的所在场域。作家们力图在乡村找回人性存在的合理性,借以实现反思历史与现实之后的困惑挣脱。

三、悲悯错误政策高压下的变异人性

新时期的乡村叙事是从对反右运动、"文革"中极左思想给社会个体带来的生活和精神的创伤进行反思开始的。高层政治决策在基层乡村的执行过程中,过于强调集体化的生产方式和利益分配的平均化,权力和地位成为获取利益的最便捷的手段,它们也激活了乡村心灵深处的自私、狭隘、报复等恶的思想。一部分"运动根子"、运动乐式的人物开始幻想用争夺基层权力为手段谋取个人的社会地位、政治资本和物质利益的同时,形成了互相争斗、互相污蔑、互相挤压的不良社会风气,并利用社会运动的工具和夺取的权力来欺压正直、公正、善良。整个社会的风气在走向变异的同时,人性也走向了变异。于是,形成了复杂多样的人性形态,也呈现出复杂多变的人性发展轨迹。揭示人性的本真状态,表达知识分子对善的歌颂、对恶的批判,并用道德批判的方式表达对乡村的同情或者批判,构成了文学的人性批判主题。

《芙蓉镇》中的秦书田、王秋赦就是走向变异人性的人物形象。只不过是,秦书田的人性变异是为了自我保护,王秋赦的人性是走向自我灭亡的弃善从恶的劣性发展。秦书田作为一个知识分子,受到打击之后隐藏了个性中的刚正不阿、坚持正义,在行为上表现出油嘴滑舌、低眉折腰的怪异与可笑,以此来实现

---

① 兰爱国:《女人的命运——新时期乡村小说女性形象类型论》,《文学评论》1996年第1期。

② 董健,丁帆,王彬彬:《中国当代文学史新稿》,北京:北京师范大学出版社,2017年版,第307页。

了自我保护的目的。如果从儒家做人的原则来说,秦书田的行为显然不符合"士可杀不可辱"的传统道德要求。但是,在非常的历史环境下,如果一个人没有任何力量和能力去保护自己的生命安全,只能委曲求全,只能忍辱负重。这种自我保护,从人性的角度来说,也是一种在强权压制之下暂时折腰的变异人性。

王秋赦本来也只是一个好吃懒做、游手好闲的乡村混世之徒,如果没有外在因素的引导,未必就变得罪恶极大,泯灭人性。正是在那个特殊时代的特殊思想诱导下,使他膨胀了自己的私欲和恶念。王秋赦的人性变异成因于外在错误思想的引导和个人内在恶性的膨化,这种人物在当时的社会环境下是具有很强的破坏性的,这种恶性人物在那个特殊时代能够横行霸道、生杀自如,这是历史变形的悲剧,也是人性变异的悲哀。

秦书田和王秋赦的人性变异是不同的,秦书田的人性变异只是在外形的变异,而人性中主题价值没有改变,是一种守善的人性变异,是一种进行了自我虚假包装的人性变异。这种变异的人性形态展示给他人的是一种假象,是一种带有戏剧性的文学书写。而王秋赦则不同,他从一个游手好闲的普通农民演变成为一个掌握基层权力、颠倒黑白的乡村政治红人,人性中的那些恶念随着权力的掌控而逐渐膨胀起来。王秋赦的人性变异是一种内在本质的变异,人性的根本已经发生了裂变,丢掉了仅有的一点善良而转化为全部的恶性,在外在行为上"向恶"成为一种必然。秦书田和王秋赦人性变异的价值取向不同,恰恰折射出了特殊历史环境对人性的摧残是多么令人可怕。

对人性向善与人性向恶的变异的书写,形成了一种正反对比的表达效果,给读者一种感慨万千的震撼之感。从文学主题表达的角度来说,这种人性的对比在文学表达上凸显了人性的复杂性和文学主题的深刻性。如果王秋赦本来就是一个恶贯满盈的人,那么向恶的主题表达则难以成立,而且这样一个人物形象也就成为平面化、直线化的书写,文学主题内涵的深刻性也会打上折扣。正是王秋赦这样一个出身低微、受到同情的农民,在异变的社会环境和思想的诱惑下,成为为害乡里、灭绝人性的社会怪胎,这种主题的深刻性得到进一步加强。

从一个人物形象的角度来分析当代乡村叙事中的人性变异,也能体会到当代乡村叙事对人性变化的深刻性批判以及对历史的一种沉重思考。一个人的生命价值走向善还是走向恶,很多情况下不是自己可以选择和掌控的。历史的因素、社会环境的因素、各种不可预想的事件,在促成人性变异方面形成了聚合力量。因此,在一个特定的历史时期,一个人的变异常常是具有多种文学批评效果和价值的。《白鹿原》中的田小娥,从一个纯洁、善良、追求自由的女性,走向一个蛊惑人心、自私自利的人。促成田小娥的人性变异的原因很多,既有封建礼教的摧残,也有动荡社会环境的冲击,更有乡村家族势力的打压,田小娥的人性异变,给读者带来的是对乡村底层社会的发展变异的历史性思考,产生了强烈的历史透视力,对丰富小说的主题价值有着重要的支撑作用。

第二节　主题二:书写乡村底层人物的心灵伤痛

在古代社会结构中,乡村是远离政治和权力中心的"乡野""庄户",乡村人被称作"村夫野老""庄户人"。这些称呼不仅仅是一种空间的定义,更多的是一种社会属性的定义。从自然的空间距离到社会的阶层距离,两者有效结合在一个特殊的社会阶层身上。在整个社会结构中,乡村是最底层。

虽然在十七年乡村叙事中,乡村被描写成为大有作为的理想之地,乡村人也翻身做了主人,乡村和乡村人心里充满了当家作主的身份感和美好生活已经到来的自豪感,但是,这种书写是站在政治抒情的角度来表达的,并非乡村真实状况的写实。而且,最重要的是,乡村人的这种崇高地位是与集体化生产、农业成为国家主要产业支柱的历史环境紧密相关的。随着农村生产方式的转型,集体生产方式的解体,以及城乡差距、工农差距的加大,乡村心灵深处的那份伤痛之感不断得到滋润发酵,幸福和自豪转化成了新时期文学中乡村的心灵伤痛。

而且,随着家庭联产承包责任制的实施,集体化生产分解为以家庭为单位的个体化生产形式,乡村处于一种双重意义的地位。第一重意义是,乡村是改革的前沿,是新时期生产方式改革的先导;第二重意义是,乡村的经济落后、文化落后,乡村依然是社会的底层。先导与底层,形成很不协调的错位价值和地位,会让文学更加关注乡村这个社会底层的内心如何?乡村地位的特殊性,决定了在乡村中生活的一些底层人物的价值观、生活观、人生观都会存在严重的裂变,呈现出因多重价值困扰而生成的心灵伤痛。

一、政治挤压下的心灵伤痛

中国当代乡村叙事基本上是以直接或者隐含式的策略表达了文学对政治的态度,因为当中国农村进入当代之后,"无处不在的政治话语不仅在表面上进入乡村,而且逐渐沉淀为乡村的基本生活记忆。乡村政治生态的巨大变化自然吸引了急于传递新时代新气息的当代作家。"[①]

[①]　李相银:《乡村政治生态与中国当代文学》,《中国现代文学研究丛刊》2011 年第 7 期。

因此,在十七年时期的农村题材小说中,文学对政治的积极响应表达的是文学为政治服务的文艺政策。然而,到了新时期,随着文学对现实生活的思考不断深入,也随着国家政策调整、拨乱反正的政治形势发展需要,新时期的乡村叙事对于政治话语的文学态度已经不同于十七年时期农村题材小说的那种对政治的一致性赞同。

在反思性思维理念下,新时期乡村叙事在审视乡村心灵世界的过程中,总是首先把造成乡村心灵伤痛的原因归结为政治方面,以社会反思的理性思维来揭示极左路线和思维给乡村造成的伤害,这是当代乡村叙事给读者带来的一种文学观照现实的基本特征。

极左政治路线在乡村执行,强调的是在一个充满传统伦理道德秩序的乡村社会中开展阶级属性的分类、斗争,并用政治标准开展对传统伦理道德的批判和斗争。在这种阶级属性划分和阶级斗争的过程中,个体对集体的绝对服从、物质生活对精神大餐的屈从,带来了乡村世界心理的困惑和心灵的阵痛。乡村承受着来自传统与现代对立的矛盾焦灼和个体与集体利益冲突的纠结之中,陷入了过上幸福生活的想象与失落现实之间的矛盾之中,甚至还要在政治挤压下承受无力反抗、无力承受的心灵伤痛。

《芙蓉镇》叙述了一个乡村小镇从反右斗争到"文革"结束这一特殊历史过程中的曲折故事,以及在这个小镇上生活的不同人群的曲折命运,更从精神世界的深处揭示了动荡年代给乡村带来的伤害。作者在严肃的批判和诙谐的讽刺之中,表达了对乡村心灵伤痛的同情和悯恤。

胡玉音是"芙蓉镇"上受到心灵伤害最大的一个人物形象。作为一个农村女性,年轻美貌,勤劳苦干,明理温和,更善解人意,拿得起放得下,这些都是中国农民所具有的优秀品质,在胡玉音的身上集中体现出来。在作者笔下和心目之中,胡玉音就是芙蓉镇传统女性之美的象征。然而,就是这样一个传统的乡村女性,却在阶级斗争是纲的政治运动中,屡次遭受无中生有、不可思议的打击,丈夫被逼迫致死,自己遭受惩罚去扫大街;更为凄惨的是,遭受政治红人李国香和运动根子王秋赦的非人般的肉体惩罚。胡玉音所遭受的心灵伤害,正是那个特殊时代带来的整个乡村世界的心灵伤害,人人为我、我为人人的互帮互助的传统伦理道德在政治挤压下变成了"人人防我,我防人人"。胡玉音在这种互相欺骗、互相躲避、暗箭随时到来、命运之舟随时触礁的生活环境中,她的心理从温和无忧、感到人人可以亲近的平和状态走向了对每个人都不敢相信的泛疑状态,"这些年的折磨,也使得胡玉音心虚胆怯、多疑。自给她改正、去帽那天起,她就怕变,怕人家忽然又喊'打倒新富农婆'! 怕民兵又突然来给她挂黑牌。"①

胡玉音的心灵伤痛在新时期乡村叙事中起到了振聋发聩的文学效果,她的遭遇让我们深入思考,中国当代乡村社会建设过程中,一度出现的极左政治路线给乡村带来的不是幸福生活,也没有实现政治期待的目的,相反则是给乡村带来了更多的伤痛和对政治的失望。办食堂、人民公社、反对资本主义修正,这些在政治设想上是美好的,但是,问题出在执行过程中走向了理想的过热化和对现实的判断上走向了过低化,梦想在短时期内实现共产主义的过高的理想设定,与认为乡村具有新兴地主富农阶级的过低的判断,两者均与事实不相符合,导致了在乡村政治运动中选人用人只看政治出身、不看道德品质,阶级定性只看物质财产多少,阶级斗争的政治意图与老百姓生产致富的愿望形成了分裂,出现了历史性的恶斗,造成了恶人被重用、善良受到压制的历史悲剧,正如作者所说:"奇特的年代才有奇特的事","这正是我们国家的一页伤心史里的支流末节"。②

《许茂和他的女儿们》中的许秀云也是在政治挤压下心灵受到严重伤害的一个乡村女性。许秀云所遭受的权力伤害和道德伤害来自她的丈夫郑百如,郑百如利用了政治运动的机会和权力打击了大队支部书记金东水,并且为了更好地巩固自己大队副书记的政治地位和权力,不惜把自己的妻子许秀云作为政治筹码用于对付金东水,制造谣言污蔑金东水和许秀云之间有不正当关系,以求让金东水永远都不能东山再起。更为恶毒的是,郑百如在政治需要的情况下,随时可以休弃、随时也可以召唤许秀云,在郑百如这样的政治人物心目中,每个人都是随意可以摆布的底层人物,这就给许秀云心理带来很大的伤害,以至于许秀云失望之极,试图以死结束自己的生命。错误的政治思想和政治措施,带给乡村心灵的伤痛令人难以想象。与许秀云相关的,她的父亲许茂老汉也在政治挤压下心灵遭受伤痛,在对那个特殊年代里什么是真正的善、什么是真正的积极、什么是真正的正义的揪心思考之中,承受着来自外在的压力和伤害,从一个积极参加农业合作社的致富能手,变成一个心理复杂的农民形象。《李顺大造屋》中的李顺大,凭借自己的勤劳和苦干,多次积攒钱财想造一座好一些的房子,过上幸福体面一些的生活,可是,在政治的挤压下,一次次积攒起来的造屋款被收缴或者霸占,到头来两手空空,而在这种一次次的政治欺骗中,李顺大变得麻木、迟钝,不反抗、不挣扎,对一切欺骗和豪取都表现出一种自然接受,然而

---

① 古华:《芙蓉镇》,长沙:湖南文艺出版社,2018年版,第205页。
② 古华:《芙蓉镇》,长沙:湖南文艺出版社,2018年版,第15页。

正是这种表面的心理平衡的背后却暗含着一种难以言表的心灵伤痛。

二、乡村传统伦理捆绑下的心灵伤痛

乡村是一个传统伦理观念浓厚的生活世界,传统伦理道德对维系乡村社会秩序、维护乡村社会稳定,起到重要的作用。而且,在中国乡村,传统的道德伦理一直也是乡村的精神支柱,支持着乡村从远古走向现代,一直保持着淳朴善良、和谐互助的优秀品质,成为中华民族优秀传统文化的重要组成部分。

但是,任何事物都不是只有善的一面,而且,在不同的历史、政治和社会条件下,乡村伦理道德的价值取向都会产生一定的变化,给乡村带来一定的精神震动。社会进入新时期,生产力的解放需要思想解放与之相互呼应,破除阻碍生产发展的陈旧思想成为新时期社会转型的一项重要任务。在乡村,传统伦理道德中的一些规则不能适应新的社会建设和发展的需要,必须进行改革创新,建立开放的、具有发展生命力的思想、观念和道德规则。而乡村叙事这时候也对传统伦理道德进行了一次深度的思考和体系重建,对那些陈旧的习俗、道德纲目给予批判,实现在新的历史条件下以文化人的价值目标,这就出现了乡村叙事中从批判的视角审视传统道德对乡村底层人物的精神折磨和摧残,深化了文学的批判性。

底层人物的心灵伤痛,反映的是乡村内在的传统道德观、价值观、家庭观、爱情观与社会变革带来的一些新思想、新观念之间存在的对立和冲突。这些对立与冲突常常会在个体心灵深处共同存在,并导致底层人物的外在言行与心灵内在的真实观念之间常常不相一致,思想矛盾、心灵痛苦,甚至人格分裂。

底层人物的人格是多重性的,不能简单地用一种标准去界定,也不能用一个标准去衡量,更不能用后来的公共标准去评价当时的人物性格和形象。与十七年文学叙事不同,在新时期的文学叙事中,底层人物的心灵和性格更加多样化,形象也丰富许多。

传统的伦理道德在乡村一直延续,根基深厚,这是与中国传统农耕文明相关联的。传统在乡村的稳定标志着乡村在几经更迭的社会变迁中与外在文化融合的速度慢、力度小;影响到人物思想变化和爱情婚姻观念变化的力度也很小。

但是,人总是要接受新思想、新观念的,乡村并不是世外桃源,必定会受到外在文化浸染,或者主动接受外在文化的影响。这样,在人物的思想、价值观、婚姻观等方面都会发生新旧融合的变化。当新的思想观念进入到乡村底层人物灵魂深处的时候,他们会在言行方面呈现这种新思想、新观念。

就是在这样既要守住传统,又要接受新潮的背景之下,乡村内在的价值观念往往呈现为一种裂变或者多重思想观念苟且共存的现象,真正的新旧融合是很难快速形成的。这就更加强化了乡村人物的性格多重性。在新时期改革浪潮刚刚兴起的乡村,底层人物表现为一种传统与现代共栖的想象,或者说是一种人格裂变的现象。这种人物性格形象,使得时代改革难以强力推进,也使得传统文化难以保持原色。

《辘轳女人和狗》聚焦改革开放初期乡村底层人物的思想变化和命运遭遇。典型的人物是茂源老汉,这是一位典型的农民,经历过苦难的岁月,保持着农民固有的善良、勤劳和坚韧。在遭遇灾荒的年代救济了香草母女,并以农民特有的爱给予香草,使得这位小姑娘健康成长,也养成了善良、温柔的好品质。但是,悲剧也就在这些底层人物身上凝聚得非常坚固。茂源老汉心中深爱着香草的母亲,却又凝固在乡村的传统伦理道德之中难以公开表达,带来的结果是香草的母亲承受不了舆论的压力而惨死在暴雨之中,茂源老汉心中充满极度的伤痛和悲哀,疯狂地在小树林里发出怒吼之声。而香草则是在默默忍受着忠贞与爱情折磨的新一代年轻人的代表。香草经历了报恩无爱的婚姻之后,找到了自己喜欢的小庚,但是小庚同样以传统的忠贞观约束、限制甚至折磨着香草,让香草无法自由快乐地生活,只能含泪偷生。与香草有着相似悲苦命运的狗剩媳妇,大胆地追求自己的幸福生活,也许给读者带来一点新的希望,预示着香草向前行进的希望。

《灵与肉》中的许灵均与李秀兰之间的爱情在忍耐了乡村权力的干涉之后还是比较美满的,但是他们的爱情故事是从荒诞的婚姻开始的,并不是建立在青梅竹马或者一见钟情基础上的爱情。他们从荒诞走向真诚,化荒诞为坦然。在荒诞的岁月里,在荒诞的环境中,真诚的爱情未必就是自然生成的,也未必就是男女主人翁刻意追求的。作者借此歌颂了深埋在底层人物心灵深处的真与善,也鞭挞了乡村灵魂深处的自私、狭隘的陈旧思想,揭示了来自外在强权制度对乡村心灵的伤害。

在传统与现代之间,作家们沉思的是乡村的命运,乡村该向何处走?乡村如何实现自身的价值?生活在乡村的人们如何走出属于自己的生活道路?坚守封闭式的传统就难以摆脱贫困,而一味追求现代物质利益将会折断自身的精神支撑。对于迷茫于是走出乡村还是留在乡村的人们,作家们寄予了深切的同情与关怀。从高加林那种浮动的梦幻破灭来审视其内在的人格裂变和人生价值的错位,作者路遥对其悲剧式的人生道路给予同情和批判,作者的目的不仅仅是在批判高加林的自私和忘本,更重要的是把批判的笔锋指向了留存在高加林以及他的父辈们心底的那种对乡村的自我贬低的价值观念;而对刘巧珍这种传统的农村女性展示出来的单纯、真诚和隐忍则表达了无奈而悲叹的情感关怀,因为,在乡村内心深处仍然存在着门当户对、权力崇拜等思想观念。

乡村伦理道德是社会文明的重要组成部分,在一个相对稳定的历史发展时期,这些传统的伦理道德对维护乡村社会结构稳定、给予乡村底层精神支撑方面,带来巨大的内在力量。但是,当社会处于变革和转型时期,生产方式、生活方式和社会观念都会发生一定的变化,这时候就需要对原有的伦理道德进行批判性的思考和梳理,去除陈旧的思想观念,植入具有新生力量的价值观念。一旦这些陈旧的思想观念在社会变革过程中仍然保持原有的地位和势力,那么,它们就会给乡村带来巨大的精神伤害和心理压抑。这也正是新时期乡村叙事的一个重要的批判性主题。

三、观照乡村底层的悲苦命运

社会发展的效果要看底层生存命运的变化而不是上层。乡村是社会底层,而乡村社会的发展进步并不仅仅表现在物质生活的改善上,更多的时候是表现在乡村精神世界的变革和进步。因为,一个社会的进步,至少要表现在物质和精神两个层面,而真正能够让人感到幸福的,更多情况下是来自于精神世界的幸福。所以,乡村心灵世界的快乐与伤痛,是判定乡村生存状态的基本标尺。

新时期的乡村叙事,之所以书写乡村社会发展变革过程中遭受到的心灵伤害,其目的不只是停留在一种止痛式的呼叫上,而更深刻的意义在于从乡村心灵状态来反观乡村底层的命运变迁和生存现状。书写乡村心灵伤痛的意义,就在于以此观照乡村底层在奇特历史条件下所承受的悲苦命运。

《灵与肉》中的老白干、郭骗子,都是乡村底层人物,但却代表着不同的灵魂。老白干认准强权,处处以权势压制身边底层人的真和善,也是伤害乡村心灵的罪人之一,但幸运的是,最终他能够认识自己的错误,能够接受乡村真善美的感染和教育,重新唤醒自己内心深处的善念,走向真诚和善良。郭骗子是在强权面前暗存善良的民间底层人物,但正是这样的底层人物才具有真正的大爱和真善。在对待许灵均的态度上,老白干和郭骗子分别代表着乡村的恶与善,正是这种善恶交织的社会环境,造就了许灵均的曲折人生和悲喜命运。而老白干和郭骗子的心灵也在动荡多变的社会发展过程中承受着心灵的考验。他们都在承受着社会运动、人情冷暖带来的心灵伤痛,正是从这些乡村底层人物的心灵伤痛中,才能真正理解乡村底层的生存状态和人生命运的起伏跌宕。

《人生》中的高加林、刘巧珍,出身乡村底层,他们试图通过一定的途径实现人生突围,追求幸福美好的生活。但是,刘巧珍遭遇了虚假的爱情而被抛弃,无奈地从梦幻返回现实,过上前辈们世世代代重复的农耕生活;高加林从农村艰难地走向城市,却又被城市驱逐回到黄土垒建起来的乡村。刘巧珍追求的是对知识崇尚的一种朴素的乡村爱情,高加林追求的则是城市文明和个人的身份价值,他们共同追求的都是乡村心目中的美好生活,但是在现实面前,他们都被退回到梦想的原点。他们理想破灭的根源在哪里?在一个人从梦想跌落现实的过程中,心灵受到的摧折是什么样的?作为读者能否想象得到?这些,都是小说带给读者的思考和追问。在这种思考和追问过程中,我们才能感知到乡村底层心灵的伤痛,并从这种心灵伤痛中体会特殊时代底层生存的悲苦命运。

在轰轰烈烈的农村改革之际,乡村生活水平不断提升,可是作家们为什么要把乡村底层生活写得如此悲苦呢?悲苦主题会不会削减改革主题的亮色?这是我们需要探讨的问题之一。

中国的乡村改革往往是以脱贫求富的改革为主要任务的,而追求富裕需要公共资源的支持。由于乡村长期处于社会的底层,社会公共资源难以向乡村倾斜。在没有足够资源配置和支持的情况下进行乡村改革,这些底层人物创业、致富的艰辛可想而知。《平凡的世界》中的孙少安、孙少平,也是生在乡村、长在乡村的底层人物。孙少安坚守在乡村,孙少平走向城市,不论是在城市还是在乡村,他们都是靠着勤劳的双手、传统的劳动方式构筑自己的富裕之路。但是,长期处于社会底层,接受公共社会资源极其有限,公共信息的享用度很低,这让他们在富裕之路上走得极度艰辛。

另一方面,在乡村,传统观念根深蒂固,在新旧交替、改革变化的历史进程中,传统的旧观念和新的思想之间会产生巨大的价值冲突和碰撞,要进行思想上的蜕变和发展,这给乡村心灵世界会带来艰难选择的阵痛。因此,在新时期的乡村叙事中,作家们常常把底层人物放置在城乡对比、新旧思想对立的矛盾中进行道德观照和审美观照,叙述乡村人的悲苦命运,形成了乡村底层悲苦命运主题。

在当代,乡村叙事对现实乡村的价值观照常常表现为批判性,新时期乡村叙事书写乡村的悲苦命运,其实质目的也正是体现了知识分子的人道关怀,书写着知识分子对乡村的同情与悲悯情怀。知识分子有着悲悯天下的传统情怀,在新时期新旧思想碰撞激烈的时代,更加突出地在文学叙事中表达出来。

在新时期乡村叙事中,造成底层人物悲苦命运的原因是多方面的,作家们关注的焦点主要是乡村的贫穷,以及乡村心灵深处潜在的陈旧观念和思想。

乡村的贫穷成为新时期乡村叙事关注的重点,因为贫穷,所以需要改变贫穷的现状。来自外部的改革思想很快影响着乡村,乡村底层开始蠢蠢欲动地追求自己的人生之路,在这种矛盾的现实与矛盾的心理作用下,他们却处处碰壁。当然,碰壁其实也是一种人生经验,碰壁之后,才会更加明确地找到自己的人生方向。高加林碰壁之后是重新回到农村,许灵均碰壁之后坚韧地继续追求自己的人生理想,带领乡村人在自己的家园创业致富。如果没有贫穷,新时期乡村叙事的主题和人物形象都将陷入肤浅。

乡村心灵深处潜在的小农思想是底层人物悲苦命运的深层根源。小农思想在乡村根深蒂固,加之社会整体生产力水平还没有发展到一定的高度,社会资源难以支撑底层人物走出贫穷和困境,难以帮助他们实现自己的人生理想。这恐怕才是悲苦背后的悲剧。刘巧珍虽然是一个农村女青年,没有文化,但她接受新思想、新事物的意识强,追求幸福人生的愿望鲜明,但是,正是由于自身缺少真正的新思想、新生活方式,加之周围的人都有着小农思想,才导致刘巧珍极力追求的理想破灭,重新回到苦涩的现实。要想改变中国乡村命运,首先要改造乡村的思想,没有先进的思想理念作为先导,底层人物们的人生追求只能是盲目地摸索。

纵观新时期乡村叙事中的底层人物的悲苦命运,我们不难看出知识分子对乡村寄予的希望,正是要通过这些底层人物的悲苦命运作为参照,才能警醒乡村看清自己正在走的路和未来的改革之路。

第三节 主题三:追问乡村人的生命意义

中国社会发展历程尽管是一个农业文明发展的历程,但在社会结构和政治文化制度中,乡村并不是社会的上层,乡村人的生命价值则被视为低微渺小的。在古代文学中,也只是把乡村人物作为统治阶级对比性的人物来写的。在儒家思想中,社会底层被称之为"小人",与作为统治阶层的"君子""大人"相对立,《孟子》所说"有大人之事,有小人之事,劳心者治人,劳力者治于人",正说明了社会分工之后的底层是被作为劳力者的"小人"的。那么,按照孟子的观点,乡村只能列入"小人"行列,因为他们是以从事体力劳动为生活支撑的。几千年来的乡村一直处于社会的底层,而成为被统治的群体。文学对城市与乡村分野的思考,是新时期文学面对传统农业生产方式走向现代性的一种惊叹式思考,"回首现代文学以来关于城市知识分子'返乡'书写、农民'进城'母题、带有怀旧意味的'乡愁'缅怀,不免让人有恍如隔世之感。"①

当然,统治者在对社会进行统治之中有时候会给予乡村一些基本的同情,在古代文学中,不乏知识分子对乡村生活命运的同情与悲悯的表达,杜甫的"朱门酒肉臭,路有冻死骨"是一种在生死对比张力中的悲悯表达,白居易的"剥我身上帛,夺我口中粟"则是站在底层角度表达一种生命状态的控诉。但是,很多

---

① 刘大先:《城市的胜利与城市书写的再造》,《小说评论》2018年第6期。

情况下,那些颇具悲悯之心的封建知识分子,也只是把乡村人物的生命作为阐释自己政治观点的陪衬性人物来写。而那些书写农民革命的文学作品,也仍然带着胜者为王败者寇的封建思想,意图表达农民经过暴力反抗来改变自己的社会地位,从社会底层翻转成为统治阶层。这在一定程度上说明了封建知识分子对乡村底层人物生命的关注停留在社会地位高低的辨别上,真正的生命关怀意识比较薄弱。

到了"五四"时期,文学对生命意识的书写成为一种现代性的文学启蒙。而"十七年"时期的乡村叙事,虽然也在书写社会底层人物的生活现状,但往往只是突出底层社会地位的"翻身",很多情况下忽视了个体生命自身的价值。事实上,这个时期的乡村个体生命价值的高低是需要用集体的标准来衡量的,个体生命价值的取向在于他为集体作出了什么贡献,所有的个体形象都被纳入社会集体化形象的序列。例如,《创业史》中写徐改霞眼中的梁生宝,把梁生宝看作一位社会主义新农村建设事业的人,而不是一个富有情感和个体生命价值的人。这表明了作家还没有真实地审视乡村个体生命的意义和价值。

20世纪80年代,一部分作家开始思考乡村底层生命的意义。他们直面生活现实,透过生活表层来揭示其背后的生命价值,在对现实矛盾的追问之中突出了对生命意义的思考。主要的作品包括,路遥的《人生》《平凡的世界》,史铁生的《命苦琴弦》,韩少功的《西望茅草地》《爸爸爸》,贾平凹的《天狗》《商州》,汪曾祺的《大淖记事》《受戒》,等等。这些作品共同的特点是把目光聚焦于乡村底层人物的真实生活和他们内心的价值追求,在人的生命意义审美上走向了"真善美"。

一、书写眷恋乡土的生命情感

进入新时期,在现代化生活的诱惑之下,乡村人开始寻找走向城市的道路,离开生养自己的乡村大地,这是现实生活中多数乡村人期待和羡慕的事情。而且,农民进城也标志着现代化建设在城市取得的巨大成绩。惜别或者主动离开乡村而走向城市,已经成为当代乡村生活中的普遍现象,也是乡村人走向现代生活的不可磨灭的梦想,这一梦想也从20世纪80年代一直延续到新世纪。在文学书写中,作家们带着困惑与矛盾的心情在关注着乡村人如何看待乡村与城市,也把这些乡村人的命运放置到乡村与城市的矛盾之中去观照。离开乡村,走向城市,就意味着农民要摆脱祖祖辈辈赖以生存繁衍的土地,乡村能否从心底真诚地接受?

有论者认为,在这一时期的"乡下人进城"小说中,"呈现为两种模式,一种是高晓声的《陈奂生上城》中的陈奂生式'上城'模式,'上城'是为了交易农副产

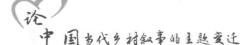

品;一种是路遥《人生》中'高加林'式乡村知识青年进城,这些乡村知识青年试图通过'体制'(考大学、招工等)形式'进城',实现自我对城市文明的追逐。"①"上城"是为了在城乡之间转移物质的空间,实现物质共享的目的;"进城"则是离开土地,更换生存的空间,实现共享城市文明的目的。究竟是留在乡村土地上,还是走向城市离开土地,这可能已经成为当时社会思考的一个问题,也是文学需要审视的问题。

在新时期乡村叙事中,作家对乡村的情感认同还是很深的,在作家的笔下,乡村心底潜藏的那种对乡土的眷恋和皈依之情仍然占据了乡村心理的主导地位,乡村是乡村人的生命之根,离开乡村也许就成为无根之木。乡村的标志是土地,费孝通说:"靠种地谋生的人才明白泥土的可贵,城里人可以用土气来藐视乡下人,但是乡下,'土'是他们的命根。"②"土"其实就是乡村之家,土气才是真正的乡村之气。古代帝王将相都心怀对土地的敬重之感,把土地当作自己生命和人生的根基。疆土为家的概念是渗透到中国人骨子里的,特别是在乡村生活着的人们,他们离不开土地,长期依赖土地而生存。他们从心灵深处对土地热爱、敬重。因此,抒写农民对土地的真挚情感就成为作家对现实的一种真实反映,也成为作家自己借以表达对乡村美好前景的一种写作动因。

乡村依赖于土地,土地给予乡村物质生活的满足,更给了乡村生命安全的依靠。乡村成为农民物质生活的家园和精神的家园,成为乡村生命的寄托。而这些物质生活的满足、精神家园的构建,都离不开黄土地,黄土地成为生命延续的根本基础,没有黄土地,就没有生命赓续和人类的繁衍生息,这是小说中的价值认识,也是现实生活中的基本价值认同。

《人生》中的高加林经过了从农村走向城市,又被迫从城市返回农村,这一令人伤痛而无奈的人生经历,给读者的启发是:人生的基本价值不只在于追求物质享受和社会地位,更多的是在于给自己的生命创造一个自由幸福的环境,生命的意义在于生命本身,而不在于生命之外的物质、权力和地位。路遥借助德顺爷爷的话说:"黄土可以止血",止住心中伤口上的滴血,生命才能真正地走向自然和纯真。在乡村人的心底,生在乡村回到乡村,才是乡村人的生命本质。不要攀高求贵,不要忘却乡情和乡音。这也许是乡村人千百年来形成的自我定位,具有明显的宿命意识。但是,正是这种宿命意识使得乡村人能够安分守己,能够吃苦耐劳,心中永存乡土情怀。

《平凡的世界》中的孙少平心存大志,力图用自己的努力改变生活和命运,

---

① 盛翠菊:《百年"乡下人进城"小说叙事研究》,扬州大学博士论文,2017年。
② 费孝通:《乡土中国》,上海:上海人民出版社,2013年版,第7页。

但是,无论走到哪里,他始终不能忘记自己的故土。当孙少平拥有了可以调动到大城市的机会之际,他没有迷乱自己的人生理想,"他至少目前对来大城市生活产生不了热情",而对自己曾经奋斗过的大牙湾煤矿"有了一种不能割舍的感情","一些人因为苦而竭力想逃脱受苦的地方,而一些人恰恰因为苦才留恋受过苦的地方!"①他坚守的却是乡村的土地和那里能够给自己带来生命幸福的爱情,他喜欢在这土地上奋斗、拼搏、生活,他把实现人生理想的天地选择在这块曾经给他带来贫穷和伤心的土地上。

"随着城市化、工业化过程的不断加深,越来越多的农民走出乡村到城市谋生,然后在'打工潮'之下仍然有一批农民坚守在土地上劳作。"②土地是生命的寄托,也是乡土情结的集体情感在个人身上的表现。那么,这是不是一种故步自封的狭隘观念呢?不可否认有一点这样的思想,但是,当把乡村与现代化、城市化相对比的时候,当城市、现代化定位在追求物质利益为主要价值的时候,城市是无法给乡村人以精神关怀和生命之爱的,唯一能够给予乡村人的只有乡愁,只有飘荡无根的感觉。

所以,新时期乡村叙事实际是以倾向于离开乡村走向城市为主要关注点的,只不过在书写乡村人走向城市的过程中,也从生命关怀的角度对那些在城乡矛盾对立中受到伤害的个体给予生命的关怀。而在寻找这种生命关怀的过程中,唯一可以用来安慰受伤心灵的精神力量就是中国传统的乡土情怀,即是,生命之根在于土地,心灵之根在于乡土。

二、对平静而恬淡日常生活的生命认同

任何个体都会在生命进程中形成一种生活方式的认同。城市人认同的是多样的物质享受和高雅的生活情趣,欣赏的是物质富足和感官享受。而乡村人认同的则是平静而恬淡的日常生活,"狗吠深巷中,鸡鸣桑树颠","日长篱落无人过,惟有蜻蜓蛱蝶飞",袅袅炊烟,随遇而安、平平淡淡,追求温饱和温馨,不求富贵与显达。日常生活本身就是生活的本真状态,在这种本真状态中生活,可以感受生命自身的意义和力量。在这种城乡巨大的差异之间,知识分子选择什么样的生活观呢?这是新时期一些作家关注的一个文学主题。

由于中国长期处于农耕社会,历史沉淀下来的平淡人生观在知识分子心底已成为一种潜在意识。在知识分子看来,乡村人有自己的生命观,而乡村人的

---

① 路遥:《平凡的世界》(第三部),北京:华夏出版社,1996年版,第1245页。
② 张丽军,范伊宁:《乡土中国文学的"农民劳动史""乡村心灵史"——读贺享雍〈土地之痒〉》,《当代文坛》2019年第3期。

生命观恰恰也与知识分子追求的生命观念高度吻合。所以,在书写乡村悲苦命运的同时,乡村叙事也以自我安慰的方式安慰着乡村那些受到命运伤害的人。

平静,其实是一种老庄哲学的生命观,也是儒家中庸思想的生命观。庄子说"至人无己,神人无功,圣人无名"(《逍遥游》),告诉世人要淡泊名利、重在真正修养自己。孔子说:"君子依乎中庸,遁世不见知而不悔,唯圣者能之。"[①]是说君子不能随波逐流,做事要遵循中庸之道,不要去追求那些勉强为之才能获得的名利,为人重在修身养性,淡泊名利,追求高尚的品行。陶渊明弃官归隐,"采菊东篱下,悠然见南山",是一种物我相融、心怡自然的精神享受,享受的是置身于乡村的那种平静心安的生活,用心感受到"策扶老以流憩,时矫首而遐观。云无心以出岫,鸟倦飞而知还。"(《归去来兮辞》)这种闲适而平静乡村生活的纯正意义。虽然儒家也鼓励知识分子求取功名,齐家治国平天下,但是,那是在修身养性、置身物外的一种人生智慧,"天下有道则见,无道则隐"才是君子的人生哲学,应回归田园去享受那种闲适恬淡的乡村生活。

在新时期乡村叙事中,大部分文学在关注乡村改革与发展的艰辛的同时,也有部分作家以一种特殊的情怀观照着乡村人的平静生活,并为之欣然。汪曾祺就是其中一位代表性很强的作家。他的乡村叙事以一种传统的儒家生命关怀去书写乡村人性的美好,并把乡村描写成为闲适淡然的生活图景,塑造的人物形象也多是具有传统美德、心地善良、安分守己而又享受着生活乐趣的乡村人。《受戒》和《大淖记事》就是这方面的典型代表作品。

也许日常生活并不平静,生活之中会遇到各种灾难、挫折,但是,正是在这种灾难和挫折面前才能显示出生命本身所内在的一种强劲的力量。余华的《活着》所刻画的福贵形象,就是一个在挫折面前顽强而坚忍活着的乡村人物形象。对福贵这个人物的理解有矛盾对立的两个方面,一是他玩世不恭、败家浪荡的贵公子式的生活方式,二是他能坦然面对一切悲喜得失的超然心态,这两个方面恰恰成就了福贵的真实人生。一个旧社会富裕家庭的花花公子,由于浪子般的生活方式而输掉所有的家产,又经历了战争带来的荒诞经历,然后身份实现了转换,转换成为一个新社会的无产者,这是值得暗自庆幸的;但是命运并没有给他以更多的顺境和幸福,相反,却给他带来一次次命运的挫折和家庭的伤痛,在亲人一个个离开自己之后,福贵成为一个孤寡老人,整日与老牛做伴,戏剧化的命运对福贵来说充满了悲哀和无奈。但是,正是这样一个底层人物,却快乐而平静地活着。快乐来自平静,平静是一种超然的生命思考,超然才能快乐,生命的状态需要平静,人生的乐趣需要平静而超然。

---

① 陈桐生:《曾子·子思子》,北京:中华书局,2009 年版,第 147-148 页。

追求平静生活,其实是追求一种心灵的自然适宜,追求生命的一种自然状态。事实上,现实生活中的人们是难以经受住功名利禄的诱惑的。很多人在面对人生得失与命运起伏时,会在心中产生巨大的撞击和冲突,会失去理性和对平静生活的坚守。因此,真正能够做到平静而恬淡地生活的人,才是最为可贵的。《人生》中的高加林从乡村挤进城市,又从城市返回乡村,心中充满不平;然而,在作者看来,这里的黄土可以止血,回归乡村也未必就是一种人生的失败;相反,平静是一种生活状态,也是一种生活意境。这种对生活意义的冷性认识,也影响了此后的新写实小说创造主题的设定和叙事风格的选择。而刘巧珍是否走向了平静呢?这也许需要读者进行更深入的思考。

乡村生活是知识分子的向往,但是知识分子并不向往贫穷,也不向往愚昧,而是在心灵深处向往乡村安逸恬淡,与世无争,这种无争的生活实际是知识分子对现实矛盾的一种批判和远离,以塑造乡村平静安逸的生活来寻找心灵的栖息家园。

随着新时期的到来,特别是随着社会发展和现代化进程进入快节奏轨道,乡村也开始向往城市,向往丰富的物质生活,向往受人尊重的社会地位,甚至虚荣的生活。物质主义价值观念、感官享受观念、实用主义价值观念,都在诱惑着当代的乡村人,乡村心理从《哦,香雪》到《到城里去》一直都在涌动着逃离乡村、走向城市的情感,城市对乡村的诱惑可能会带来乡村心理空间和生活空间的严重分离,带来更多的情感变异和人格分裂,给乡村社会结构的稳定和传统乡村情感的守护带来严峻的挑战,这也促使着知识分子开始重新思考什么样的生活才是真正的人生生活,而平静的乡村生活成为知识分子心底深处的一种集体无意识记忆,被写进了新时期乡村叙事中。

三、在物质和精神之间思考做人的基本道德

不论是乡村还是城市,不论是居于社会底层还是位居高官显达,生命对于每一个个体都是平等的,在平等的生命历程中,每一个个体都要遵守做人的基本道德底线,这是作家们对乡村生命关怀的一种体验和劝告,这也继承了中国传统文论"文以载道"的基本原则。

处于社会底层的乡村,需要一种强大的力量来维持乡村的稳定。这种力量不是政治规约,不是武装力量,也不是金钱物质,而是根深蒂固的道德伦理。伦理体系是长期形成的公共认同的道德价值,乡村是依靠宗法制度和为之作为支撑的道德来进行自身体系的维护的。道德关注的是人的内在需求和约束,指向人的价值高低,更是个体在社会获得生命价值和意义的有效力量。没有道德的人格是不高尚的,没有道德的诺言是不真实的,没有道德的生命是轻浮无意

义的。

在城市,缺少乡村的宗族观念,更缺少维系宗族团结的道德价值体系,维系个体之间关系的可以是法律、制度,也可以是物质调节、利益调节,那是非常现实呆板的一种组合,缺少内在的融合沟通,缺少信任。而在乡村则不同。乡村存在两种维系力量:一是宗族内的血缘情感,根据血缘关系远近而形成不同层级的团体或者熟人圈;二是社会公共道德伦理,从个体生命质量和价值角度进行外在言行的限制和导向,这种道德的价值指向了人的精神价值。因此,文学在关注乡村个体之间的关系中,更加重视道德的力量,守住个人道德底线是乡村个体做人的基本原则。

刘庆邦在《鞋》这篇小说中写"我"对初恋宋守明的愧疚之情。宋守明对"我"情深意长,在我离开农村走向城市的夜晚,送给我一双自己亲手做的布鞋,我一直把鞋子藏在衣箱中,多年之后,我回乡把鞋子还给宋守明的时候心中充满愧疚之感。"我"的愧疚其实是一个从农村走向城市的青年心中对乡村的那种割舍不掉的情感表达。这是一种朴素的道德情感,也是一种对乡村眷恋不舍的乡土情怀。新时期的"村里有个姑娘叫小芳"的歌声传递出那些出生在乡村或者曾经在乡村生活过的青年对乡村道德价值的认同,乡村叙事也同样传递出这样的道德认同。走向城市,是新时期文学书写的一个叙事话题,而作家在叙述乡村人走向城市获得人生美好前途的开始,就在思考一个问题:乡村是否应该值得怀念。在新时期的文学钟情于离开乡村的时候,很难回答这个问题,而刘庆邦却在试图回答这个问题。远离乡村不能忘却乡村,走向城市不能丢失乡村的那种朴素道德。

路遥在《人生》中对高加林给予更多的人文关怀,但对于读者来说,却也能从作品中读到做人的道德关怀,高加林的形象其实代表了20世纪80年代一批有文化、有知识的乡村青年的共同理想追求,那就是离开农村走向城市去探求新的人生道路和幸福生活,这本身没有什么可以非议之处,但是作者却在有意引导读者对高加林离开乡村、抛弃初恋的做法报以反感,也就是说,在《人生》中流露出鲜明的道德选择和道德批判。实际是作者引导读者在传统的伦理道德和现代物质文明之间进行一种对比性的思考,究竟乡村如何才能够在传统的道德规则和现代文明之间实现一种平衡?

《芙蓉镇》则从个体生命价值与集体化社会运动的矛盾中来审视乡村如何坚守自身的道德价值。胡玉音的命运是与整个社会的政治运动相依相存的,她能够在多次运动中经历磨难之后,从容地走在自己的人生道路上,与她一直坚守做人的道德是分不开的。做人与道德,在这里得到了一种高尚的阐释,坚守传统的做人道德与实现个体在集体中的价值两者之间可能存在冲突,但重要的是如何坚守自己的做人准则,才能使自己的生命更有尊严。

在对生命意义进行追问的过程中,作家们需要通过人物形象来进行主题性分类和设定。概括一下新时期乡村叙事与生命意义有关的人物形象,可以归纳为四类形象。一是心地善良、坚守传统做人道德的乡村人,《受戒》中的小英子、明海和尚,《鞋》中的宋守明,都是这一形象。他们心存善念,始终坚守传统的做人准则,并一直在乡村坚守自己的人生道路。二是地位低微,但追求梦想,却在复杂的现实生活中处处碰壁,伤痕累累。高加林、刘巧珍,《篱笆女人和狗》中的香草,《许茂和他的女儿们》中的四姑娘许秀云,都属于这一形象。他们对幸福生活和独立的个人尊严有着坚定的追求,但是在传统与现代、权力与个体欲望之间,成为被压制、被同情的对象。三是不畏命运艰辛,勇敢抗争奋斗,实现了人生理想,《平凡的世界》中的孙少平,《灵与肉》中的许灵均,均是此类。他们在曲折艰难的命运面前,以执着的人生理想和坚韧的内在力量坚守着自己的生命意义。四是乡村中的精神化身,为乡村灵魂提供精神支柱的,《人生》中的德顺爷,《白鹿原》中的白灵、鹿兆鹏,《芙蓉镇》中的秦书田,《许茂和他的女儿们》中的金东水,代表着乡村传统或者现代力量的精神形象。众多人物形象,旨在阐明作家们对稳定乡村社会结构的精神向往,也持续着传统的伦理道德和现代性的理性追求。

守住做人的道德底线,对于作家们来说,是一种对世人的劝诫,特别是对那些试图离开乡村追求物质财富的人们。文学在实现艺术审美的同时,也同样需要担当社会责任,发挥文学精神启蒙的作用。新时期乡村叙事不能绕过乡村的道德观,在社会进入现代时期,物质价值和精神价值成为文学需要思考的两个价值基点,同时在日常生活中表现得也很突出,是选择物质主义,还是选择精神境界?这两者之间存在着矛盾对立,又存在着互相依托互相补充的关系。文学需要对光怪陆离的现实生活进行认真思辨,进行做人的基本道德价值设定。

一个人不论是身在城市还是身在乡村,其实都只是生活的一种空间形式,只是生活的场域不同而已。那么,他的社会价值有什么不同呢?生命的社会价值并不取决于生命所在的空间形式,而更多的是取决于他对待生命意义的态度。生命对于每一个个体来说都是平等的,但生命的历程却呈现出不同的路线,呈现出不同的价值意义。作家们在叙述乡村人物命运变迁的过程中,心中一直有一个道德标准在驱动自己设计人物命运的沉浮起落,这也许就是新时期文学叙事对生命意义的一种传统性观照。

第四节 主题四:书写乡村真实的生活状态

20世纪80年代,现实主义已经发展出多重内涵:现代现实主义、魔幻现实主义、诗化现实主义、抒情现实主义,等等,不再是传统的现实主义一统天下的文学形势。20世纪80年代出现的新写实主义,对理想主义和英雄主义形成了冲击,在还原生活的原生态的理念下,把笔锋指向百姓生活的世俗人生,去写他们的生存困境和琐屑愿望。

以呈现碎片化生活现象和去道德化生活现实为观照生活态度的新写实作家们,在对历史和现实进行实用化反思之后,放弃了崇高与伟大,把叙事的目光聚集到真实的日常生活现象上来。虽然他们书写的多是城市底层人物,但也不乏对乡村底层人物的真实生活进行文学叙事,以及对乡村的苍凉、贫困、屈辱和复杂人性进行写实化书写。"无论是新写实小说在农村生活题材方面的涉猎,还是在城市生活题材的涉及,它的题材选择都比较一致地指向了生活在我们这个凡俗世界里的最普通也最为普遍的平凡人,以及关于他们的生存、生活乃至发展等方面的表面平凡却又内蕴深刻的'人之故事'。"①

新写实小说力图去除生活内在政治意义和道德价值,把文学对生活的书写指向了生活的"本质"或"本真",还原生活的原生状态,借此推动文学由外向内转,作家们不再对文学中的人物和生活进行一种道德或者政治化的价值预设,而是直接解剖生活的真实面目,还原真实生活。这种还原似乎有着一种对此前文学叙事方法和主题的逆转和反驳,试图建立一种新的文学叙事方式和美学原则。所以,旷新年说:新写实小说"致力于描写和反映生活庸常凡俗的一面,将一切崇高、理想、浪漫和诗意的东西清除出去,进行所谓的'生活的还原',表现所谓'生活的原生态',描绘生活的底色和本相,以一种未经打磨的风格呈现琐碎的、平淡无奇的日常生活景观,将普通人的日常生活原原本本地和盘托出,展示了另一种生活的真实。"②

新写实写作理念有三个方面:一是强调"零度情感",隐藏作者对事件和人物的预设性情感;二是还原生活本真状态,回归生活的客观现实,用普通真实去解构"崇高美学","作品中的现实生活呈现出一种毛茸茸的原生状态","更多的是表现现实的荒诞、丑陋、灰暗或无奈"③;"它远离宏大叙事,消解了文章载道经国的功能,着意于典型的解构和反现实传统的模式。它一反传统现实主义的社会宏大题材、时代大主题,抛弃了宏大社会的表现意愿,专注于平庸、世俗、原生态的生活状貌,着眼于小人物的琐琐碎碎,将俗常的欲望、情感,惯常的生存状

---

① 徐立平:《新写实小说的文学价值》,辽宁师范大学博士论文,2012年。
② 旷新年:《写在当代文学边上》,上海:上海教育出版社,2005年版,第77页。
③ 丁帆,朱晓进:《中国当代文学史》,南京:南京大学出版社,2007年版,第344页。

态做'还原'式的再度呈现。"①三是关注生活中的普通人物,不再塑造典型环境中的典型人物形象,对人物形象的描写没有一个典型化意义的前设,在情感态度上尽量减少前设性的褒贬,而用生活本身去阐释生活。

池莉善于写城市贫民的日常生活,但《你是一条河》却是对乡村荒诞生活和命运给予批判的一篇乡村叙事小说。她在这篇小说中把乡村小镇的生活写成了杂乱无序、贫穷混乱、人性卑微的一个不堪设想的底层生活世界。辣辣是一个农村妇女,丈夫去世之后独自一人带着七个孩子艰难地生活。为了生存,她不惜出卖肉体,为了孩子们的成长,她要做繁重的体力活,还要去卖血,直到孩子们一个个成长起来或者夭折而亡,她没有眼泪,没有悲哀,"辣辣的冷静和任人摆布更使大家心里发怵。"②生活已经消磨尽她所有的尊严、情感,甚至母性。这样的生活是在贫穷年代乡村人的真实生活,这样的生活不是理想中的生活,但却是现实。刘震云、刘恒都写过以乡村生活和悲苦命运为题材的乡村叙事作品,成为"新写实小说"中的乡村叙事文学成果。

新写实文学的乡村叙事主题可以归纳为三个方面。

一、乡村苦难主题

书写乡村生活的苦难,特别是把乡村放置到历史变迁的纵横背景下进行观照,给读者展示乡村发展变迁过程中经受的艰难和苦难,这是中国现代乡村叙事的一种基本书写思路。在文学思维之中,苦难也许就是乡村的代名词,没有苦难的乡村实际是没有特色的乡村,没有记忆价值的乡村。这也为此后 21 世纪底层文学叙事提供了一个主题借鉴和价值导向。

新时期乡村叙事在思考城市与乡村的矛盾对立、现代与传统的矛盾对立过程中,形成了对乡村生活状况的基本认知,那就是,乡村就是贫穷、混乱、粗俗的代名词,文明不在乡村而在城市,原始的乡村文化传统是与落后和粗俗不可分割的。在这种落后与粗俗环境下生活的乡村人,加上物质财富的极度贫乏,外在社会运动的持续干扰,以及乡村自身思想观念的守旧,苦难就成为乡村必然的生活现实。

苦难首先表现在物质生活的贫穷,贫穷成为乡村心灵记忆中最为伤痛的事情。刘恒的《狗日的粮食》书写乡村极度贫穷的生活苦难。在贫困灾荒的年代,乡村在物质上极度困乏,杨大宽的妻子曹杏花,是一个面凶嘴凶手也凶的乡下

---

① 李欣辛:《丑陋的现实,鄙贱的人生——刘恒〈狗日的粮食〉评析》,《名作欣赏》2016年第 8 期。

② 池莉:《池莉小说精选》,武汉:长江文艺出版社,2000 年版,第 144 页。

"强者",她很有能耐能够弄到粮食。但是,在那个特殊的年代,就连曹杏花这样不择手段的人也失去了粮食,遭遇人生的悲剧命运。苦难成为这些人物不可避免的生活厄运,在苦难面前,一切善和恶都失去了现实意义;同时,现实中人们对物质的渴求和对生命尊严的守护矛盾地交织在一起,也深化了这篇小说主题的批判性。

挖掘苦难的生成根源是新写实小说的主题表现之一,这一主题也继承了新时期反思文学的现实批判精神传统。《狗日的粮食》直接主题是对灾荒年代中的荒诞现实进行了批判,曹杏花是杨天宽用二百斤谷子换来的,而她的死也是因为失去了粮食,生与死都与粮食有关,粮食成为那个时代能够决定人物命运的关键因素,粮食已经不仅仅是一种物质,而是附加了很多社会价值的综合性价值体。

刘震云的短篇小说《塔铺》,写农村少年们渴望通过努力学习摆脱贫穷生活的故事。在共同的患难时光里,"我"和"李爱莲"产生了深厚的亲情和爱情。小说中的一个典型人物形象是一个叫"磨桌"的人。为了生存,"磨桌"偷偷地到校园外去烧蝉来充饥,那种场面令人心痛:

"我悄悄过去,发现地上有几张破纸在烧。火里爬着几个刚出壳的幼蝉。'磨桌'盯着那火,舌头舔着嘴巴,不时将爬出的蝉重新投到火中。一会儿,火灭了,蝉也不知烧死没有,烧熟没有,'磨桌'蛮有兴味地一个个捡起往嘴里填。接着就满嘴乱嚼起来。

我见此情状心里不是滋味,不由向后倒退两步,不意弄出了音响。"磨桌"吃了一惊,急忙停止咀嚼,扭头看人。等看清是我,先是害怕,后是尴尬,语无伦次地说:'班长,你不吃一个,好香啊!'"

也许这只是少年学生的一种自我娱乐行为,其实更多的是在饥饿年代的一种自我生存道路的无奈探求。吃饱饭是那个时代共同的物质追求,但是其中的辛酸是令人伤痛的。梦想改变人生命运的少年们心中坚定地萌生出"我今年一定要努力,一定要考上"的愿望。这种愿望的强烈程度实际是与乡村贫困苦难程度密切相关的。这是知识分子对苦难乡村的基本的人文关怀,苦难诉说成为新写实小说的一个重要话题和审美主题,也为此后的底层苦难叙事主题的确立奠定了基础。

二、荒诞历史主题

以史为喻是文学书写的一种策略和智慧。很多时候,书写历史并不是为了还原历史真相,因为,文学不是教科书。当然,历史上很多荒诞的事情难以进入史籍,这就给文学书写提供了内容和空间。中国当代乡村发展也与很多荒诞的故事相关,成为乡村叙事的一种新体裁和新视角。

把故事放置在乡村的发展变迁历史之中,叙述乡村发展变迁的种种艰辛,以及乡村在历史发展过程中所遭遇的各种磨难,并给予戏谑般的批判,从历史变迁的角度思考乡村命运背后深层的原因。这是乡村叙事中的荒诞主题。

刘震云的《温故一九四二》写灾荒的一九四二年,老百姓饥寒交迫,难以生存,可是政府当局却置若罔闻,压制新闻报道,对老百姓的倾诉置之不理,把这一荒诞的历史在文学中书写,作者试图还原历史的真相,"在对历史貌似理解支持的表述方式中暗含着戏谑与嘲弄的态度,在作家与文本的矛盾冲突之中对历史话语本身提出质疑。"[①]而刘震云的《一句顶一万句》则"用朴实的语言讲述了底层农民的平凡生活,深刻地揭示了中国人深入骨髓的孤独与苦闷","有着明显的荒诞特征。"[②]小说中人物的生命遭遇和命运呈现出荒诞特征,而这种种荒诞的人和故事就构成了荒诞的历史。在小人物的人生命运中,偶然而荒诞的生命经历是一个历史时代的缩影,也展现出特殊历史条件下底层小人物的真实生活和命运,渗透了作家的人性关怀。荒诞的历史或者历史书写的荒诞,既是一种历史记忆,也是历史自身的一种否定。

《故乡天下黄花》站在一个普通村民的视角,叙述马村半个多世纪的乡村社会历史变迁,揭示了乡村社会深层所隐藏的争斗不息的劣根性,给读者一种荒诞的历史发展感。在民国初年,因为争夺村长这个权力职务,李家和孙家结成了冤仇,并带来后来的世代相互仇杀的历史恶果。从民国初期,到抗日战争时期,再到翻身闹土改时期,谅解不停地陷入争夺权力、凶残争斗的矛盾冲突之中。而这种争斗的风气延续到1966年"文化大革命"开始,村里的其他人也卷入了混乱的争斗之中。喜欢争斗,永不停止地争斗,成为中国近代、现代历史的基本症候,这种症候显示的是人性之恶,更显示了中国近代以来的历史形成了多个荒诞的时段,构成了文学世界里的荒诞历史面貌和轨迹。

刘庆邦的《一切都很干净》,叙述在办"大食堂"时期,在面对饥饿逼迫的情况下,洪长海让老婆杨看梅去找当年曾对杨看梅垂涎三尺的仓库保管员周国恒找点救命粮食,杨看梅为了保全丈夫和一家人的性命,被迫无奈去找了周国恒。但是周国恒已经不再觊觎杨看梅的女色了,在一番交涉之后,杨看梅从周国恒身上找到一块芝麻饼,借助这块芝麻饼保住了一家人的生命,摆脱了死亡的威胁。性与食在这里暴露出最原始的本色。但是,透过这个家庭的生活遭遇,我

---

① 耿菲:《论〈温故一九四二〉的灾难书写》,《文艺评论》2020年第3期。
② 张钰洁:《论〈一句顶一万句〉的哲理意蕴》,《名作欣赏》2020年第6期。

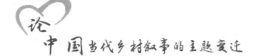

们不得不对那个特殊的历史时期产生怀疑。荒诞的历史时期,人的基本道德和基本生活状况都与常态下的状态形成了巨大的变异,历史很多时候不是个体所能掌控的,更不用说想获得更多的人生价值,荒诞的历史只会泯灭人的正当需求。

三、扭曲的人性主题

扭曲的人性,变异的灵魂和道德,是乡村在艰难生活之中的一种存在状态。

说到乡村,自然会把乡村与淳朴真诚的人性相联系起来。但是,由于各种因素的影响,各种外界力量的干预,导致乡村相对单纯的价值观念受到外来价值观的冲击和稀释,特别是在物质至上的价值观的冲击下,乡村原本纯真的价值观受到遮蔽,甚至被丢弃。在物质、利益和良知、道德的互相冲突中,乡村也在追逐物质利益,追求感官享受,追求虚浮的人生价值和变异的人际关系,这些伴随着物质现代化而侵入到乡村的价值追求,带来的是乡村人性的变异。人性本无善恶,人性也本就善恶兼有,只不过是善与恶的显与隐受制于外在环境的诱导。当外界的环境向善,人性则会向善,当外在环境向恶,人性将会向恶。乡村本该如何,文学对乡村人性善恶进行了批注。

新写实小说在书写乡村人性的变化时,实际是按照环境决定论的方向去揭示乡村人性发生变化的原因的,突出了来自乡村之外的因素,因此,把人性变化写得变幻莫测,扭曲奇异。

《你是一条河》中的辣辣是一位人性扭曲的乡村人物形象,辣辣为了生存而不顾道德伦理的约束,用自己仅有的女性资本换来粮食,换来了一个家庭生命的延续。严格地说,辣辣已经失去了耻辱之心,但她毕竟还保留着鲜明的善恶观念。只是这样的人物难以用某一种道德观念进行评价,难以用一种形式去描述她的人性状态。人性的表现是与社会环境紧密相关的,在不同的社会环境下,不同的价值观念,会引导、催发出不同的人性特征。在丰衣足食的和平社会环境下,人性会表现出与文明相关联的善良、知耻、正直品质来,而当遇到特殊困难和灾害的社会环境,人性会表现出难以置信的裂变和扭曲来。辣辣的人性扭曲是一个特殊时代造成的,具有典型的时代意义,值得读者正视和深思。

在寻根文学中,许多作家为乡村寻找文化之根的同时,发现了人性的多种形态和多重性质。在寻根文学作品中,很多人性是变异扭曲的,作家试图在为乡村寻找一种矫正人性的价值体系,就把目光聚焦在乡村文化层面,以文化来阐释乡村独立守正的合理性,探寻现代物质文明视域下乡村发展变异的文化根源,为乡村挖掘文化自立的标志性记忆。韩少功的《爸爸爸》实际也写出了人性的扭曲,"鸡头寨不过是未庄的别称,丙崽不过是阿Q的变形,偏僻山乡的奇风异俗虽然来自作者上山下乡的经历,更来自作者的向壁虚构。"①

从新写实文学产生的时代来看,新写实小说是从新时期之初的社会反思、拨乱反正的思想解放走向发展生产、提高生活水平的改革之际形成的一种文学形式,这个时期正是中国改革开放道路已明、物质文明快速发展的上升时期,但是,文学需要在这个时期对现实生活进行冷静的观察和思考,"因为现在我们的平静,更要晓得文学的使命是描写这个世界的一些事情发生之时,人所展现的良心、良知、大善和大爱;文学的任务是表现这个世界的种种荣光来临之前,人所经历的疼痛、呻吟、羞耻与挣扎。"②

当然,新写实叙事虽然意图回归到生活的本真状态,但由于作家处理叙事材料时不能不渗透自己的道德判断和情感态度,因此,书写纯真状态只是作家的一种理想,并不能回归到生活的本真。而且很多新写实小说最后陷入形而下的生活碎片记忆,缺少主题的深刻性。实际上,新写实叙事并不是完全按照生活的本真去书写的,只是作家们对现实主义表现手法有了新的认识,抛开了此前那种知识分子悲悯天下的道德关怀,把文学叙事视角换成了生活故事叙事视角,以平民的眼光来审视生活的日常化。

新写实叙事的目的是揭示生活的真实,事实上仍然没有离开知识分子的视角,没有消解知识分子的情感表达。特别是对乡村人在艰难生活过程中保持的那种坚韧和隐忍没有书写,对乡村发展过程中的那种内在力量给予了否定或者遗失,这是新写实文学在乡村叙事中的盲点。

---

① 吴矛,陈国恩:《寻根文学的寻根之失》,《江汉论坛》2010年第9期。
② 文羽:《有时候,深受感动也是一种信心——访作家刘醒龙》,中国作家网,2020年12月30日。

第六章　想象中的闲适乡村和现实中乡村人性的裂变

从五四开始到新时期,乡村叙事对乡村生活现实的观照基本是带有两种鲜明的情感,一种是对乡村闲适幽静生活和自然风光、淳朴风俗的追求和品味,另一种是对乡村在现代化进程中人性的裂变和生活质量取向异变的担忧和焦虑,在这两种对立的情感态度中,我们不难发现,不同时期的作家对乡村生活和乡村人物的书写,在看似无关的命运形态中,却共同表达了作家对现实的焦虑和对记忆中的乡村或者未来乡村的美好想象。以汪曾祺的《受戒》和韩志君、韩志晨的《辘轳、女人和井》作为对比进行分析,可以看出中国当代乡村叙事对乡村生活的期待,以及对乡村现实发展命运的期待。

第一节　于悠然闲适之间见批判

——《受戒》的乡村情怀

《受戒》创作于正值思想大解放的1980年,是汪曾祺的代表性作品。小说以明海和尚与小英子之间的爱情发生过程为线索,描绘了一幅充满传统意蕴色彩的乡村生活画卷,展示了一种超越尘俗与宗教约束的闲适生活,书写了一种原初的、质朴的人情世故、民风民俗和人性之美,营造了一种超然的生活境界。这种超然的生活境界其实就是知识分子理想化的生活境界,是一种在悠然闲适之中的心性回归,是对清规戒律存在合理性的拷问,在悠然闲适之间饱含着作家对清规戒律和虚假崇高的批判。当然,这种委婉含蓄的批判,在当时具有独特的文学意义,"这就已经不是一个简简单单的爱情故事了,可以说它在一定程度上缓释了上一个历史阶段所遗留给人们的紧张情绪,以及个人情感与意识形态之间的对立关系。"[①]

---

① 褚云侠:《〈受戒〉的周边》,《文艺争鸣》2019年第4期。

一、美好的爱情与闲适的乡村生活

本真的生活应该是闲适的,而不应该是充满欲望追求和精神压抑的。追求美好的爱情和闲适生活是世俗之人共同的生活理想和审美期待,对那些曾经受过精神伤害的知识分子更是如此。这种理想追求和审美期待诉诸文学,将会给读者带来轻松愉快的心灵慰藉。20世纪80年代,在反思文学和伤痕文学普遍抒写心灵伤痛的潮流中,美好爱情和闲适生活是难以见之于文学之中的。但是,汪曾祺的《受戒》却恰是这一时期一篇特殊的小说作品,它以清新的笔调写出乡村美好的爱情和悠然闲适的人生态度。

(一)无法涂染任何色彩的爱情

在《受戒》中,明海和尚与小英子的爱情故事本身就是一幅充满浪漫色彩的图画,就是一幅远离尘嚣的、自然清纯的乡村风俗图,同时更是作者借以自述的一种心境,传递出作者对淡然闲适生活的追求。

明海和尚与小英子之间的爱情,既不属于世俗,也不属于宗教。它是独立于其他规则之外的一种纯真明净的爱情,无论是用什么样的道德标准和社会规则,都难以为之涂上恰当的色彩。

明海与小英子的爱情,如果放置到佛教教义之中,是不能成立的;如果放置在世俗的道德审美之中,也是不会被接受的,因为在世俗伦理道德体系之中,一个良家女孩爱上一个和尚实在有违伦常。但是,在《受戒》中,两种场域都没有给予谴责,作家而是把这种爱情放置在一个一切都能被认可和接纳的合理场域内,而这个场域则又是根植于中国传统伦理道德基础的乡村社会。

那么,作者笔下这种爱情的合理性在哪里呢?第一,明海与小英子的爱情符合中国传统爱情婚姻的价值观和道德观,那就是男子勤劳与智慧,女子秀美与忠贞。"具有诗意美的而又能给人以精神鼓舞力量的爱情,一般是产生在劳动者之中的,所以情歌描写的爱情常常与劳动结合在一起。"①小说的情感与情歌有相通之处。明海和小英子都是聪明的少年,他们的爱情是在普通生活和劳动中得到成长和升华的。明海到小英子家帮助打场,和小英子一起车水灌田、挖荸荠,还帮助小英子家画花样子,传统的勤劳与智慧的品德观在明海身上体现得非常鲜明。明海的勤劳与聪明获得了小英子一家人的一致认同。而与之相对应的是小英子,不仅聪明,更单纯率真,对爱情执着。明海与小英子的爱情是一种建立在勤劳和智慧基础上的爱情,这种爱情恰恰是符合中国传统伦理道

---

① 杜景华:《略谈我国古典文学作品中的爱情主题》,《社会科学辑刊》1982年第2期。

德的。第二,小英子和明海的爱情是率真自然的,是没有门当户对要求或者功利追求的,是建立在美好人性基础上的最朴素的爱情,任何道德规则都难以从中找到可以谴责之处。明海的聪明伶俐得到了小英子的喜爱,小英子的细致关爱给了明海以爱的启发。在明海要去善因寺受戒时,小英子就主动陪同明海一道前往;明海完成了受戒仪式,在和小英子一起回家的途中,终于收获了一种超越尘俗的爱情。这种没有功利诱惑的爱情,是劳动人民渴望的最纯真的爱情。

明海与小英子的爱情是跨越了道德戒律界限的爱情,跨界本身就是一种对戒律的否定,爱情进入一种纯粹人性化的空间。作者把这一爱情滋生的环境设置在一个芦花荡中,寓意着这种生存于民间的爱情是具有强大生命力的,"芦苇与草民在地位卑贱和生命力顽强两个方面有着相通之处。'草民'是平民大众的代表,由于他们的参与,使得平民文化因为平民身上顽强生命力的浸染而带有不屈的生存意识,从而能够使这种文化蓬勃发展下去。"①

(二)远离尘嚣的乡村风俗画

乡村的自然美景和风俗人物,常常成为汪曾祺小说书写的主要内容,也绘成了其文学作品中一幅独特的乡村风俗画卷。《受戒》描绘的乡村风俗画,包括乡村自然风景、人情世故、生活习俗和生产劳动四个方面。

第一是自然风景。在《受戒》中作者没有刻意描绘乡村自然风景的秀美,而是融合于具体的情节和人物活动之中,把人物活动和故事所关涉的自然环境与作者对乡村美景的体验和美好想象融合起来,形成一种自然独立、超越尘俗的乡村生活背景图。而在这样一个乡村生活背景之中,物质的、道德的、集权的诱惑和约束都被率真的人性所摒弃,展示出来的则是自然、朴质、透明的乡村自然风景画卷。

第二是人情世故。特殊的苏北地区人情世故是《受戒》所写的重要内容。在这里所写的人情世故产生于两个空间,一个是以赵庄为代表的农村,另一个是以荸荠庵为代表的宗教圣地。在《受戒》中,这两种本来界限分明的空间失去了边界,融通为一个整体,成为汪曾祺笔下乡村风情的共同体,构成美丽乡村风景的一部分。在荸荠庵,在善因寺,这些佛教之地,和尚可以娶妻,并带到寺中生活,住持可以抽水烟,可以和外界朋友一起打牌取乐。这些看似不合道德规则和佛教教义的事情,在这里却都司空见惯地被世人接受,并成为乡村自然纯真生活画卷的主体内容。

第三是生活习俗。生活习俗是在长期劳动和生活之中形成的一些信念性、

---

① 李倩:《中国古代文学芦苇意象和题材研究》,南京师范大学硕士论文,2013年。

习惯性、仪式性的活动,它们是乡村风俗的主要构成部分。《受戒》写了很多的生活习俗,比如剪花样子,这是女性的技能,此中寄寓着人们对美好生活的向往和祝福,越是在乡村,越是对这种习俗更加看重。再如换工,既是一种互助劳动形式,也是一种在劳动中形成的风俗习惯。在生产力水平相对低下的条件下,农耕生活与劳动都需要合作与互助,"排好了日期,几家顾一家,轮流转。不收工钱,但是吃好的。一天吃六顿,两头见肉,顿顿有酒。干活时,敲着锣鼓,唱着歌,热闹得很。其余的时候,各顾各,不显得紧张。"①这种自给自足条件下的自然互助,不仅仅是一种劳动方式,更折射出人类内心潜在的一种和谐意识和朴素精神,带有鲜明的民间特色。

第四是生产劳动。自给自足的生产劳动是乡村风俗画卷的另一个方面。乡村美景是融合在劳动之中,融合在日常的生活之中的。带着一种平和恬淡的心境,带着欣赏的感情,去写日常生活和劳动,写人写事都暗含着一种崇敬和思慕之情,使得日常生活和劳动本身成为一种乡村美景。明海第一次见到小英子,小英子坐在船头剥莲子,这既是写景,又是写情。采莲这一劳动行为在中国文学中是有着多重象征意义的,但在这里,则可以作为一种爱情萌生的象征,采莲是"风靡古代江南的农事、民俗活动,采莲歌曲产生于采莲过程中,具有鲜活的民间本色","承载着传递爱情的功能。"②这是一种寓情于景的象征化描写,其内涵不仅仅指向采莲这一劳动本身,更是指向了少女对爱情的向往和孕育,而且,劳动与美景融合成为一幅独有的乡村风俗图景,真正收到了寓情于景的效果。

对小英子和明海共同从事生产劳动的叙事和描写,作者并没有渲染劳动时的自然景色,但劳动本身却自成一幅风景。例如写挖荸荠这种生活场景:

"秋天过去了,地净场光,荸荠的叶子枯了,——荸荠的笔直的小葱一样的圆叶子里是一格一格的,用手一捋,哔哔地响,小英子最爱捋着玩,——荸荠藏在烂泥里。赤了脚,在凉浸浸滑溜溜的泥里踩着,——哎,一个硬疙瘩!伸手下去,一个红紫红紫的荸荠。她自己爱干这生活,还拉了明子一起去。她老是故意用自己的光脚去踩明子的脚。"③

劳动之趣,人性之善,爱情之甜,构成了一幅人与自然和谐相处的乡村美

---

① 汪曾祺:《汪曾祺短篇小说选》,北京:北京出版社,1982年版,第209页。
② 俞香顺:《中国文学中的采莲主题研究》,《南京师范大学文学院学报》2002年第4期。
③ 汪曾祺:《汪曾祺短篇小说选》,北京:北京出版社,1982年版,第211页。

景,充满快乐和情趣的生产劳动,就构成了一幅乡村特有的风俗画。在享受劳动与收获快乐的过程中,更传递着对美好爱情的向往,在劳动中滋生着爱情,在爱情滋生的过程中享受着美好的劳动乐趣。

(三)自然闲适的乡村生活情趣

美好的爱情故事需要有一个与之相适应的生活环境去滋养。小英子与明海的爱情故事产生的生活背景是充满闲适生活氛围的乡村。作者笔下的乡村是美与善交织融合的乡村,这样的乡村生活是自给自足、超然脱俗的,这里的人性是纯真朴实的,充满着闲适和自然情趣,是一种本真的生活。

无论是在庵赵庄,还是在荸荠庵,这里的生活秩序都是一种自然生成的秩序,它不需要清规戒律的约束和维系,而是在传统的朴素道德自觉和人性之美基础上形成的。在自由与秩序之间,生活依然充溢着恬然的风情。这里的山、水、庄稼、天空、大地都是美的。特别是作品中写到的芦苇荡,是世外桃源般的去处,远离尘嚣,深邃幽僻,充满乐趣,是一个爱情与自由的生成地,在充满神秘的色彩中给人带来幸福之感。作品所写的芦苇荡,是有着象征意义的,芦苇荡是一个自由浪漫的象征,是美好爱情发酵成熟的地方。

与明海、小英子相关的其他人物也都满足于这种闲适的生活。即使是写和尚,也没有把他们放置在清规戒律的拘囿之中,"在通常的意义上,中国的和尚是和爱情不相容的,然而,汪曾祺却要写出它们的另一种状态,实际上就是一种民间状态。"[①]这就构成了一个完整的而且合理的故事背景。庵赵庄是一个乡村典型,在这样的乡村中生活的人们之间更多的是互相体谅和理解。更重要的是他们都是靠农耕维系生活的,"自然而然"就成了人们的生活准则。作者没有把这个村庄放置在有剥削、有对立、善恶严重对峙的环境中,没有给所讲述的故事带上利益对立和情感纷争色彩,一切都是在自然而然之中前行,这就营造了一种自然闲适的生活环境。寺庙也是闲适的,没有钩心斗角,没有帮派之争,没有焦躁和喧闹,明海在寺庙中的日常生活是一种自然随意的生活,即使是摩顶受戒也仅仅是履行一种仪式,在完成仪式之后就又可以去享受无拘无束的乡村生活和甜蜜爱情。自然、和谐、闲适,是作家心中追求的一种理想化的生活。

二、闲适之中的颠覆

如果说汪曾祺仅仅在《受戒》中表达对乡村自然闲适生活的向往,那么,这种主题在20世纪30年代沈从文的《边城》等小说中早已书写,为什么在20世

---

① 罗强烈:《汪曾祺的民间意义》,《当代作家评论》1993年第1期。

纪80年代还要写这样的主题和情感呢？这就要联系《受戒》的写作时代，探寻《受戒》内在的主题和情感了。

1980年，当时的文学作品中充满反思性伤痛和对荒诞命运批判的主题。在这一特殊时期，很少有轻松愉快的叙事，更少有歌颂式的主题。《受戒》则不同，其叙事笔调轻松自如，写人叙事充满欣赏和喜爱。在故事发展的过程中没有挫折和阻碍感，一切都是那么清新自然。但实际上，这也许就是作者的一种含蓄的表达策略，在看似没有伤痛和呐喊的叙事中，却潜藏着一种笑看世事的批判。《受戒》的主题在于告诉世人，不要人为地设置较多的规则和道德条款，限制与绑架都不是民间需要的生活准则。因此，所谓的清规戒律一旦到了民间，可能会被那些纯真的生活规则所取代或者被消融。如果仔细体味《受戒》的内容，就会感悟到，作者在这轻松自如的叙事之中，实则暗含着对清规戒律和所谓的崇高进行了颠覆和批判。

（一）对清规戒律的颠覆

颠覆清规戒律是20世纪80年代文学作品的重要话题。消除清规戒律、解放人性，促进个性发展，这是一个时代的话题，更是文学的一个时代话题。

《受戒》的批判对象首先指向限制人性自由的清规戒律。作者把这些清规戒律放置到一个充满自由、平等的乡村文化背景之上进行审视，在轻松自然的叙述之中暗含着一种否定，一种强力的批判。这也是中国传统文学委婉含蓄的表达方法在《受戒》中的再运用。

受戒是一种庄重的心灵洗涤仪式，但是在汪曾祺的笔下却成为平凡生活之中的一件寻常事，化庄重为平淡，也是一种颠覆。在明海前去受戒的过程中，小英子一直陪伴着他，明海在受戒之后，收获了小英子的爱。这是对受戒自身的一种否定，是对其教义的一种弱化，受戒仅仅剩下一种没有实质意义的仪式。明海在行为上也并没有遵守清规戒律，而是很快跟小英子一起荡漾在芦花丛中。劳动人民追求的自由快乐生活的现实已经成为颠覆清规戒律的最好实证。

不同时期有不同的清规戒律，但不同的清规戒律都有共同的特点，就是限制他人的思想和行为，以此达到对强权欲望的满足。因此，所谓的道德准则、强制规则，其效力的实现必须体现在别人的行为之中。

但是，在《受戒》中，所谓的清规戒律却并没有在别人行为中见效，没有严格意义上的执行现实。在这里，荸荠庵既是佛教圣地也是心灵净地，但是，这个一花一世界的佛地却也食人间烟火，并非想象的那样超越尘俗。荸荠庵的住持还管着庵中的账本；庵里也放债，把几十亩土地租给他人种，从而收取租子。在这个外界看来充满神圣色彩的佛教之地，一切都还原成为世俗，所谓的"神灵"被降到了凡俗的地位。更为世人笑谈的是，佛地的和尚也没有远离凡人欲望，仁

海和尚有老婆,夏秋之际都要到庵中过一段日子,善因寺的方丈还娶了小老婆。和尚们也打牌赌博,与和尚们一起打牌的有收鸭毛的,有打兔子偷鸡的,而且这些人都被友好地视为"正经人"。正如作者所说"这个庵里无所谓清规",所谓的清规戒律都在现实生活之中受到了消融,融入世俗,在自然而然的现实生活面前失去了强制的效力。

真正产生威慑和约束力的清规戒律,会给周围人们带来恐惧或者敬畏,相反,如果人们对清规戒律心无敬畏和惧怕的时候,即使是对面直视也无拘无束。清规戒律意图遮蔽自由的人性,但在庵赵庄为代表的乡村并没有达到遮蔽的目的。在这里,所谓的清规戒律仅仅成了对外界的一种标榜,只是成了换取世人崇拜的一种招牌。

在"文革"结束,文学在对强权与荒诞现实进行反思的过程中,直白地表达对清规戒律的批判,成为很多文学作品的主题,而且,在反思之中总是伴随着一种沉重、压抑的气氛。但是,《受戒》不同,它是在清闲悠哉的叙事中洋溢着轻松舒畅的气氛,充满着唯美情怀。用一种顺其自然、笑看世事的情感去审视生活和人生,看到的将会是人性的原真之美,是消除了伤害的和谐友好,淡化了悲观的轻松自如;没有穷困潦倒的悲哀,有的只是友好、和睦相处,穷富逆顺始终保持心性纯真的快乐,对高尚低俗都给予理解和宽容。《受戒》全文故事情节也没有明显的曲折迂回,没有激烈的矛盾冲突,但却有着一种强大的吸引力。这恰恰就是《受戒》对清规戒律的批判和颠覆。

(二)对崇高的颠覆

什么是崇高,崇高是建立在道义理论基础上的人格概念,崇高需要用礼仪态度来支撑,崇高也需要用人性善恶和真伪作以鉴定。文学书写崇高是一种美学追求,但是,"崇高的快感的来源很大程度上在于一种人格价值的放大化。"① 避开道德去追求崇高,也会带来美学价值的贬值,"崇高美学不仅导致主体的虚伪人格和虚假文学,作为一种霸权,它还取消了'另外的样子的'文学的合法性,压抑了文学的丰富性可能性。"②

标榜崇高的人不一定就崇高。仁山和尚是住持,会带着其他和尚唱经,这是崇高的一面;佛教教义标榜超越尘俗、清心寡欲,这是一种崇高的教义。然而,尽管荸荠庵是佛界净地,有着崇高的精神光环,这里的和尚却并不心慕崇

---

① 俞圣杰:《审美·道德·崇高——康德崇高理论的移情论阐释》,《宁波大学学报(人文科学版)》2019年第3期。

② 王金胜:《"崇高"的解构与重构——莫言文学与中国现代经典崇高美学传统》,《东方论坛》2017年第3期。

高,反倒是走进一种率真自然的生活方式和人际关系,崇高的教义、威严的规矩被日常生活消融,世俗成为一种理所当然的选择,金钱、情欲也都成为当然,这和佛教之地的威严仪式与崇高教义形成了鲜明对比,现实直接指向对崇高的颠覆。

颠覆崇高不是否定崇高的存在,而是用另一种存在去解释生活中的崇高含义。在《受戒》中,作者要告诫世人,人不必活在虚假的想象和桎梏之中,一切都要回到真实的生活之中,生活现实是最美的现实,是最美的崇高存在。小英子对明海说:你不要当方丈,不要当沙弥尾,实际就是告诫世人要回归世俗,这也是作者的一种人生劝诫。

即使是为众僧摩顶受戒的善因寺,在作者笔下也只是一个崇高的符号,并无实质性的崇高和威严。这里的殿堂高大空旷,营造的是清冷的气氛;塑像高大威严,树立的是形式上的崇高和威严;这里的字大,天井大,挂的幡也是大的。但是这些物质外形之大,最多只能成为人们欣赏的风景罢了。和尚们受戒之后的结果只剩下了散戒,散戒预示着仪式的完成,崇高退隐,心性又回归到实实在在的生活之中。

三、回归生活的本真状态

《受戒》对清规戒律和崇高的颠覆,其实是对 20 世纪 80 年代思想解放的一种积极响应。当一切崇高、道德和规矩都成为限制个性发展的约束时,社会需要对其进行颠覆与纠正,这样才能把人从旧有的思想和观念中解放出来,走向本真和自然。颠覆不是终结目的,引导人们追求自然和本真才是文学的意义所在,也是文学的根本追求。

(一)本真的生活是纯善的

费孝通认为,社会结构分为两种形态,一种是没有具体目的的有机团结,一种是有具体目的的机械团结,"前者是礼俗社会,后者是法理社会。"① 作为深谙中国传统文化的知识分子,汪曾祺心中景慕的一定是有机团结的礼俗社会。因此,从人物性格角度来分析,《受戒》中似乎没有一个令人敌视或者仇恨的形象。没有对立冲突的人际关系和社会环境,即使是偷鸡者也被视为"正经人",娶小老婆的方丈也没有遭到唾弃。事实上,是作者隐去了一切恶、一切不友好的观念,漂白了长期留存于人们思想灵魂深处的怨恨和对立情愫,"其经典性来自多个层面,既有写作技巧上的,也有思想感情上的,其中最关键的,是作者对于美、

---

① 费孝通:《乡土中国》,上海:上海人民出版社,2013 年版,第 9 页。

人性、健康的生活、诗意,即什么才是人应该生活于其中的理想境界的想象和表达。"①

汪曾祺是一个经历过抗日战争、国内革命战争,经历过"文革"磨难的知识分子,在他的人生经历中,潜隐着对自由个性的追求和对自然本真的生活追求。这在《受戒》中能够找到他所向往的纯真自然的生活描写。

比如小英子和明海的爱情,作者是把这种爱情描写成没有任何功利追求和世俗利益的爱情。当小英子问明海受戒有什么用处的时候,明海告诉她可以当方丈,可以"到处云游,逢寺挂塔",小英子则嘲笑说:"闹半天,受戒就是领一张和尚的合格文凭呀",并且严肃地规劝明海和尚回归世俗,小英子要的是生死相守、不舍不弃,而不是功名,这是非常纯真的爱情。这其实应该理解为作者的一种劝诫,告诫世人放下功名,回归生活的本真。

(二)本真的生活在乡村

汪曾祺心目中的本真生活根植于乡村,这正是汪曾祺的乡村情结。

如果从《受戒》故事发生的环境设置来分析,小英子一家的生活就是一种独立于世俗之外的世外桃源式的乡村生活,这种有着很强代表性的乡村生活呈现出鲜明的淳朴特征:自给自足的生产方式,和善友好的人际关系,对一切世俗和人之过错都能够给予包容和接受。因此,可以说,小英子的家其实就是作者设置的一个理想性的社会存在。不仅如此,荸荠庵内宽松、自由的人际关系也与小英子一家的人际关系形成呼应,不在同一价值标准上的两个场域却在人性真善层面上形成和谐相处的社会结构,构建出一种轻松和谐的关系。这种表面看似违反常理的和谐,恰恰就是一种本真的生活,而这种本真源于乡村。

直接否定清规戒律,把崇高从神坛拉下来,这是20世纪80年代反思文学和伤痕文学常见的主题表达方法。不论是反思文学对个体命运、情感创伤的关注,还是伤痕文学对专制文化的批判,在作品中都充满了控诉和指责,作品的情感色彩非常沉重。而《受戒》不是这样的风格,它是在批判之中给人以美好的想象,在轻松愉快的叙事之中实现对本真生活的回归。

《受戒》呈现出来的是一种没有仇恨,没有伤害,甚至连利益争夺都没有的乡村生活。这里有的只是人与人之间的真诚、敬重和互相支持帮助。在新时期,文学普遍表达的是知识分子对乡村的撤离,而《受戒》却表达了对乡村的钟情,这也使得这篇小说自20世纪80年代以来一直备受关注。因此说,《受戒》所写的乡村生活,是与反思文学、伤痕文学所表达的乡村在情感态度上截然不同。当然,作者所描绘的充满自由、幸福爱情生活的乡村图景,其内含的主题也

---

① 张业松:《人生的密戒:汪曾祺〈受戒〉》,《名作欣赏》2019年第4期。

可以深入理解为对反思文学、伤痕文学的一种呼应。作者所写的乡村生活是一个作为对比性的意象,用充满自由的乡村生活作为一个"四十三年前的梦"来反思被玷污的现实生活;用明海、小英子这些个性自由、心地纯真的少年形象来塑造一个梦中的"我";用庵赵庄独立于世俗之外的环境来表达作者对美好生活的向往和追求。这恰恰是作者深埋于心灵深处的乡村情怀。

(三)乡村情怀是知识分子的精神自救

洪子诚说:"人道主义,主体性等,成为80年代'新启蒙'思潮的主要武器,是进行现实批判,推动文学观念更新的最主要的'话语资源'。"① 对现实的批判与思想的启蒙成为文学不可忽视的主题价值。而知识分子在启蒙他人的同时也在启蒙自己,实现自身的精神自救。

"文革"期间,无论是在日常生活空间还是在文学叙事领域,爱情都被染上政治色彩,受控于权力约束。进入新时期,文学中的爱情叙事突破了禁区,知识分子也常常以爱情叙事来书写自身的心性解放。《受戒》中的明海和尚其实可以视为知识分子的替身,作者用明海与小英子的爱情来书写知识分子内心的自救,疗救心灵的创伤,"对乡村有文化的男青年与乡村女子的成功恋情的书写,无疑帮助那些身在城市、心系乡村的'地之子',完成了他们强大自信的男性主体形象,缓解了他们曾经倍受压抑与伤害的心灵之苦。"②

《受戒》中描写的乡村生活,其实是传统伦理道德与现代个性解放互融而成的纯真生活,传统伦理道德与个性解放是有着巨大的价值冲突的,但是,在《受戒》中却相依相生,这是一种境界很高的生命观,没有等级差别,不求达官显贵,只要自然地生活,只要人和人之间充满信任和关爱。"乡土社会的信用并不是对契约的重视,而是发生于对一种行为的规矩熟悉到不假思索时的可靠性。"③ 这就是一种本真状态。作者虽然写的是旧事,实际是表达现在,抒发对乡村淳朴民风和农耕生活的一种眷恋和遥望之情。作者直视乡村而淡化了时代分割,以梦中自然纯真的乡村生活故事来指代作者期望的乡村生活,对这种乡村生活的情怀是亲切而浓厚的,真诚而充满热切期望的,情感真挚毫无遮掩。

---

① 洪子诚:《中国当代文学史》,北京:北京大学出版社,2010年版,第255页。
② 刘传霞:《知识男性的自我认同与主体建构——解读知识男性与劳动妇女的爱情叙事》,《海南大学学报(人文社会科学版)》2009年第1期。
③ 费孝通:《乡土中国》,上海:上海人民出版社,2013年版,第10页。

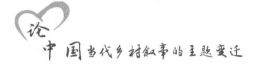

第二节　社会转型期的人性裂变

——《辘轳、女人和井》的乡村批判

《辘轳、女人和井》是20世纪90年代初期的一部电视文学作品,1991年由农村读物出版社出版,成为《篱笆、女人和狗》的后续之作。剧本讲述的是东北乡村大地发生的一段悲欢离合的故事,围绕一段爱情故事引发的乡村价值观念的变化并折射出普通人性的多样性,书写了社会转型时期的乡村精神世界发生的变化,书写了乡村内心的伤痛和悲喜。用文本中的话说是:"经济体制的改革,不仅会引起人们经济生活的变化,而且会引起人们生活方式和精神状态的重大变化。""要努力在全社会形成适应现代生产力发展和社会进步要求的、文明的、健康的、科学的生活方式,摒弃那些落后的、愚昧的、腐朽的东西。"①这是剧本给读者的主题提示。

站在社会现代化的视角审视这部作品,反思现代性给人们带来的物质和精神世界的变化事实,可以深刻地感受到,这部作品"从中折射出这个时期复杂的文化现象和文化冲突的某些症候。"②在当今仍有很强的现实意义。它启发读者,在改革开放的社会转型过程中,随着经济的发展,乡村人性在从传统走向现代中发生了裂变。传统的儒家伦理支撑的乡村结构开始向社会现代性的价值转型,但是陈旧的价值观念仍然根深蒂固,强力地维护着乡村的秩序,致使乡村那些追求新思想、新观念的先驱者饱受舆论的压力和精神的考验。

而这种社会转型期间的人性裂变,则集中体现在对爱情与婚姻、物质与精神、传统与现代的矛盾对立之上。

一、婚恋观念的裂变:在从传统走向现代

《辘轳、女人和井》书写了枣花与铜锁和小庚之间、葛茂源与枣花娘之间、香草与小豆倌之间的爱情故事,这些人物之间的爱情和婚姻关系的发生发展和破裂,折射出在社会发展转型期乡村内在的价值观念的变化,表现了婚恋观念从传统走向现代的一种裂变。

枣花是一位典型的生活在新时代的旧女性形象,她的婚姻呈现出家庭包办和以德报恩的传统伦理道德价值,这种传统的父母之命、道义结亲的婚姻形式,

---

① 韩志君,韩志晨:《辘轳、女人和井》,北京:农村读物出版社,1991年版,第205页。
② 洪子诚:《中国当代文学史》,北京:北京大学出版社,2010年版,第440页。

突出的是乡村淳朴的社会伦理价值,而不是现代自由平等观念下的爱情观念。但是,她又是一个生活在现代社会的人,现代自由平等的爱情观念也在她的内心涌动,因此,她的生命价值就被定格在传统与现代矛盾对立基础上的卑屈女性之上。她既有浓厚的逆来顺受、遵守妇道的传统女性品德,也有刚刚萌芽的追求自由幸福爱情的现代价值追求,代表着社会转型时期乡村女性的共性形象。在这种传统与现代的对立中,枣花成为一枝在寒霜中绽放的凄美花朵,纵然有着一种外在的幸福和美丽,实则是在传统与现代共设的缠丝中艰难挣扎,她是一个涂上美丽色彩的悲剧木偶。枣花形象的文学意义在于告诉世人,对在现代与传统价值观念夹缝中生存的现代人,在现代经济发展的环境下,文学应该如何认识人生的真正价值?

按照葛茂源老人和枣花娘的商定,枣花和铜锁定下了婚约,结为夫妻。这背后的原因是枣花娘对茂源老汉的报恩、报德,具有传统的"父母之命,媒妁之言"婚姻特征,正是这种传统的婚姻形式才造成了枣花婚后的不幸。好吃懒做、嗜赌而任性的铜锁不仅没有给枣花带来幸福,反而使枣花受苦受累,遭受着不幸婚姻的折磨。在茂源老汉的支持下,枣花与铜锁离婚,摆脱了不幸婚姻的束缚,选择了自己一直喜欢的小庚结为夫妻。走出包办的围城,走向自我选择的乐园,这是枣花婚姻的一次从传统走向现代的转型。

枣花的二次婚姻表面是一种幸福,然而这种幸福只是一种物质包装的新的围城,小庚给予枣花的只能是相对优裕的物质生活满足,并没有给予枣花真正的精神慰藉。也正是在这种优裕的物质生活之中,枣花被小庚紧紧地束缚在家庭妇女这个摆设的地位上,失去了放飞个性的自由,枣花再次陷入婚姻的不幸,以至于后来在极度失落悲哀中煎熬。枣花与小庚的婚姻是一种表面幸福而内心伤痛的婚姻,是文学给读者留下的一个现代的追问和思考。

枣花对和铜锁之间的婚姻,也曾以认命的观念去厮守。她把报恩与婚姻混同在一起,把自己牺牲在这种混同的生命之中,导致自己成为旧有婚爱制度的受害者。认命是一种妥协,也是一种无奈的隐忍。"支撑底层乡村妇女以超乎常人的韧性和忍耐孜孜以求'真相'的,是对素朴的婚姻道德伦理的信仰和坚守,而当这种素朴的信仰被'真相'颠覆之后,韧性和忍耐荡然无存,她们的人生由此走向毁灭。"①在中国乡村从传统走向现代的过程中,中国农村的心灵变迁和观念更新,究竟是守住传统道德还是突破重围追求个性的解放?这是枣花的婚姻命运带给读者的思考。

---

① 马淑贞:《"寻找"主题与乡村现代化转型的两种叙事考察——胡学文小说创作意义管窥》,《文艺理论与批评》2013年第2期。

在乡村,爱情并不能得到道德的高度支持,而婚姻则是乡村钟情的社会关系。但是,在社会转型期,乡村人的心里也开始对爱情与婚姻之间的关系进行深入思考。社会转型发展需要传统的爱情婚姻制度从现代性中退出,但是,退出之后又需要建立什么样的婚恋观,才能适应现代社会的发展,这可能需要文学给予回答。在《辘轳、女人和井》中,作者选择了香草和小豆倌之间的爱情故事进行解读。香草在不能获得小庚的爱情的时候,接受了地位低下的小豆倌的追求,二人离开乡村走向城市去追求自己的生活。这是文学对乡村物质生活和精神生活的一种现代性价值选择。

虽然走进城市是乡村发展的一条道路,但乡村秩序不是靠着城市文明来维系的,城市文明未必就能构建一种被乡村接受的新的婚恋观念,因为"无论政治文化怎样变化,乡土中国积淀的超稳定文化结构并不因此改变,它依然顽强地流淌着。"①

葛茂源与枣花娘的爱情悲剧是坚实的陈旧观念带来的悲剧。葛茂源是一个具有中国传统道德品质和现代思想观念的一个老一代农民形象。在物质极度贫乏的自然灾害年代,老汉救助了背井离乡逃荒的枣花母女二人,使她们有了安身生活之地,葛茂源给予两位弱势的女性以更多的关爱和帮助,并在艰难的生活之中与枣花娘产生了深深的爱情。但这种爱情只能埋藏在心底,不能流露出来,更不能实现结为夫妻的理想。根本的原因在于来自村里的舆论压力。传统的道德伦理对葛茂源和枣花娘形成强大的道德限制,使得茂源老汉感觉压抑得喘不过气来,只能到小树林发泄内心的压抑和愤怒。

葛茂源的内心是裂变的,他的心底有两种价值观念在矛盾地交织着。一种是来自于传统的乐善好施的乡村伦理观念,维系着茂源老汉的内在道德崇高感,支撑着茂源老汉用自己的规范言行来维护自己在村子里的长者形象;另一种是来自于现代的婚姻自由的观念,促使着茂源老汉一直对枣花娘保持着爱恋和关怀。这两者之间存在着极大的矛盾冲突,在传统与现代的矛盾和斗争中,茂源老汉的人格发生了裂变。当一切都很平静的时候,老汉恪守传统道德,在村子里成为受人尊敬的人;当表达爱情受到舆论压制的时候,茂源老汉心中激发出无比的悲痛和愤怒。

"现代性的强劲冲击,必然给乡村世界造成诸种难以承载的精神隐痛。"②乡村有自己的文明传统,乡村的传统文明需要在现代化进程中实现自我改革和发

---

① 孟繁华:《百年中国的主流文学——乡土文学/农村题材/新乡土文学的历史演变》,《天津社会科学》2009年第2期。

② 王春林:《当下乡村世界的精神列传:论〈陌上〉》,《小说评论》2017年第4期。

想象中的闲适乡村和现实中乡村人性的裂变 第六章

展。用现代城市文明取代乡村文明,未必就能够适应乡村自身的土壤。事实上,香草和小豆倌的爱情难以在陈旧的文化环境中寻找到生存的空间,于是他们选择了逃离乡村,逃离不是一种自身的建设和发展,而只是暂时的躲避。铜锁与枣花的婚姻破裂宣告了陈旧的婚恋观念在现代社会难以适应生存,葛茂源与枣花娘的爱情被乡村固有的文化秩序挤压凋零,这就形成了在现代转型过程中,旧有的观念不能适应,新的观念也难被接受的尴尬局面。这就需要文学回答,乡村怎样才能在现代化中有生命力地前行?

二、物质与精神的对立:转型期乡村的自我价值裂变

小庚是一个在改革开放初期发家致富的乡村先富者形象,先富者的形象常常是代表着时代的进步思想。但是,在他的身上却没有体现出来现代性的优势和现代人的优秀品质,相反,体现的却是物质上富有而精神上贫瘠的做人的价值裂变。

在改革开放初期,先富起来的领头者的形象,常常具有勤劳品质、善于把握市场机遇的智慧、敢于尝试的创新精神,这些在小庚身上体现得也很鲜明。改革开放实际就是为这些人提供了一个展示才能的机会,也正是他们的大胆实验才加快了改革开放的推进。他们成为市场经济的弄潮儿,为市场经济发展担当开路先锋的角色,也代表了经济体制改革的进步力量。这也使得小庚和兔子王等万元户们在村子里成为众人羡慕的人物。

但是,金钱堆积起来的价值高点,毕竟只能停留在物质层面。由于缺少精神境界的陶冶和洗涤,他们心灵深处的那种庸俗、狭隘、落后的思想观念形成的精神病灶,难以进行自我诊断和自我割除。或者说,小庚这些先富者身上的光环只是来源于物质财富,而不是传统价值观念上人的道德意义和价值。这就造成了小庚这些先富者形象的价值裂变和缺陷。

小庚身上仍然积存着沉重的狭隘思想和观念。具体表现为三个方面:一是陈旧的爱情观。把爱情仅仅等同于婚姻,而且是"老婆一心守着汉"的奴性依附式的婚姻,小庚对枣花的要求就是做一个温顺的家庭妇女,在闲暇之际能够玩赏一下,女性不需要有自己的个性追求,只能恪守妇道。二是狭隘的幸福观。局限于物质财富的标准,而忽视精神层面的追求。在小庚看来,枣花一个人待在家里,不用外出劳累,不需要抛头露面,享不尽物质财富,这样的享乐式生活就是幸福的生活。三是极端自私的占有观念。当枣花嫁给小庚之后,茂源老汉一家对枣花还是关爱依旧,经常给予关心,给予枣花一种家人的温情。但是小庚坚决反对这样的情感交流在两个家庭之间流动,更不允许这种交流在村子里造成明显的影响,于是责令枣花要与葛家断绝来往,甚至要求枣花娘也不能和

茂源老汉来往，否则会影响自己在村里的名声和地位。这种自私狭隘的以占有为目的的婚姻观念，促使着小庚把枣花当作一件买来的物品据为己有，也反映了小庚在富裕之后忘却了乡情和亲情，更忘记了恩情，陷入了一种狭隘自私思想之中。这给读者带来的思考是深刻的：物质财富的积聚是否能够代表乡村现代性的价值？

小庚懂得金钱，不懂得纯真和高尚，更不懂得什么是爱情。在小庚的心灵深处，金钱、物质、爱情、尊严是可以互相交易的，他认为是自己用四千元把枣花从铜锁手中买回来，自己对枣花的行为要求就是合乎交易规则的，是合情合理的。这种陈腐的传统婚姻观念加上现代金钱拜物的市场价值观念，形成了畸形扭曲的婚姻价值观念，促使小庚用金钱捆绑住爱情和婚姻，直至爱情死亡也没能弄懂爱情的真正含义，留给自己的是可悲的宿命。

其实，我们要思考的不是枣花与小庚的爱情婚姻问题，重要的是思考市场经济初期乡村社会的精神世界发生的变化，以及整个乡村的价值取向。文学需要关注的不能只是社会表面的物质生活，而是社会内在的精神价值。人的价值就是文学的价值，文学的意义也是人的意义。

当然，剧本借用香草的话对小庚们进行了人格定位："你是一个经济上的高个子，精神上的武大郎。"正是这一主题的点明，使得这部作品接续了20世纪80年代的新乡土文学关注乡村文化建设的现实批判精神。《人生》中的高加林虽然是一个敢于向城市挑战的新时代乡村青年，但是，他对乡村那种淳朴的情感却表现出疏离和冷淡，"这位改革时代的新人虚无而自我，以社会达尔文主义的目光，炙热地注视着正在展开的未来。"[①]假如高加林能被城市接受，之后他会对乡村持以什么样的态度呢？小庚和高加林只是用不同方法追求物质享受罢了。"陈奂生"也是一个精神上的矮个子，卖油绳挣到了金钱，生病得到了县委书记的关心，住上高级招待所，这些平常的生活琐事却成了陈奂生自我炫耀的精神自慰，物质价值渗透到乡村生活之中造就了社会转型期形成特殊的人格特征。从精神世界角度来看，小庚的形象其实就是高加林和陈奂生的形象再现，"他们一样善良而软弱，憨直而愚昧，讲求实际同时又狭隘自私。"[②]

如果从行为美学的角度分析，小庚对枣花实施的是一种暴力统治。"'农村题材'小说推动情节发展的主要动力，就是暴力美学。""值得注意的是，当'农村

---

① 黄平：《新时期文学起源阶段的虚无——从"潘晓讨论"到"高加林难题"》，《文艺研究》2017年第9期。

② 李静：《"上城"的困境——读解"陈奂生系列小说"中的启蒙神话》，《文艺理论与批评》2017年第4期。

题材'转向'新乡土文学'之后,作家在生活中仍然无意识地发现了暴力性格的延续。"①小庚用的不是身体的暴力,而是精神的暴力,是一种精神奴役式的冷暴力。高加林对刘巧珍也是使用了冷暴力,致使刘巧珍不得不选用离开高加林的方式表达对这种冷暴力的妥协或者逃离。

反思小庚的冷暴力,其行为产生的根源是乡土中国超稳定文化结构在乡村的存在。中国传统的乡村文化是根深蒂固的,很多情况下乡村也是靠着这种文化秩序来维护乡村的稳定和有序发展,为有效延续乡村的传统提供了内在的保障。而在现代化进程中,乡村同样也逃避不了现代性的需求。小庚的性格不是某一种传统或者现代,而是在传统与现代的交融混杂中形成的一种裂变性格,这种复杂的性格背后是现代人复杂的价值观念的体现。在社会现代性高速发展的今天,不得不深思这样一个问题:现代化的发展需要新的思想和新文化,但又需要传承民族的优秀文化,这两者如何融合与平衡,这是《辘轳、女人和井》对现代性的追问与思考。当然,这种对社会现代性的批判立场,"是对社会现代性的质疑和批判,但并不意味着从根本上否定现代性,重新回到'前现代性',而是一种我们称之为'反现代的现代性'。"②

三、守护真情与伤痛离别:无法突围的心灵裂变

枣花娘是一个淳朴而传统的乡村女性形象,也是在新时期改革开放之后被陈旧的世俗观念和落后的贞节观念摧残致死的悲剧形象。

坚韧的生命意识是枣花娘表现出来的内在的传统品质。在自然灾害严重的年代里,为了保护母女的生命,作为一个乡村女性,坚韧地带着女儿外出逃荒。逃荒,是一个艰辛而悲哀的词语,但其中也蕴含着对生活的坚韧追求和美好期待,用遥远的希望作为精神的支撑,他们离开故土走向远方,远方给这些逃荒者们描绘了虚幻的希望。但是,人类往往就是靠着这种虚幻的希望才能从远古走向现代,从贫穷走向富裕,从愚昧走向文明。女性的柔弱与逃荒者的坚韧汇聚到枣花娘一个人身上,铸就了这一形象的悲剧性,带给读者一种人生沧桑悲壮之感,使得这个乡村女性有着不同寻常的可敬之处和可悲之叹,这也许就是葛茂源老汉对枣花娘萌生爱意的根源吧。

知恩图报是枣花娘心存的传统道德观念。枣花娘以及枣花得到葛茂源的救命恩遇和日常帮助,心存感激,用传统的结亲方式成就了枣花和铜锁的婚姻,

---

① 孟繁华:《乡土文学传统的当代变迁——"农村题材"转向"新乡土文学"之后》,《文艺研究》2009年第10期。

② 盛翠菊:《百年"乡下人进城"小说叙事研究》,扬州大学博士论文,2017年。

这是枣花娘的一种报恩方式。现代文明下的报恩方式可能不再需要这种传统的方式,但是不管是哪种方式,都指向一种价值和美德,就是知恩图报。当然,报恩不是交换,报恩是心灵洗涤的方式,是精神净化的仪式,报恩需要内在的情感认同和外在的仪式表达。这些,在枣花娘那里也都得到了体现。不论是葛家的聚合与分家,还是枣花与铜锁的结合与分离,枣花娘都一直尊重葛茂源的意见和心愿,用心表达对葛茂源的救助之恩。知恩图报是维护乡村秩序的一种道德制度,正是对这种道德制度的尊重和敬畏,枣花娘才把自己和女儿的命运定位在传统的悲剧意义之上。

独守凄苦而心怀爱恋,是枣花娘悲剧人生的集中表现。枣花娘是一个传统的乡村女性形象,她的温和善良与知恩图报的品质是令人尊重的。但是,在她的内心,却有一种情感难以割舍,那就是与葛茂源的爱恋之情,而且这种情感虽然久远而强烈,却始终找不到恰当的理由被乡村人所接受。因此,枣花娘的内心积郁沉重,唯一能够表达情感的方式就是流下伤心的泪水,独守空房暗恋心仪之人。面对舆论压力和传统道德的约束而又无能为力,这是一种在现代物质文明下的心灵伤痛和精神悲哀。枣花娘最后惨死河水之中,用生命结束自己对爱的追求。而村里人为她寄托悲哀的方式却是赞成小庚把她的丧事办好,办得体面些。纯真爱情被舆论残害,对生命价值和尊严的维护形式被替换成了在世之人的颜面和地位的展示,这是在现代文明下的乡村人性的丑陋,也是作家对乡村现代性的精神批判。

当然,枣花娘自身没有对陈旧观念和世俗断裂的勇气,这也是她情感悲剧产生的自身原因。但是,无论如何,枣花娘惨死的直接原因就是陈旧的贞节观念和乡村人的落后心理。在社会转型期塑造这样一个形象,具有深远的启发意义,"尊重人性,使人性得以更为充分的张扬,应当是衡量一种文明的不可忽视的价值坐标。"①1990年前后的乡村社会,经济体制改革更多关注的是社会生活表层的内容,而深层的精神世界和人性关怀,人的生存状态和精神状态是怎样的,则是需要文学回答的问题。

在中国当代乡村叙事中,枣花娘的悲剧具有很大的代表性和时代震撼力。《许茂和他的女儿们》中的许四姑娘和金东水之间的爱情,《歇马山庄的两个女人》所书写的李平虽然在进行精神的突围,但最终还是没有走出陈旧观念的牢笼。《白鹿原》中的田小娥也是在试图挣脱不幸的婚姻命运,却从一种不幸跌入另一种不幸。《玉米》中的玉米作为一个现代女性,却始终无法摆脱男权的拘

---

① 韩鲁华:《写出乡村背后的隐痛——〈极花〉阅读札记》,《当代作家评论》2016年第3期。

圈,无法完成从陈旧观念中脱胎换骨的精神蜕变。"从这些形色各异、多姿多彩的女性身上可以看到女性在男权话语和霸权中的精神突围,这些镜像不同程度地折射了女性主义在中国艰难演进的历程。"①

现代化的发展,从表层的物质发展,深入到内在的精神世界的发展,这是文学对一个时代关注的话题。"中国乡土作家痛切地感受到世纪之交乡土中国所发生的深刻变化,将笔触直面转型期乡村社会现实,书写出农耕文明裂变下中国乡土伦理嬗变景象。"②文学在发挥人文关怀的基本价值职能的同时,需要对人和人的生活状态进行深思和审视,这是新时期文学的基本主题表达,同样也适用于《辘轳、女人和井》这样的乡村叙事文学。"挖掘乡村叙事对中国现代化的建构性元素(其中最有效的资源即是中国革命文学以及左翼文化对中国现代化的想象),是乡村叙事研究的(同时也是乡村叙事自身的)最重要的意义和价值所在。"③文学对乡村的观照,不仅仅是物质水平的提升,更需要关注精神世界的构建。

---

① 彭秀银:《毕飞宇小说中的女性形象》,《扬子江:评论》2018年第6期。
② 谷显明:《农耕文明裂变下的乡村伦理叙事》,《中国文学研究》2016年第2期。
③ 孙世群:《乡村叙事与中国现代化想象——当代乡村叙事研究概述》,《哈尔滨师范大学社会科学学报》2015年第5期。

第七章　乡村心灵记忆中的温情与伤叹

刘庆邦是写乡村叙事的小说大家,他的小说取材多定位在城乡文化对立中的普通人物生活命运的变化,以及在这些普通人物和生活事件中表现出来的基本人性需求和质朴的道德品质,带有鲜明的传统民间审美立场,对城乡生活对立和文化对立中的普通人性给予道德关怀和情感关心,体现出作家朴质的文学情感,记忆着中国当代乡村的基本精神。从新时期初期的《鞋》对乡村传统女性美好心灵的歌颂,到 21 世纪以来《到城里去》《麦子》所表达的对城乡文化对立的焦虑之情,书写的目光一直是聚焦在城乡文化发展的曲折历程,并在这种对曲折历程体验之中,给予乡村人文关怀和道德性批判,成为新时期之后乡村叙事中一直耐人寻味的心灵记忆。

第一节　城乡文化对立中的乡村记忆

——读刘庆邦的《麦子》

刘庆邦的小说《麦子》,讲述的是乡村女孩建敏到城市一家酒店打工经历的故事,临行前父亲给她包了一包麦子,让她带着家乡的文化记忆走向城市谋求生活。在建敏打工的酒店门前有一个花池一直空着,建敏就把麦子种在花池里,麦子茁壮地生长,给城市增添了一份特殊的风景,给城市带来了乡村的泥土气息。建敏每天都看着麦子生长而非常高兴。然而,建敏在花池中种麦子却遭到城市管理干部的反对,生长得很旺盛的麦子最后被城市绿化队无情地铲除了,理由是:城市怎么能种植麦子呢?

《麦子》从一个农村女孩子的视角观照城市与乡村之间的对立关系,给读者带来了深刻的思考:在现代化进程中,乡村如何融入城市? 城市与乡村之间的文化冲突如何破解? 在物质价值占据主导地位的当下,乡村振兴能否得到城市的认同和支持?

一、乡村向城市的融入从物质层面转向精神文化层面

费孝通认为:"以农为生的人,世代定居为常态,迁移为变态。"[①]定居一直是中国人认定的一种幸福生活方式,也是一个民族稳定和发展的基本期待。长期定居不变的生活方式为乡村积淀了独特的文化形态和文化意义。

随着市场经济的发展,乡村走向城市求得更好的生存,已经是被普遍接受的事实。进入新世纪,农民进城务工被统一命名为打工,打工就构成了一个时代和社会的独特就业和生产方式。打工其实是乡村走向城市一种方式,是乡村与城市进行融合的初始形态,打工也为城市注入新的生产力,创造更多的物质财富,并在一定程度上实现了城乡物质资源的共享。

这个生产方式牵动的是城市和乡村两个不同的文化场域。乡村为了求得生存空间的拓展而走向城市,而城市也在为了自身发展而接受乡村的参与。正如《麦子》中所写的"村里的男孩子女孩子早就外出打工了,建敏出来打工算是晚的",走出乡村到城市打工已经成为乡村的一种普遍而正常的现象。

然而,随着乡村融入城市的时空扩展和深度加强,乡村走进城市不仅仅是为了获得更多的物质财富,同时也增加了另一种职能,就是既把城市文明带到乡村,也试图把乡村文化带到城市,实现城乡文化的融合。这也为文学书写提供了新的话语,但是,"由于当下中国的乡村叙事主要呈现为乡村空间与城市空间的对话,城市空间无疑处于引领者地位,因此,边界征候主要产生于乡村空间。"[②]在传统城乡文化观念和价值观念的空间结构中,城市一直处于居高临下的地位,城市文明走进乡村可以得到乡村的接受,而乡村文化走向城市却难以被接受。

尽管城市对乡村不予接受,但乡村文化还是在默默地向城市进入,并试图在城市寻找适合于自己的生存之地,以求得与城市文化并立的和谐关系。铁凝的小说《哦,香雪》早在20世纪80年代就已经开始瞄准乡村对城市文化的渴求了,农村女孩香雪对城市人的物质生活的追求,以及对城市生活的美好想象,带着改革开放初期乡村对城市的羡慕与敬仰之情,给文学书写城乡关系开启了一个美好的时代。但是,到了新世纪,文学从乡村走向城市的现实遭遇中却看到了城市对乡村的拒绝主要集中在对乡村文化拒绝的层面。《麦子》中写:"别人家的孩子到远方打工,父母都给孩子包一把家乡的土,建敏的爹为建敏包的却

---

① 费孝通:《乡土中国》,上海:上海人民出版社,2013年版,第7页。
② 王力:《论当下乡村叙事中的边界空间》,江苏社科界第八届学术大会应征论文集,2015年1月。

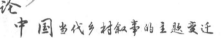

是麦子。""土"是中国农耕文明的基本概念,"城里人可以用土气来蔑视乡下人,但是乡下,'土'是他们的命根。在数量上占着最高地位的神,无疑的是'土地'。"① 不论是带泥土还是带麦子,其目的都是在走进城市的同时把乡村文化深刻地记忆在心中,留下乡村文化之根。

建敏离开乡村到城市去,带到城市的是洋溢着乡土气息和热度的麦子。麦子成为乡土文化的一种传统记忆。麦子种植在城市的小花池中,给在城市打工的乡村人带来的是温馨的家乡记忆,如同在自己的家乡一样,给身在城市的乡村人以心灵的慰藉。正如《麦子》中所写的:

"可在建敏看来,再好的画也比不上她的麦苗,风一吹,麦苗的头发就飞扬起来,就会跳舞。画上的东西会跳舞吗?她的麦苗还会长高,出穗,画上的东西会出穗吗?"

在建敏的心目中,麦子就是家乡的象征,是家乡文化的喻象,有麦子在身边,仿佛就置身在家乡一样,麦子给她带来了家乡的色彩、动态等生活和文化记忆,心中一直荡漾着对家乡的自豪感和幸福感,而"一旦看不到麦子,她心里稍稍有些着急。"

城乡一体化发展,不仅仅是物质资源的共享,更需要城乡文化的融合。乡村对城市的进军、融入呈现为多种目的和价值取向:一是乡村文化在城市寻找自己的生存空间,试图与城市文明并立;二是乡村向城市展示自己独到的优势和实力,借以对城市文明进行补白和丰富;三是对城市固守的弊端进行质疑或者批判,担任他救者的形象。在中国现当代文学叙事中,城乡的关系一直保持着乡村向城市靠近和融入的价值取向,乡村对城市的进入、融入,都是一种被普遍认同的社会发展方向,被社会心理理所当然地接受。至于乡村向城市进军、融入能够给城市带去什么,这在不同作家的笔下有着不同的意义深度。十七年时期的乡村走向城市是为了响应、支援城市工业化建设,在国家建设中给自己定位为奉献者的形象。新时期乡村叙事中,乡村对城市的向往,是以仰慕城市文化的姿态表达对城市生活的敬仰之情,为城乡改革一体化担当协作者形象;而在此后的以底层叙事为主要文学形式的新世纪乡村叙事中,乡村似乎成了城乡一体建设中的掉队者和落荒者,在面对越来越大的城乡差距的现实时,开始离开正常的情绪状态走向城市,并意图在城市种下乡村文化的种子。

《麦子》所讲述的正是乡村梦想在城市种下自己文化种子的故事。《麦子》中的乡村对城市融入的意义首先在于找到一块适合自身发展的空间,其次也是

---

① 费孝通:《乡土中国》,上海:上海人民出版社,2013年版,第7页。

为城市文化补白。当建敏把麦子种植在花池中的时候,城市那些有着农耕文明记忆和情感的人看到之后非常兴奋,而那些不了解农耕文明的孩子们看到之后,则是从形象上把食物和农耕联系起来。

然而,现实却并不与想象的保持一致。在城乡一体化进程过程中,乡村文化进入城市却多被城市文化鄙视或者拒绝。这也是《麦子》这篇小说蕴含的深刻主题。当然,从另一个角度分析,也可以说,从乡村走向城市的打工人,情感上认同的还是乡村的生活和乡村的风俗,是对自己过去生活的一种留恋和品味,并没有完全接受城市文化和生活方式。这就形成了,城市对乡村一些传统观念的拒绝与乡村对城市在心理上的一定疏离,两者共同构成了城乡文化的不对应和难以融合。但是,不管怎样,乡村还是坚定地走向城市,试图把自己的文化和精神记忆融入城市之中。

二、乡村试图在城市空间移植乡村文化种子

走进城市的乡村人,不能忘自己的根本,在心中留住乡村的文化记忆,才能保持住对乡村的那一种情感,才不会忘本。为了生活而不得不离开故土走向城市的乡村人,在一个与乡村不同文化领域的城市空间如何能够保留自己的精神文化记忆,这是当代乡村需要思考的问题,也是文学对乡村走向城市的一种忧虑。建敏把小麦种子种植到城市,其意图很明显,就是当乡村人的躯体走进城市空间时,是否能够随之带去自己心灵深处割舍不掉的乡村文化?这是当代乡村叙事关注的一个精神建构的现代性问题。

而城市也应该对这种友好的文化融合给予欣赏和解释,才能促使城市文化不断进步,因为"尊重人性,使人性得以更为充分的张扬,应当是衡量一种文明的不可忽视的价值坐标。"①否则,城市文明自闭的态度会把乡村文化淹没,吞噬乡村文化,带来的结果将是城乡文化关系的严重偏失和城乡文化对立的持续发展。但是,事实并不是想象的那么顺利,建敏在城市种植的麦子被城市无情地割除掉,这是城市对乡村文化的一种直接拒绝。

建敏是一位普通的打工者,但她自身的身份却具有特殊性。这种特殊性体现在她是一个乡村文化的符号,是一个从乡村飘移到城市的乡村符号。在她的思想里、行为中,都留存着、释放出浓郁的乡村文化气息。

建敏从农村到城市打工,是带着对乡村的浓厚记忆和情感的。在建敏的心底,家乡的记忆是尤新的,"除了麦子,还有油菜。油菜已开花了,东黄一块,西

---

① 韩鲁华:《写出乡村背后的隐痛——〈极花〉阅读札记》,《当代作家评论》2016年第3期。

黄一块。"乡村的草木荣枯、农耕农事、风土人情,都在她的心中扎根,即使是在睡梦中也能梦见家乡的麦田。而且,她一看到麦子,就想象到家乡的田野,想象到家乡的美景,百般呵护着自己种植的麦苗。这是一种无比亲切的乡村记忆,建敏在城市打工时只是用劳动换取物质财富,而精神的记忆却一直寄托在乡村之上。当然,她梦想自己带来的乡村文化会被城市文明所接受。

而在城市,繁华的生活背后却隐藏着乡村人的悲苦和无奈,建敏看到的是,那些来到信访接待处告状的乡下人的悲苦遭遇,那些在歌厅里提供特殊服务的乡下女孩,那些对寄托着民族传统精神的农耕文明持以疏离态度的城市人。这些,都使得建敏对乡村与城市之间的关系产生了质疑,对乡村人梦寐以求的城市文明产生了恐惧和警惕。用什么可以慰藉自己的心灵呢?只有麦子。麦子成为建敏心中对乡村的最清晰的记忆。留住了麦子,就是留住了乡村的记忆,留住了乡村人自己的精神立场和家园。

乡村文化是长期以来形成在乡村人心理深处的一种生产、生活方式和价值形态,它有着根深蒂固的性质。这种文化为乡村社会的稳固起到支撑和调节作用。正是因为乡村文化的系统存在和长期稳定的特性,才使得乡村成为乡村,否则,乡村是难以有着自己的价值特征和文明形态的。

但是,无数走进城市的乡村人,丢失了自身的精神支柱,失去了自己的精神家园,身在城市,灵魂却在城乡之间游荡不定。朱山坡的《灵魂课》中就写到一个在城市打工的农村青年阙小安,不慎从高处掉落而身亡,死后却宁愿把自己的灵魂保留在城市,也不愿意随着母亲回归故土。范小青的《父亲还在渔隐街》写"父亲"到城市打工却一去不复返,杳无音信,城市文明已经淹没了"父亲"们的灵魂。这种游荡不定的灵魂存在状态,实际是乡村自我心理的一种茫然,对于推动城乡一体化建设进而推动乡村振兴来说,是极大的精神障碍。

如果说《灵魂课》中的阙小安和《父亲还在渔隐街》中的"父亲"留恋城市而不愿意回归乡村的话,那么,我们要思考的是,作为物质文明高度发达的城市如何能够让这些来自乡村的打工者更好地在城市生存下去?这种更好地生存不仅仅是物质生活的满足,更需要精神和灵魂的慰藉。而在文学视角,乡村灵魂不愿意离开城市是一种乡村精神的蜕变和悲哀。因为,这是一种一厢情愿地进入和固守,而城市未必就能接受,因此,"父亲"只能在城市消失,无法彰显于喧嚣复杂的城市文明之上,阙小安也只能把自己的灵魂寄托在一个狭小的空间中,偶尔飘忽在城市的上空,但那是虚无缥缈的一种存在,而不是一种被接受的安置。

乡村文化能否在城市种下带有希望和生命力的种子,这实际涉及城乡一体化建设背后的精神价值体系的重构。城市在守卫自身文化的过程中也需要发展自身的文化,这种发展也需要乡村文化的进入和融合。只有在相互吸纳和有效融合过程中,中国城乡文化冲突和价值观念的对立才能相对弱化。文学的期待对现实的影响也许就在这里。

父亲交给建敏的两捧麦子,如同其他人随身带着的泥土,都是乡村文化的记忆符号。这种记忆符号是几千年来传承的农耕文明的记忆,是对家国、对家乡的情感尊重,对家国精神的尊重,已经成为中华民族的精神记忆,深深地根植于民族心灵深处。在当今的乡村振兴、城乡一体化建设中,这种民族精神记忆更具有强大的凝聚力。但是,正是这种对乡村文化不可割舍的情感,却在城市被无情地割除了。乡村在城市种植的文化种子没有生存的空间,也就无法延续文化的生命力量。这是《麦子》在观照城乡文化对立中隐含的一种批判。

三、乡村成为城乡文化对立中的挫败者

费孝通认为"乡村靠不上都会",但是都会又离不开乡村,"乡村离开都市是件幸事,都市却绝不能没有乡村。"①乡村与城市之间始终存在着相互依存而又相互纷争的关系,城市需要乡村在人力资源和生产资料方面的供给,乡村需要城市提供就业岗位和先进技术的帮助。因此,在这种相生相克的关系发展之中,乡村人因为物质资源的相对缺乏而被城市所吸引,乡村开始向城市进入,城市的优越性就凸显出来。然而,城市在吸纳乡村人力资源和生产资料的同时,却对乡村文化保持着警惕,并给予一定的排斥和拒绝,这种排斥和拒绝的充分理由来自经济现代化中的城乡差距和城市心理固化的优越感。

城市对农村来说具有明显的社会优越感。城市的优越不仅仅是一种空间上的优越,更多的是一种政治身份和文化身份的优越。长期的社会建设和发展过程中,城市享受了较多的政治优越性,从资源的集聚到智力的集聚,政治都给予城市以更多超过乡村的优惠条件和待遇。从文化优越的角度来说,乡村与城市似乎都有自己的特征性文化,并无优越性之分,城市文化与乡村文化的不同成为社会发展的两种可以比并的文化。但是,当知识在社会之中占有一定的话语权并成为主导城乡资源分配重要因素的时候,城市文化成为社会认同的先进文化,其优越性随之形成并不断提升。

《麦子》中写到城市对待麦子的态度表现是多样性的,并不一定是一种拒绝和排斥。当城市里一对老人看到麦子的时候,老太太高兴得像个小孩似的,而

---

① 费孝通:《乡土中国》,上海:上海人民出版社,2013年版,第257页。

老爷子却感情冷淡,并蔑视老太太是"小农思想"。这里显然已经包含着城市与乡村两种不同的文化价值观念和立场的对立,城乡之间的文化差异在夫妇的对话之中已经得到鲜明的展示。当一个年轻的爸爸看到麦子时很兴奋,并告诉女儿这是麦子,可是女儿却对什么是麦子、麦子与生活之间的关系是什么,并不感到兴奋。老爷子的漠视和冷淡,是城市传统的一种冷淡和对乡村的疏离;小女孩对乡村的陌生则直接导致了她对乡村文化的一种无法接受。在传统与现代之间,城市都在一定程度上疏远了乡村,从而出现城市文化对乡村文化的一种排斥。这不能不让我们担忧,我们尽力促成的城乡一体化建设,在文化认同上是否打好了基础?从小接受城市文明熏陶的下一代能否对乡村产生兴奋的情感,即使是生活在乡村的年轻一代,是否还能够真正理解乡村的文化?而乡村怎样走进城市?这不仅仅是一个物质的发展问题,更多的是文化社会的双向建构问题,文化的互相认同与各自的自信需要进行整体性谋划和推动。

随着物质现代化的推动和城乡一体化的进程加快,城乡之间的物质差距得到一定的缩小。但是这种差距的缩小仅仅停留在物质现代化层面上,而在精神文化层面,城乡差距依然很大。具体的原因可能是多方面的,但有两个因素需要考虑,一是乡村自身文化的稳定性,乡村文明的发展变化是慢速度的,不会在短时期内接受城市文明,也无须被城市文明所取代;二是城市文明一直居于高位,对乡村文明给予蔑视。这就使得城乡之间的文化差异保持着较长的时间和较大的距离,城乡文化之间的紧张关系一直难以得到消解。城市对乡村文化不予接受,而乡村文明则需要守住自身之根,这种互相疏离的文化态度,必然带来城乡之间文化差异的明显加剧。

另一方面,乡村也在固守着自身的文化,并没有做好接受城市文化的准备,相反还会在一定程度上对城市文化有所防备。建敏为什么要把麦子带到城市,很明显是为了留住、记住乡村文化自身的根,对于城市文明和现代化的诱惑,乡村虽然积极靠拢,但内心是保持着警惕和戒备心理的。一抔泥土,一包麦子,都是乡村文化借以守住自身之根的物质仪式,仪式虽简,但寓意深刻。在乡村的文化心底,一直谨慎地防备着城市文化对乡村的侵犯,这也导致了乡村在走向城镇化过程中的速度明显没有跟上。

当然,城市由于有着自身的文化优越性,因而对乡村文化坚决拒绝并武断铲除。乡村走向城市,城市占据文化主场,高位优势使得城市文化并没有对乡村进行过多的劝说和协商,而是表现为直接地指责和武断地铲除:

"北京城里怎么能种麦子呢!你当是你们老家门前的自留地呢,想种什么就种什么。种麦子影响着首都的市容环境,你知道不知道?你马上把麦子给我拔掉!"

乡村记忆的是能够帮助乡村摆脱贫穷生活的实用性物质文化,城市则是记忆着物质之外带有浪漫色彩的美感文化,但其实两者之间没有本质的区别,物质文化与精神文化本质上有着互相依存的关联。草未必就比麦子含有更多的审美意义,麦子也未必就没有审美意义。但是,在建敏尽力欣赏自己的成果的同时,麦子还是被拔掉了,取而代之的是种上了一丛一丛的绿草。被拔掉的不是麦子,而是乡村文化,是身在城市的乡村人心中留存的一点乡土情感和记忆。乡村在进入城市的过程中,试图带进自身的文化,但是城市不予接受。正如麦子被拔掉之后,建敏无可奈何地自问:种草就一定比种麦子好吗?这是对城乡文化严重对立现实的最朴素的质疑。

在城市与乡村的文化对立中,乡村成为一个精神上的挫败者。这是文学对现实观照的一种深度思考。回忆一下高加林进城之后又不得不回归乡村,陈奂生上城之后也要返回乡村,都证明了文学的这种判断是符合事实的,也是富有深意的,在城乡一体化建设的当下,城市能否接受乡村,乡村是否具备了进城的条件,这些都值得我们深思。面对"农村待不住,城市留不下"的艰难局面,"乡村的空心化程度日益加剧,对农村经济、公共服务、文化教育以及社会秩序乃至中国的整体发展都带来了一系列严峻挑战。"①

四、结语

刘庆邦一直擅长书写城乡关系,并对乡村人走进城市提出了许多质疑。在《到城里去》写到农村妇女宋家银不仅让丈夫一直待在城市,还劝说自己的儿女都要到城市去。这种对城市的盲目向往以及城市对乡村的强大吸引力,正充分展示出城乡经济文化结构中处于弱势地位的乡村人内心的伤痛之感。但是,城市对宋家银一家的态度未必就是非常热情地接纳,相反,还会在一定程度上劝其离开,对年轻一代进城也是设置了许多的门槛和障碍。作者观照城乡之间的矛盾和文化对立,告诉读者的是,在城乡之间,乡村如何走进城市,城市怎样与乡村结合,共同实现城乡一体化的目标?这是处于期待振兴中的乡村对时代的追问。

---

① 李静:《"上城"的困境——读解"陈奂生系列小说"中的启蒙神话》,《文艺理论与批评》2017年第4期。

第二节 逃离乡村的焦虑

——论刘庆邦的《到城里去》

《到城里去》是刘庆邦在新世纪初期的一篇中篇代表性作品,小说叙述了中原地带一个农村女性宋家银梦想逃离乡村走向城市的悲凉故事。宋家银从嫁人开始就选择了工人家属这一特殊的社会身份,婚后一直享受着工人家属的优越自豪感,同时也以丈夫在城里的艰辛劳动换来了物质生活的享受和心理虚荣的满足感。但是,随着改革开放的推进,丈夫下岗,村里一些到城市的打工者在物质生活上超越了自己,宋家银的身份优越感逐渐降低,发生了严重的心理裂变。梦想走向城市的宋家银产生了退缩感,但又不屈服于现实困境,于是把希望寄托在下一代人身上,为他们设计了美好的未来。

在宋家银的生活历程中,身份意识和物质主义构成了其生活价值的主题,在改革开放初期,在城乡经济结构严重失衡的社会转型过程中,逃离乡村、走向城市,成为宋家银摆脱贫穷和低微地位的首选之路。但是,在城乡文化心理结构中,城市的优势地位给乡村带来的是人格的鄙视和精神的伤害,这种不平等的地位使得走进城市的乡村人心理严重失衡,充溢心理世界的是对未来的现实生活的焦虑和对未来希望的迷茫。

一、极度的物质贫穷:逃离乡村的心理动因

乡村与城市的区别首先在于占有物质财富的多少。城乡之间物质财富的极大悬殊使得城市一直处于高位,在对乡村释放出强大诱惑的同时,对乡村施以嘲弄和鄙夷。生活在乡村的人们一旦面对城市,就会感觉到自己的物质极度贫乏,感觉到一种卑微和艰难,贫穷成了乡村的基本特征,贫穷使得乡村对传统的乡土情感产生怀疑,同时产生了逃离乡村走向城市的心理冲动。

极度的贫穷,使得乡村难以维系基本的生活质量,更难以保证乡村内在的生活伦理和道德观念不受外界干扰而一直不变。宋家银在婚姻追求上表现出了乡村人那种特有的心计,在物质占有方面表现出来的是自私自利,而对待感情方面表现出来的更是物质决定感情。这种严重违背传统伦理道德的婚姻观念,正是社会转型时期乡村生活现实的真实写照。

贫穷暴露了乡村人性的丑陋。宋家银结婚之后,对父母和公婆煞费心机,想方设法得到一些微薄的物质,俨然丢掉了孝道;而婆婆也在物质分配方面对宋家银非常吝啬。分家时宋家银分得一口铁锅、两只碗、两双筷子,粮食方面更

是少得可怜。为了一点点食盐婆媳之间要互相提防;母亲对宋家银也是加强防备,亲情变得非常寡淡。这些丑陋的人性表现,正是贫穷带给乡村的负面效应。贫穷,使得乡村内蕴的传统美德消隐了,仁爱、孝道、宽容,都在对物质的极度渴望之中褪去了做人的色彩,乡土情感也随之淡化。

贫穷使得乡村失去了尊严。一个人的尊严是与社会的物质生活水平密切相关的,在实用价值观念占据支配地位的时期,物质生活水平对人的社会地位和生活观念起到重要的影响作用,人的尊严将会随着物质财富的变化而发生变化。宋家银的婚姻观是背离传统道德的婚姻观,也是有失尊严的婚姻观,她过重地突出工人身份实际上就是只看中物质财富。物质欲望的满足属于生活的基本需求满足,而人的最高价值并不是物质欲望的满足,而是自我实现,是必须经过自我合理合德的努力来实现自我需求的满足。宋家银对待公婆和父母的态度和情感是一种违反传统伦理道德的情感态度,用传统的伦理道德价值衡量就是一种丢弃做人尊严的行为。也就是说,宋家银实现了自己的尊严转换,把做人的尊严转换成为在物质面前的一种虚荣,用虚荣代表了生命的尊严和个体价值的独立。

刘庆邦对乡村的关怀首先是从乡村物质生活层面开始的,观照乡村生活现状和生命存在的形态,并给予传统伦理道德的批判和人文化的生命关怀。"宋家银一直渴望过有钱的日子。有一个捡钱的梦,她不知重复做过多少次了。"① 贫穷带来的心理恐惧,已经渗透到乡村人的心底,贫穷带来的忧虑和恐惧使得乡村人不再热衷于自身的道德体现,而是把人生的价值和尊严降低到基本的生活需求层面。"人如果还把全部的心神用来追求财富、金钱,让精神和情感都在需求未得到满足的匮乏中,人便容易堕入虚无。"② 众多宋家银们恰恰陷入了人生的精神虚无状态。精神的虚无主要根源在于,乡村道德价值在物质现代化价值观面前发生了严重的变异,传统与现代的接续没有保持价值的一致性,同时也带来了传统伦理道德在物质现代化背景下的退化,而这些都成为现代乡村真实的生活写照,也成为逃离乡村的心理动因。

二、身份的尴尬:乡村精神的伤痛

宋家银对身份具有很强的敏感性,身份决定了她在乡村的生存状态,或者说,身份决定了无数像宋家银一样的乡村人的生存状态。

---

① 刘庆邦:《到城里去》,广州:花城出版社,2010 年版,第 9 页。
② 成海鹰:《虚无主义与后物质主义价值观》,《集美大学学报(哲学社会科学版)》2018 年第 2 期。

论中国当代乡村叙事的主题变迁

在农村,宋家银是一个颇有心计的人,这种心计体现在她对工人身份的追求和对物质财富的精心占有上,而这些首先体现在她煞费苦心的婚姻追求上。宋家银追求的婚姻是赤裸裸的物质化婚姻,这主要体现在婚姻附加的身份和名义上,"宋家银却摊到了一个工人,成了工人家属。这样的名义,让宋家银感觉还可以,还说得过去。"①获得工人家属身份,使宋家银在村里有了一定的地位和心理满足。

当然,宋家银的婚姻并不是幸福的婚姻,相反,却带有一定的悲剧性。她把目光聚焦在极为世俗化的身份之上,甚至以失身作为筹码试图换来一个工人身份的婚姻契约,但很快遭遇了抛弃,这是宋家银婚姻征程中遇到的第一次失败。此后,她嫁给了具有临时工身份的杨成方,满足了自己的精神虚荣,"临时工也是工人"成为她在乡村自傲和满足的精神自慰。

宋家银所获得的工人家属身份从开始就陷入了尴尬局面。首先,临时工的模糊身份难以使宋家银在村子里占据最高位置,虽然有着工人身份的优越感,但同时也有临时工的低位感和不稳定感。这种擦边于体制、不够明朗的身份,随时都有被解雇的危险。处于这种险境中的宋家银,既要在村子显摆与众不同,又要顾及临时工身份的临时性,这是宋家银的身份尴尬和心理焦虑。

而且,随着改革开放和市场经济的强力推进,以物质财富为主要价值衡量标准的新环境下,体制内的身份特性已经失去了特有的优越性,焦虑也随之加深。"身份的焦虑是一种担忧。担忧我们处在无法与社会设定的成功典范保持一致的危险中,从而被夺去尊严和尊重,这种担忧的破坏力足以摧毁我们生活的松紧度;以及担忧我们当下所处的社会等级过于平庸,或者会堕至更低的等级。"②村里不仅有很多人不是依靠体制的资源也能外出打工获得了工人身份,而且获取的物质财富远远超过体制内的工人身份的待遇,这使得宋家银产生了严重的失落感,尽管这时的她还是坚信身份的重要。

身份是时代的产物,对于区分穷人和富人、地位高与低,都有着重要的标志作用。因此,在计划经济时代,工人身份代表着体制的优势和权力,为乡村人带来的是自卑与失落,是精神的伤痛。宋家银就是靠着工人身份才能在乡村自信地生活、艰苦地劳动。一旦丈夫被城市抛弃回归到乡村,身份的优势将不复存在,精神上的自豪感和自信都无法找到寄托。而乡村的身份有着特殊的含义,那就是贫穷和底层的象征。贫穷使得乡村失去了生命尊严,底层使得乡村失去

---

① 刘庆邦:《到城里去》,广州:花城出版社,2010年版,第2页。
② 阿兰·德波顿:《身份的焦虑》(陈广兴,南治国译),上海:上海译文出版社,2007年版,第6页。

了价值自信。在宋家银看来,"工人与农民的区别是什么?农民挣工分,工人挣工钱。农民挣的工分,值不了三文二文,只能分点有限的口粮。工人挣的是现钱。现钱是国家制的,是带彩的,上面有花儿有穗儿,有门楼子,还有人。这样的到哪儿都能用,啥东西都能买。"①所以,作为乡村人的宋家银不再把自己看作是普通的乡村人,而是"工人家属"这个令人羡慕的、体制化的社会阶层身份。而且,"在家庭建设上,她定的是工人家属标准,一切在悄悄地向工人家属看齐。"

工人与农民本身只是用来区分不同的职业,而在世俗之中却变成个人社会地位的标识。工人存在于体制内,存在于城市;农民存在于体制外,存在于乡村。这种区别带来的结果是,身份从一种职业区别俗化为一种等级标志。而这种等级标志直接把乡村摆放在社会的最底层,给乡村带来极大的心灵伤痛。不同职业处于不同等级,不同等级又享受着不同的社会待遇,恶性循环的身份效应使得乡村长期处于心理焦虑和精神痛苦之中。

工人家属这一身份给宋家银带来了精神上的满足,而另一方面,丈夫临时工的特殊身份和自己的农民身份也使宋家银处境尴尬,心灵上长期积存着一种隐痛。身份的尴尬,决定了宋家银心灵的扭曲和精神价值的分裂,特别是在丈夫的临时工人身份受到冲击的时候,其精神境界就会发生严重的失衡和裂变。体制造成的身份等级,使得乡村人一直处于社会底层,精神受到鄙视,这是刘庆邦对乡村的一种精神关怀。

三、逃离乡村的焦虑:乡村生存的无奈

"焦虑是刘庆邦小说中潜隐的一条情绪主线。刘庆邦对于焦虑的刻画十分深入而透彻,他的许多作品都可作为研究农民工心理焦虑的典型文本。"②乡村长期处于贫穷的磨难和恐惧之中,对物质的需求欲望不断强化,加之长期以来城乡结构的严重失衡,使得乡村感受到生存的困境和心灵的受伤,产生了极大的心理焦虑,在生存焦虑的驱使下,逃离成为乡村人走向城市的开始。宋家银在获悉杨成方下岗之后,没有让杨成方留在农村,而是坚定地让丈夫再回到城里,即使是在城里捡破烂,也要保留着工人身份的符号和在城市的存在虚名。

逃离是一种无奈的自我背弃和生活价值重建,乡村人进入城市需要放弃长期形成的传统的乡村生活观念,而接受异质性的城市生活价值观,这其中最直接的就是物质主义价值观。物质主义一旦占据社会生活的主要价值领域,乡村

---

① 刘庆邦:《到城里去》,广州:花城出版社,2010年版,第9页。
② 陈颖、张祖立:《刘庆邦文学世界的焦虑底色》,《中国图书评论》2019年第8期。

传统的伦理价值将会受到严重冲击,而且使得乡村在向往富裕生活的同时接受精神的折磨。杨成方是带着极度的悲凉心情二次返回城里的。宋家银没有给他夫妻温情,只是为了追求物质和虚荣而把他推离家园。这使得杨成方在孤独离开家乡的夜晚感到自己的魂"薄得如一层纸灰"。乡村走向城市丢失了自己的灵魂,萎缩了自己的精神世界。

宋家银的精神深处信奉一种物质主义价值观。物质主义价值观"核心是用金钱或者物质来证明自己的价值。持有这种理念的人对于物质的追求很高,喜欢拥有金钱的感觉,并且把拥有的财富和其自身的地位视为人生所追求的最重要的目的。"①在宋家银看来,到城里去不是成为城里人的问题,而是能够尽快挣到钱的问题,有了钱就有地位,有面子,这是物质主义给宋家银带来的最实惠的价值启示。结婚之前,她要求婆家盖好房子以便婚后独立生活,并且不需要承担结婚带来的债务;结婚之后对公婆、父母、小叔子,都表现得极为自私。物质主义坚持物质决定生活的一切,认为物质可以填充一个人的精神空虚,而且还可以成为对外炫耀的资本。宋家银的心理有着浓厚的恐惧感,一旦有人超越自己,她的心理就不平衡。平衡恐惧心理的唯一办法是对物质的极端追求,这种物质追求心理支撑着宋家银找到在乡村的优越存在感。

宋家银崇拜物质财富和虚荣地位,促使她希望逃离乡村,走向城市。逃离来源于城乡的差距,来源于对物质的恐惧心理,"从社会层面来看,威胁和不安全感的情况下会导致人们对物质主义价值观相对较高的关注。"②在改革开放之初,物质成为人们共同的追求目标,传统的守土自足、小农经济和知足常乐的人生价值观念,已经不能适应改革开放带来的乡村心理需求。

当社会生活单一定位在物质财富基础之上的时候,乡村传统的生活伦理发生了变异,导致乡村开始对赖以生存的故土产生了怀疑和不满情绪,于是,逃离就成为乡村心底的一种精神冲动,在这种冲动感召之下,乡村人离开故土走向城市去挣取更多的物质财富。但是,当长期积淀在乡村心理深处的乡土情怀和农耕观念在现代化视野下受到质疑时,在精神上必将会产生严重的痛苦感。然而,逃离家园仍是乡村人无奈的选择。宋家银虽然承受着巨大的精神压力和伤痛,独守空房、担惊受怕一直压在她的心头,但她仍义无反顾地支持丈夫和孩子们走向城市。

---

① 杜林致:《金钱心理与不道德行为关系:以物质主义价值观为中介》,《兰州学刊》2018年第12期。

② 王静,张心怡等:《物质主义价值观研究的理论、方法与缓解干预策略》,《心理学探新》2019年第1期。

无奈的逃离只会造成精神的伤痛。现代化为乡村设定的目标是提高生活水平,而首先需要提升的是物质生活水平。然而,仅仅提升了物质生活水平,精神世界却变得价值模糊。宋家银对物质占有的欲望不断提升和强化,从解决基本的物质生活保障,到攀比财富和身份地位,人生追求的价值发生了质变。在这种质变升级的过程中,宋家银的精神世界从朴实逐渐走向了虚荣,从真诚走向了虚无,个体生命价值的定力变得飘忽不定。宋家银已经失去了人生价值之根,内心充满焦虑,外在表现为生活的无奈。事实上,无数宋家银都在严重的焦虑之中生活,集体性地表现出逐渐虚无化的人生价值观念,这其实就是在物质现代化进程中的集体性价值错位和蜕变。从这个意义上来说,宋家银的心理焦虑和价值变异已经不是个别的存在,而是带有很大的普遍性。

四、走向城市:乡村未来的想象

宋家银为自己和自己的后代设定了理想,那就是走向城市。走向城市是逃离乡村之后的现实选择,是乡村在现代化进程中的一种被动适应,也是乡村走向现代化的虚化想象。

刘庆邦的乡村叙事作品一直保持着对乡村的浓厚情感,乡土情结成为他作品的文学主题价值。这在他的《鞋》和《麦子》中都有深刻的表达。《鞋》叙述的是守明和"我"的一段真诚情感,"我"对乡村那种真诚、朴质的情感一直铭刻于心,乡村成为"我"走进城市之后最深刻的精神记忆。《麦子》写一个农村女孩建敏到城市打工一直保持着对乡村生活的记忆和对乡土文化的亲近,是一种对乡土的眷恋和热爱。但是,在《到城里去》却书写了逃离乡村的无奈之感,揭示的是乡村人经受的外在磨难和内在伤痛。

走向城市是乡村摆脱困境的一种现实路径,也是走向未来的一种虚化想象。现实的意义在于追求财富,想象却会陷入对理想未来的虚化设定。走向城市就一定能够获得幸福吗?这是刘庆邦对现代化视阈下的乡村和城市的一种理性审视和现实追问。在《到城里去》中,作者站在乡村的角度,诉说着在城市的乡村人的那种悲苦、委屈和苍凉。乡村人走向城市,受到城市的鄙视和驱逐,忍受着城市给予的精神折磨。铭记在乡村心灵深处的是"走向"与"离开"交混杂糅的复杂情感,处于社会底层的乡村人走进城市却成为城市的新底层,他们或者遭受城市人的打骂和污蔑,或者被迫偷抢,或者丢掉性命。城乡文化的严重错裂,使得城市以异样的目光看待乡村人,逃离乡村走向城市的想象与城乡文化冲突的现实之间存在着巨大的矛盾。"乡土中国对现代的想象,就是'到城里去'。但是,乡下人到了城里就是城里的'他者',所有的陌生不止是环境的陌

生,而是遭遇了完全不同的另一种文化。"①

走向城市只是乡村给自己设定的一种理想,这种理想的光环在城市抛出的人格鄙视和精神折磨面前已经显得悲凉和暗淡。但是,由于乡村的长期贫困带来的对物质财富的极端向往、对城市生活的扭曲性羡慕,使得乡村不能正确认识自己,只能忍受生活的屈辱和生命的冒险,到城里去探索新的生活。事实上,乡村在走向城市的过程中,还没有做好充分准备,他们对物质价值的认识还停留在一种基本的索取层面,对现代性的认识还非常模糊,对城市的内在规则还不熟悉,其行为方式、生活观念均难以被城市接受。无准备的进入一定暗含许多未知和危机,不仅"农村人到城里这样低搭,是跪着讨生活的",而且,"总会有那么一天,城里人会以影响市容为由,把杨成方清理走,像清理一团破烂一样。"②理想化的设定或者从开始就陷入了困境,乡村走向现代化的道路未必就是到城里去,因为"农民进入城市,艰难的不是物资生活的问题,更是因两种文化的差异造成的心理、精神和情感的问题。"③

然而,乡村自身的物质困乏和在现代化视阈下的精神迷茫,使得宋家银难以在乡村重塑自己的人生理想。宋家银决定走向城市的同时,深刻感受到乡村人在城市受到的精神屈辱,在这种既向往城市又对城市心存恐惧的复杂心理下,宋家银醒悟到,乡村人在城市只是一种另类,依靠打工永远都不能被城市接纳,只有寻找一种新的道路才能实现乡村对城市的突破,那就是通过高考、提干等国家体制内的方式,但这需要几代人付诸艰苦的奋斗,所以,她把希望寄托在儿女身上。

五、结语

值得深思的是,在十七年时期,乡村叙事表达的情感态度多是从城市走向乡村。《山乡巨变》中团县委副书记邓秀梅、《创业史》中从省里下到乡村的技术员韩培生,都是从城市走向农村,投入新农村建设的历史洪流中,城市与乡村携手并进,实现价值互相认同。然而,到了新世纪初,城市与乡村的关系却出现了倒转,"近现代以来城乡二元格局的界线在这种现实之中似乎正变得愈加模糊,但无疑所谓的'城乡一体化'并没有回复到前现代时期那种城乡互为支撑的浑朴未分状态,而变成城市缺乏回馈的单向汲取。"④在物质现代化飞速发展的当

---

① 孟繁华:《"到城里去"和"底层写作"》,《文艺争鸣》2007年第6期。
② 刘庆邦:《到城里去》,广州:花城出版社,2010年版,第78页。
③ 孟繁华:《"到城里去"和"底层写作"》,《文艺争鸣》2007年第6期。
④ 刘大先:《城市的胜利与城市书写的再造》,《小说评论》2018年第6期。

今,城市对乡村已经忘却恩情,而乡村对城市却盲目追随,乡村人放弃自己的精神家园,到城市去实现追求物质财富的梦想。走向城市的悲苦与欣喜、伤痛与自慰成为新乡土文学书写的重要内容,这与十七年文学中的乡村叙事在城乡价值判断上形成鲜明的对比,这一对比,也寓含着文学对乡村未来命运的焦虑,走向城市后的乡村命运究竟会怎样?

第八章 从底层视角观照新世纪乡村真实生活

进入新世纪,乡村叙事是从底层观照开始的。底层文学对乡村的表达是书写乡村物质生活的贫穷、精神世界的悲苦和生存环境的日益恶化,以此表达对乡村生存现状的道德关怀和批判。尔后,又从道德关怀延伸到乡村精神救赎、生存现状关怀,甚至到乡村经济建设、社会建设等重大主题上。文学审美与社会批判紧密结合起来,突出了文学的社会性价值,也把文学的审美功能与干预社会现实的功能结合起来。

第一节 底层文学中的乡村叙事及底层文学意义

一、底层文学视域下的乡村叙事

21世纪以来,"底层文学"蓬勃发展,引起了文学界和学术界的高度关注。学术界普遍认为,"底层文学"表现出它的勇敢性,就是它对现实的勇敢介入和批判。它直面社会现实,具有强烈的社会担当意识,以处于现代化社会底层的人物为主要书写对象,运用类似写实的手法,观照底层的生活状况和精神状态,形成了苦难叙事主题、社会矛盾暴露主题、打工悲喜变奏主题、底层人性剖析主题,凸显了文学与现实紧密结合的思想立场和道德价值。其次,在艺术形式上,继承中国传统文学叙事写人为主要形式的写作手法,突出了故事性和人物形象的塑造,同时又融进一些心理描写、意识流等新的艺术方法,形成了叙事多元化、人物形象典型化、表现手法上写实化、篇幅结构短篇化的特征,具有独特的文学特征,一度成为文学界的一大热点。

国际上对"底层文学"的研究并不是很热烈,主要集中在日本和印度,但是这两个国家的研究主要集中在文学界的边缘地带,并不成为文学批评关注的焦点。而国内对"底层文学"的研究非常热烈。自2004年《天涯》杂志 辟专栏开始提出"底层"概念以来,"底层文学"已经由文化批评转向学术批评,学院派作家不仅仅参与评论,还参与写作大量"底层文学"作品,例如:曹征路。从那时起,"底层文学"已经成为文学界的热议话题。① 也正是在这个时候,文学理论界出现了底层文学的概念。

学术界对"底层文学"这一文化现象的批评,形成两种对立又互补的观点:一种观点,例如李云雷、贺绍俊等,认为:底层文学是新世纪最具生命力的文学现象,是对之前的消费文学、纯文学的一种强力反驳,带给了文学新的生命和希望。"'底层文学'则是作家的独特创造,它不是要迎合而是要提升大众的审美趣味,并使之对真实的处境有所认识与反思。"②"在这些小说里,诸如小煤窑、农民工、黑社会权钱勾结等敏感的社会问题都得到了不同程度的反映,也普遍表现出一种关怀弱势者、呼唤民主和平等的人文精神。"③并认为:在叙事艺术上,底层文学恢复了现实主义优良传统,并发展了现实主义,人物形象和故事情节都具有很强的现实主义典型性。"从现实感出发,作家追求的是社会意义,以鲜明的批判精神直面现实问题。"④另一种观点,例如洪治纲,则对"底层文学"持否定态度,认为"底层文学"概念的提出就不够成熟,"底层"概念界定不清晰、模糊。并且,认为底层文学过于贴近生活,是写实主义,不是现实主义,暴露太多,审美不够,文学性不强,"苦难并不等于正义,展示苦难虽然在某种意义上彰显了作家的道德姿态,但并不等于他们就拥有了某种艺术上的优势。"⑤甚至有人呼喊:把底层从文学中甩出去。

目前,"底层文学"研究已经成为文学研究的一个热点和焦点。批评界对"底层文学"的批评集中在两个问题上:一是关于文学价值的讨论和重新思考,在文学界高呼人文精神回归的当下,"底层文学"的出现,带来文学界对文学的再度追问:文学要不要对现实干预?文学的社会性价值和文学性价值在文学批评中,孰重孰轻?谁先谁后?"底层文学"是否仅仅停留在道德关怀层面上?二是当下发生的底层文学批评,多采用传统的现实主义理论或社会学理论,对"底层文学"的文本分析和底层文学与中国传统文学理论的关系研究很少。

产生这些分歧和争端的主要原因,是争论双方都没有找到新的文学批评理论支撑,仍然沿用不适宜当下文学现实的陈旧观点。当下,应该引入新的文学或文化批评理论。

目前,对"底层文学"的研究,运用的仍然是"五四"时期至20世纪80年代

---

① 蔡翔:《底层》,《天涯》2004年第2期。
② 李云雷:《"底层文学"在新世纪的崛起》,《天涯》2008年第1期。
③ 贺绍俊:《建设性姿态下的精神重建》,北京:作家出版社,2012年版,第50页。
④ 贺绍俊:《建设性姿态下的精神重建》,北京:作家出版社,2012年版,第75页。
⑤ 洪治纲:《底层写作与苦难焦虑症》,《天涯》2008年第1期。

之间盛行的现实主义理论肯定"底层文学"的积极作用,也引入"公民说"、人文主义说、人性论,来分析"底层文学"的文学价值丢失。显然,这些理论本身的陈旧性,以及批评家思维的固定模式,对"底层文学"的研究并不能带来有力的理论指导。急需引入新的文学理论、哲学理论,来对"底层文学"产生的必然性、发展的可能性和审美的多样性、宽容性等属于"底层文学"的价值和意义进行研究,并以此构建新的文学批评方法。

二、底层叙事的主题类型和价值设定

底层文学的主题集中在三个方面:一是苦难叙事主题。用文学叙述底层的苦难。陈应松的《太平狗》《狐村之旅》,罗伟章的《大嫂谣》《哑女》,曹征路的《那儿》《霓虹》,刘庆邦的《一切都很干净》都是对底层社会苦难的书写。二是底层精神批评主题。用文学观照底层人的内心世界,特别是精神层面发生的裂变,以及他们在价值观念上的变异。例如:刘继明的《茶鸡蛋》,刘庆邦的《到城里去》,阎连科的《受活》,迟子建的《五羊岭的万花筒》。三是底层人性关怀。以人性关怀的视角关注底层人的基本诉求。例如:陈应松的《马嘶岭血案》《去菰村的经历》,刘庆邦的《摸刀》。

"底层文学"最主要的价值首先在于它的社会性。"底层文学"是对之前的所谓"纯文学""新写实文学"的一种首先在文学社会价值上的扭转,它的出现和迅速发展,带来了文学界的新生命。正如刘继明所说:"底层文学首先是一种撑破国家意识形态和精英文化设置的话语雾障,勇于揭示和描写出我们时代的真实图景,站在人民的立场,以批判的姿态面向现实发言的文学,这或许就是它跟此前的新写实小说乃至于现实主义冲击波在价值选择上存在的根本区别。"[①]当然,当下文学批评中,也有对"底层文学"加以指责的,认为"底层文学"的文学性不强,艺术价值不高。因此有人呼吁:"'底层写作'的创作潮流要想走得更远,就必须要协调好社会承担与文学审美二者的关系。"[②]

"底层文学"不仅对之前的低迷文学的消费快餐风格进行了反正,在主题上实现了突破,而且,在艺术形式上也不断地创新,追求更具文学性的艺术形式,推动着"底层文学"自身在艺术上日臻完美。但是,它确实还停留在对社会问题言说的层面,是以批判和暴露社会问题为主,还没有真正触及底层精神世界的描述与批判,在主题上还存在一定的模糊与暧昧,还没有体现出文学的精神救赎价值和责任,在这一主题的开掘上力度还很弱,而且同时受到一些所谓的追

---

① 刘继明,李云雷:《底层文学,或一种新的美学原则》,《上海文学》2008年第2期。
② 翟永明:《文学的社会承担和"底层写作"》,2008年4月11日《光明日报》第11版。

求"文学性"的狭隘观念的约束。

(一)道德性观照突出了"底层文学"参与社会变革的社会价值

"底层文学"的意义,就表现在回归了沉寂多年的文学对人类自身的关怀,成为疗救现代人文精神失落的一帖良药。"底层叙述是知识分子作为人类良知的精神复活,是有意识的自我洗礼。"①

"五四"以来,中国现代文学跳动着关注民族命运、感时忧国的灵魂,充满强烈的使命感、责任感和人道主义情怀;以自觉的态度,积极参与民族文化建设,发挥着文化启蒙的作用,从而使文学成为新思想、新文化的一部分。然而,20世纪90年代中期之后,文学转向于创作方法与技巧的强力探索,由表现人物的外在行为向表现人物的内在心理空间转向,在艺术形式上却又偏离了文学的价值重构的功能。特别是流行于20世纪末的消费文学,既是一种文学对现实的逃避,同时也是文学自身功能的偏离。离散主题、追求瞬间消费快感,致使文学的人文关怀遭到了部分的解构,折射出部分作家迷惘的价值取向和浮躁的写作心态。曾誉极一时的先锋文学旨在借助精美的形式来强化文学自身的审美性,把文学性局限于形式的苛求与人物内心世界的狭隘私语,借以摆脱现实问题带来的困惑和拷问。这一时期,文学叙事在对宏大主题的解构中,却因作家人文精神的消退而丧失了自身的传统价值。

新世纪,一些负有社会担当意识的知识分子,把文学瞄准了社会底层,暴露底层社会存在的问题,以文学形式发出底层的声音,反映底层民众的生活现状与社会诉求,相对于此前文学远离生活,片面追求艺术审美来说,"底层文学"以一种新的姿态实现了文学主题和创作方法的改革与突破,实际上也是对"五四"文学精神的一种继承和发扬。赵学勇认为:"对于底层民众的生存和精神状态的极其关注,在'五四'之后更是不断延伸、发展,以各种文学样式并且在最大范围内得到了最有力的表现,为新文学积累了丰厚的历史内容。"②实际上,"底层文学"只是文学自身在对种种非文学的反驳中重新宣誓批判社会现实的文化功能,反正文学参与社会变革、推动社会进步的自身位置,找回作家的人文精神。这是文学自觉调整、自觉参与社会变革的一种积极态度。批评界关于"底层文学"的源流分析,提出"五四"文学发展说、"左翼"精神继承说等观点,其关键点都在于强调文学参与社会批评和理想社会构建的功能。其实,不管是"五四"文

---

① 晏杰雄,孔会侠:《底层叙述的文学流脉和时代拓展》,《文艺理论与批评》2011年第3期。

② 赵学勇,王元忠:《"五四"新文学的启蒙指归与当代底层写作》,《陕西师范大学学报(哲学社会科学版)》2009年第5期。

学的启蒙精神,还是"左翼"文学的批判精神,它们在文学的社会功能上并不互相排斥,而是相互联系,有着共同的文化功能——文学引领并参与社会变革。"'底层文学'在当下创作中崛起的一个重要意义是,在文学经过近二十年的'向内转'、'个人化'写作之后,中国作家首次大规模地重新面对社会重大问题进行写作。"[①]

实现文学的文化价值功能是文学家首先的责任和担当。"底层文学"与"消费文学"和所谓的"纯文学"的最大不同点,在于"底层文学"积极参与社会变革。与所谓的"纯文学"相比,它强化了文学对社会现实的批判功能;与"消费文学"相比,它强化了文学的精神价值的重构功能。所谓"纯文学"的唯美追求只是对审美形式的强化,淡化了文学参与社会变革的文化价值,文学家在心造的幻影中,构筑疏离现实的一座象牙塔。"在历史和社会的基本意义没有完全消亡时,所谓的纯文学只是遗留在学界心头的一种梦影。"[②]而"消费文学"的价值取向则偏重于对世俗欲望的表达,淡化了文学的价值重构功能和精神引领作用,文学家在喧嚣的红尘中,以文学的形式表达文学异化的价值取向。"底层文学"回归到关注社会问题、关注底层民众生活的位置,以提出问题并批判现实的姿态引导公众关注社会发展中的重大问题,这正是文学的文化价值建构功能的回归和现实发展。中国知识分子忧怀天下的责任与体恤百姓的情感在几千年的文学创作中流淌着,影响到当代文学中,成为"底层文学"关注社会生活、参与社会变革的时代强音。作为一种文化形态,文学引领时代变革与发展的价值功能是一种永恒的存在,只是在不同历史时期有着不同的道德情感和文化理念,具有不同的文学价值和意义。当下"底层文学"经过了对消费文学和所谓的"纯文学"的反拨之后,恢复了文学参与社会变革的传统,凸显了文学参与社会变革的文化功能。当然,文学的精神文化功能并不排斥文学的审美功能,相反,只有审美功能的配合才能更好地发挥其文学价值。

(二)人民性拓展了"底层文学"的主题开掘

在"底层文学"理论建设中,多数都对"底层文学"的"人民性"主题价值给予肯定。孟繁华就提出"新人民性"的观点,贺绍俊加以阐释:"无论是新人民性也好,还是国民性批判也好,其实都包含着人民性与社会形态的关系。不同的社

---

① 邵燕君:《当"乡土"进入"底层"——由贾平凹〈高兴〉谈"底层"与乡土写作的当下困境》,《上海文学》2008 年第 2 期。
② 惠雁冰:《"底层文学"研究中亟需廓清的几个问题》,《文艺理论研究》2010 年第 5 期。

会形态决定了人民性的不同的具体内涵。"①李云雷也持同样观点:"'底层文学'是在新世纪出现的一种新的文艺思潮,它与中国现实的变化,与思想界、文学界的变化紧密相关,是中国文艺在新形势下的发展,也是'人民性'或文艺的'人民性'在新时代的发展"②

人民性的提出,容易让我们联想起无产阶级革命文艺中的"人民",似乎"底层文学"又退回到旧的革命文艺理论中去。在"底层文学"论争中,曾经有人坚持只有真正的"底层"者才能为底层说话,知识分子是不能为底层"代言"的,知识分子被看成"代言"的"他者",这是把知识分子当作"人民"的对立者,有点"反智主义"味道。实际上,这里的"人民"已经不同于革命文艺中的"人民"。在市场经济和计划经济共存的当下,知识分子已经不是社会精英的代名词,不再是脱离"人民"大众的特殊阶层,他们和社会的"底层"有很多共同的身份特征和情感基础,两者都属于"人民"。"底层文学"理论视野中的"人民性",旨在淡化"底层文学"的阶级对立,扩大"底层"的叙事主体。知识分子参与底层叙述,可以拓宽底层叙事的视角,有利于从心理和精神层面对底层给予关照和批判,一改"苦难叙事"的单一主题。

当然,"人民性"首先凸显的是"底层文学"的社会性批判,首先是从经济资源的占有、政治权力的享有角度界定"底层",把他们当作一个新的社会阶层进行文学审视,目的是在探寻"底层文学"的社会或政治价值特质。强化身份特征使"底层文学"首先关注的是底层所经历的社会问题。但是,"底层"作为"人民"的主要组成部分,在现代化进程中,在中国的改革开放中起到重要的作用,他们付出或者失去的不仅仅是物质,更多的是精神上的牺牲。他们在社会中地位低下,遭受歧视,而在政治话语中又被冠以最高尊严与权力的光环,这是他们的矛盾身份;他们保留着中华民族传统的美德和美好心灵,却在不同的话语场合都遭遇肆意代言,这是他们心灵深处的无奈。他们在城市与乡村之间的边缘地带,从农村走出来,站在城市的边缘,身体进入城市,身份和尊严仍然在农村、在底层。"底层文学"关注的不只是底层社会制度层面的问题,更要关注整个社会的精神理想建构。在这个重大的历史变革期,文学要想从追求纯美形式的困境转向恢复关注社会生活、参与社会变革的文化功能,最便捷的方法是找到一个在美学上与"底层"紧密相关的、已经在文学理论中具有一定权威性的概念,"人民性"就成为"底层文学"首先使用的、最安全的用词。尽管它带有很强的政治意识形态色彩,"但'底层'和'人民'之间却有一个相同点,那就是,将人重新置

---

① 贺绍俊:《文学的人民性与社会形态》,《探索与争鸣》2008年第5期。
② 李云雷:《新世纪文学中的"底层文学"论纲》,《文艺争鸣》2010年第6期。

入社会群体中审视。"①

进一步分析,"人民性"可以引导着"底层文学"的主题摆脱暴露社会问题、叙述苦难生活的单一形式。文学不仅要写物质生活,更要深入到精神世界。揭示底层的精神之"困"远比描写底层的生活之"穷"更能发人深思。文学的精神救赎最要紧的是对底层人民的精神救赎,以底层精神的救赎来批判"上层"精神价值的消退,进而达到整个社会的精神价值重构。正如刘继明所说:"底层文学"是"站在人民的立场,以批判的姿态面向现实发言的文学,这或许就是它跟此前的新写实小说乃至于现实主义冲击波在价值选择上存在的根本区别。"②"人民性"在"底层文学"中得到强化,把文学的主要观照点集中在对底层人民的生存境遇的叙述、底层人民精神与心灵世界的描写上。就"底层文学"作品描写的内容来说,既有底层人民的物质生活,也有他们的传统而现代的矛盾心理世界,以及他们的外在洋溢的淳朴风情,这真正体现了文学的精神救赎价值。文学不是知识分子精英者特有的财富,它是属于人民的,文学性也不是纯粹的人性表现或形式唯美,文学具有意识形态性,这种意识形态性直接影响到人民群众的精神文化建设价值。"底层文学"关注人民性,正是体现了文学对社会生活的"自由自觉"的反应,是文学参与社会变革的现实表现,是文学有目的、能动地对社会精神价值重构投以自觉观照。

"底层文学"的主题已经从书写苦难转向精神批判发展,对当下社会底层的精神状态做一些概括性的描写。我们可以从一些具体作品来分析"底层文学"中所揭示的底层的基本精神状况。"底层文学"中所描述的"底层",在政治上已被形式地赋予了领导阶级的权力,在现实生活中却是领导权力的被代替;灵魂里保留着传统的善良、自由、乐观,但仍未完全摆脱潜在的奴性,自我解放的觉悟仍然很朦胧;对新的经济秩序虽然怨恨,但在物质诱惑下时常失去尊严。《命案高悬》中的吴响是一个有一定觉悟的农民,但是,尽管他有一定的正义感,而其查明命案真相的动机在很大程度上只是为了个人的狭隘情感,方式上又逗个人英雄。陈应松的《归来·人瑞》写喜旺打工丧命,喜旺的父母是受害者,失子之痛应该引起精神的觉悟,但是他们得利忘痛,自私自利。刘庆邦的《到城里去》,刻画了一位非常羡慕城市生活的农村妇女宋家银的形象,对自己农民身份的自卑,使她坚定地意欲摆脱乡村走向城市,但又方向迷茫。这些底层形象的心理深处积聚着坚硬的精神弱点。这种批判带有鲜明的集体性批判色彩,是属

---

① 滕翠钦:《被忽略的繁复——当下"底层文学"讨论的文化研究》,上海:上海三联书店,2009年版,第3页。
② 刘继明,李云雷:《底层文学,或一种新的美学原则》,《上海文学》2008年第2期。

于"人民性"的。

"人民性"要回答的实际就是文学的立场问题,带有鲜明的意识形态性,"底层文学"从狭隘的先锋文学观中走出来,凸显了文学的人民性,丰富了文学的价值内涵,实现了自身精神救赎功能的重构。这也恰恰就是"底层文学"的先锋性所在。

(三)现实主义为"底层文学"精神救赎价值的实现提供了可能

现实主义是以批判社会现实为主要手段进入文学创作的。由于中国特殊的历史原因,现实主义曾经成为文学创作的主流方式而居于强势地位。但是,在过分突出文学的政治性的观念影响下,现实主义创作误入了概念化、公式化;并因破坏文学性而迎合政治欲望,导致现实主义文学备受怀疑。实际上不是现实主义批判精神出了问题,而是政治符号代替了"典型",是以抽象概念代替了"现实",走上了现实主义的反面,导致文学精神建设的沙漠化、公式化。到了20世纪90年代,在中西文化撞击中,加之市场价值的强势影响,西方的拜金主义、功利至上的价值观念影响着中国社会价值观念的建设,也渗透到文学领域。文学在自身发展中意欲摆脱政治束缚时,又过于强调狭隘文学性的发展,形成了文学审美的形式化、绝对化,同时也为文学逃避现实找到了极端发展的可能性,文学创作丢失了自身的价值。当文学淡化了关注社会、批判现实的功能时,当文学开始疏离政治而躲进小楼自成一统时,片面追求艺术形式的先锋性、追求艺术的狭隘化,进行所谓的"纯文学"式的唯美探索,就成了文学的主要旨趣,此时现实主义遭遇指责并被冷落。

与所谓的"纯文学"的唯美探索不同的是,"新写实主义"标榜"写实",以平民姿态意图解构崇高,分享艰难,带来了新的文学希望。但"新写实主义"过多倾注于生活琐事的叙写,内容杂陈,加之在叙事态度上受"零度叙事"的影响,作品叙事刻意追求情感降温和道德隐蔽,失去了文学审美的正确导向。"在新写实小说中,他们认为当下的日常生活世界就是人所拥有的真实存在的对象,不再像传统现实主义那样追求高而远的理想、崇高和生活本质,也不再深入现实世界和心灵世界作精神漫游和精神建构。"① 特别突出的是由于强调解构崇高,撕裂传统,因此无论是被写者还是写作者对生活都陷于平庸与直白的认同,文学的情感、文学的道德关怀降至"零度",作家的理想道德与社会责任陷入了冷漠与蔑视,文学的精神疗救价值受到严重的遮蔽。在"新写实主义"对宏大叙事

---

① 陈小碧:《面向"1990年代"——重读"新写实"小说兼论九十年代文学的转型》,《文艺争鸣》2010年第4期。

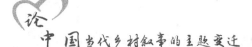

主题的解构中,文学转向极端的琐屑与平庸,这种"写实"是对生活中个别阴暗、低俗现象的描绘,淹没了作家对生活的审美评判和人文理想建构。

"底层文学"重树了现实主义。"'底层文学'发生的真正动因,与其说是'新左翼'思潮的影响,不如说是现实主义文学精神的复苏。"①在写作态度上,直面社会现实,关注底层人民精神世界,表现出鲜明的批判性;在表现手法上,恢复典型叙事,以"底层"为典型环境,塑造典型人物,书写典型事件,以期达到批判现实的目的。在"底层文学"中,生活不再是日常的碎片,而是被按照一定的主题联系精心筛选出来的生活典型,具有主体性;既不是"本真叙事",也不是"虚构编造",具有真实性,是个性与共性统一,能够折射出社会中一种或一类现象的本质特征,是现实的一种典型。在"底层文学"中,"典型"得到了真正的解读。"底层文学"的出现,首先是以批判的姿态参与社会变革,这种被称作是"新左派""新人民性""新国民性"等符号的文学精神的核心价值在于:以一种现实批判精神,一种毫无遮掩的现实主义态度,直面社会问题。从而使文学从回避社会问题、回避社会主体精神建构,转向于对整个社会的精神价值重构,实现了新的文学价值突破,也恰恰是"底层文学"艺术性的强化。

"底层文学"的现实批判对象包括两个方面:一是暴露社会制度的不公平、权力腐败、贫富悬殊、城乡差别,强势对弱势的剥削压榨等,从而引起对社会变革合理性的再思考,以期引起推动社会变革的注意。《豆选事件》主题是暴露农村基层民主的虚假。方继武有新的思想,意欲通过豆选方式实现自己的乡村民主理想,但他的权力却牢牢地掌握在别人手里。方继仁、菊子,是一组典型的受压迫形象,他们在权势淫威之下,逆来顺受,苟且保全自己,菊子最后以死来表示反抗,是对基层虚假的民主和权势的反抗。陈应松的《太平狗》更是深刻揭示出城市对乡村、社会强势对弱势的欺压与剥削。胡学文的《淋湿的翅膀》塑造的主人公马新真情为集体谋福利,终因引发了深层的"官民冲突",在"官"的强势之下,他发起的索赔运动不可避免地走向失败结局。郑小琼的《打工,是一个沧桑的词》批判得更直接:"打工不可能成为躯体的全部//这个词永远充满剥削的味道"。二是揭示底层精神世界中所存在的落后、愚昧、奴性,以及对权力压迫的麻木与无奈地接受。刘继明的《茶鸡蛋》中的何幺婆是一名心地善良的农村妇女,孤寡一人,靠卖茶鸡蛋维持生活。黄老三是一名靠投机发财的农村致富者。发财后的黄老三心底深刻着对何幺婆人格的蔑视,致使何幺婆尊严受到伤害而自杀身亡。历史变迁中人性的美好应该恢复光大,而当下物质利益驱动的

---

① 邵燕君:《从现实主义文学到"新左翼文学"——由曹征路〈问苍茫〉看"底层文学"的发展和困境》,《南方文坛》2009年第2期。

结果是:金钱至上,人格与尊严被金钱挤压得无处藏身。黄老三的显赫得势于金钱的支撑,心灵深处已经失去了良知。世事变迁的不仅仅是物质财富的轮回,更重要的是人的价值和道德观念的变异。物质财富成为人的价值高低的评判标尺,喻示的是社会道德价值的缺失和精神家园的失守。《归来·人瑞》中喜旺的父母,《到城里去》中的杨成方,《命案高悬》中的黄老大、黄宝父子,都是"底层"的代表,他们心灵深处的精神痼疾在小说中都不难看出。而"上层"则占有强势与权力,对下层居高临下,蔑视他们的权力与存在,表现出更多的"高位蔑视"文化精英心理感。《豆选事件》中的方国栋、方国梁兄弟,《命案高悬》中的毛乡长,《霓虹》中的老厂长,都是上层的代表,他们的灵魂深处深藏着"高位蔑视"的优越感和强势感,对下层的蔑视成为他们精神上难以铲除的病根。现实主义发展过程中形成的典型化原则可以通过艺术典型的塑造来凝聚崇高的时代精神,"底层文学"恰恰发挥了现实主义的这一作用。

(四)精神救赎是"底层文学"最重要的主题开掘向度

著名作家莫言在评论1980—1990年代的文学创作时说:"这二十年来,当代小说的主要发展动力是形式创新,而把文学精神给忽略了。"[①]经过曲折探索的沉痛失败之后,文学进入新世纪后开始寻找新的出路,"底层文学"就是在重构文学精神引领价值方面试图做出积极探索。我们在审视"底层文学"发展的现实和趋向时,要鼓励文学保持自身进步的价值取向,作家坚守自身的道德责任,积极介入社会变革,强化"底层文学"在社会变革中的文化功能的同时,向着更深层次的主题开掘。

文学的力量在于精神价值。在贺绍俊看来,当下的一些小说,尽管艺术性很强,但是读完了总觉得逼仄,少了一口气似的。为什么?"多半都是由于作家缺乏大的精神容量,因而把作品的人物和事件局促在一个狭小的空间里,更重要的是,把思想境界局促在一个狭小的空间里……我希望从小说中看到一个宏大的精神容量。甚至我认为,只有宏大的精神容量才能成就出一部伟大的小说,只有伟大的小说才能具备更恒久的文学生命力。"[②]"底层文学"是从书写苦难开始的,"底层文学"的现实创作,呈现较多的是对底层苦难的叙述、对社会问题的揭露,主题的挖掘还不深入。就"底层文学"的具体作品来说,确实都存在一定苦难叠加的模式化、浅表化倾向。这应该引起底层写作的深思。"底层文学"应该有更深意义上的探索。事实上,一些作家已经开始向深处开掘,探寻

---

① 莫言等:《"小说与当代生活"五人谈》,《上海文学》2006年第8期。
② 贺绍俊:《悲悯与精神容量》,《小说评论》2006年第6期。

底层群体的精神世界,揭示底层民众内心的困惑与忧郁,深入到人物的心灵观照层面,展示他们在功利矛盾面前的特殊心理,以此揭示底层民众在现代社会变革中暴露出的人性特征。正如李云雷所说:"不少作家不仅关注底层所遇到的社会问题,也开始关注底层人的心灵世界与精神处境,这是一种深化,也涌现出了一些优秀的作品。"① 铁凝的《谁能让我害羞》、迟子建的《世界上所有的夜晚》在主题开掘方面都深入到了人的精神世界,打破了先期"底层文学"偏重书写苦难的局限,开始深入到人物的精神世界。朱山坡的《牛骨汤》在书写苦难岁月记忆的同时,用魔幻手法写出对苦难生活中的乡村人的内在精神的观照和悯恤,以此唤醒我们的"人民"对弱势群体的人文关怀。特别是刘庆邦的乡村叙事小说,既有农民落后的心灵解剖,对精神弱点的批判,也有对他们悲苦命运的同情,精神疗救与心灵关慰已显出很大的张力。关仁山的《镜子里的打碗花》是一篇很好的底层文学作品,小说通过张五可自叙的复杂性格,揭示了农民精神深处固存的落后、愚昧与小农意识,从小人物角度揭示整个社会复杂的心灵世界。罗伟章的《哑女》通过主人公哑女"明生"的悲惨命运,呈现出明生父母、我的三叔、三妈等当代农民人性深处的愚昧无知、自私残忍。很多"底层"作品已把视角从个体心灵关照转向整个社会的精神境界的关照。道德滑坡、精神家园失守,是这个时代的特征,也是"底层文学"普遍批判的主题对象。面对物质生活贫富悬殊、传统价值观失序的社会现实,上层人物表现出来的精神麻木与苍白乏力,底层人物表现出来的精神迷惘与困惑,两者都给我们以焦虑与沉思。

但是,"底层文学"不能仅仅停留在批判上,更不能以个案性的灰暗丑陋来代替整个时代的精神价值,把这个时代刻画成低劣恶俗、灵魂死亡的混乱世界,似乎再也看不到任何理想和希望。文学的价值更重要的是引领社会精神进步,抒写蕴藏在"底层"心底的纯真感情和欲念;这种精神引领,或曰精神救赎,是在文学迷失于狭义的审美或广义的媚俗而遮蔽了精神疗救功能之后,对文学自身的一种救赎。贺绍俊说:"优秀的小说绝不仅仅是批判现实的武器,它还有更深远的精神诉求。"② 文学的生命在于对我们这个时代精神的建设注入新的活力,而不是停留在对社会现象或心灵世界丑陋的描写上。"揭出病痛,引起疗救的注意"是一个时代的文学价值,但不是文学的全部价值;疗救也不仅仅是文学以外的责任,文学更应担当精神救赎的责任。"底层文学"尽管在精神救赎主题上试图做出一定的探索,却仍然未从之前的"纯文学""新写实小说"暧昧主题的阴影中走出来,仍然只是站在他者的角度刺痛这个时代的神经,似乎又站在"他

---

① 李云雷:《新世纪文学中的"底层文学"论纲》,《文艺争鸣》2010 第 6 期。
② 贺绍俊:《从苦难主题看底层文学的深化》,《当代文坛》2008 年第 1 期。

者"的角度,远离了"底层",远离了"人民"。底层作品的主题开掘还停留在批判的层面上,对人类精神道德的拷问也多是浮光掠影,甚至存在着顾忌、矛盾的心理,甚至回避的态度。当下"底层文学"大多只是批判底层精神的弱点,而很少书写他们灵魂深处所蕴藏的诚信、善良、宽厚、仁爱等优秀的民族道德品质,以及在改革中那些埋头苦干、创造辉煌的底层人物所跳动的中华民族的精神灵魂。

产生这些困境的原因在于,一些作家还没有真正地深入底层,没有站在底层角度审视底层精神世界,一说到底层,就做出生活质量很差、骨子里寄存着很多劣根性的判断。所以对底层就只有同情和批判,没有发现底层心灵和精神世界的光环与伟大。依然把自己当作一个局外观照的"他者",结果是"与将底层的'他者化'、'客体化'相伴而生的,便是知识分子伦理关怀的消退与丧失。"①。

所以,一些评论家提出文学要有"翻心"。"翻心"是"从底层观照我们这个社会,让人们认识这个社会不公平的所在,从而引起要改变它的想法与可能性"。②"底层文学应该能起到这样一种'翻心'的作用,即翻过来之后就不是以前那个'心'了,让人有一种对社会流行意识的批判性的认识,从而创造出一种新的文化,一种新的人与人的关系。"③我们虽然不主张文学再落入理想主义狂欢叙事的旧套路中,但还是主张文学应该书写底层中确实存在着的美好人性、高尚精神和纯洁感情。张炜的《我的原野盛宴》通过书写胶东半岛淳朴有趣的乡村自然生活,来展示了乡村独具特色的诗意生活,同时,更在这种诗意之中塑造了一些心灵纯洁、情感真诚、助人为乐的人物形象,借以展示乡村人性的美好和他们内心精神境界的高尚,给我们带来了生活的乐趣和精神的愉悦,让我们的心中充满希望和美好。与那些揭露、诉说苦难的底层作品相区别,带给我们的是这个时代的精神阳光。

不论是对底层,还是对上层,我们都应该深度追问:我们的精神价值向何处延伸?作家如何去发现、如何表述?这是"底层文学"作家要思考的关键问题,也是"底层文学"在今后主题开掘中的一个重要向度。

三、底层文学的文学史意义

(一)"底层文学"突显了文学对现实的理性批判精神

很多学者认为,"底层文学"突显了文学的人文精神,带来文学精神的二次

---

① 刘新锁:《论近年来文学中的"底层"形象》,《齐鲁学刊》2010年第6期。
② 王祥夫:《底层文学的先锋意义何在》,《湖南文学》2011年第1X期。
③ 李云雷:《新世纪文学中的"底层文学"论纲》,《文艺争鸣》2010第6期。

回归。在中国文学史上,"五四"文学作为一次文学革新运动,突显了中国文学的人文精神。20世纪80年代,文学突破各种限制与束缚,实现文学精神的第一次回归。而到了90年代中期,由于文学多元化的发展和对西方文艺思想的狭隘引进借用等多种原因,中国文学反而坠入低谷。进入新世纪,"底层文学"重新担当起关注现实生活、参与社会变革的社会责任,用文学的形式,以审美的视角,书写社会现实生活,突显文学的现实性和批判性,带来文学精神的二次回归。

事实上,这种观点是一种静止的、陈旧的观点,没有认识到因为时代不同、社会心理结构不同、文化不同,而形成了"底层文学"与"五四"文学的不同价值立场和审美取向。"情本体"理论认为,中国文化道德理论中,"情为本,情理互渗",文学视野中的"情"是从人的基本情欲而来的自然情感提升到社会性的理性情感,理情互渗、情理协调、合情合理和人间温暖。也就是说,"情本体"是建立在一种理性的情感认同之上的审美与批判。"底层文学"恰恰是这一理论的文学实证。"底层文学"继承了"五四"文学对人的启蒙的文学精神,但是,在主题的选择、人物形象的塑造、人物道德的评判标准上,都发生了变化。以社会性道德引导人的解放的"底层文学"比以宗教性道德导引人的解放的"五四"文学,在对现实的理性关怀上,走上新的文学审美视域。

(二)"底层文学"突出了中国文学"文以载道"的文学传统,旗帜鲜明地传承并发展了文学的人民性

"情本体"理论认为,文学对现实的观照,是建立在"情理互融"的基础上的社会性道德观照,重视人的人性心理能力的自觉建构和道德理性凝聚的形成,最终落实到人对社会的道德责任自觉,而不是宗教哲学上的道德律令。这与中国传统的"文以载道"以及后来引入的文学的人民性理论有相同之处。文学的"人民性""文以载道"和"情本体"都强调人对社会建设与发展的作用,"情本体"也是同样的价值选择。而以"情本体"理论来审视"底层文学",可以看出,"底层文学"继承了"文以载道"的古代理论,又与现代文学中的"人民性"紧密相关,都把文学的价值落实在社会性道德性认同和理想、信念的选择认知层面上。但是,"底层文学"又不是空洞的说教之"道",与此前的文学主题先行、人物形象格式化不同,而是承载着现实生活中实实在在的同情、理解性的批判,是以道德责任、良知和人的内在修养的价值观引导人们追求自身觉醒。"情本体"道德论引入文学理论之中,发展了中国文学的"人民性"。中国文学自"五四"始,引入西方文学理论,开始新文学创作实践,形成了自身的特色:现实性、人民性、民族化。新世纪,"底层文学与社会生活、与现实紧密结合,正视文学对公共空间的关注。"不可否认,人民性成为"底层文学"的价值基石,但在"底层文学"中,"人

民性"已经不再是革命文学时期的政治色彩浓厚的文学审美标准,发展到当下,已经把文学的视角转向现实生活中的人的基本道德价值和社会价值。这恰恰是"情本体"的道德伦理在文学中的价值转换。

(三)底层文学纠正了消费文学对文学主题表达的误导

以"情本体"理论为指导,以"底层文学"为视点,重新审视并阐释现实主义创作方法,改进现实主义的当下文学适应性。"底层文学"是对之前偏激文学的反拨,扭正了中国文学的发展道路。中国文学自身发展的使命为"底层文学"的产生和发展提供了可能。多种原因导致中国文学发展起落更迭,特别是受西方文艺理论的影响,中国当代文学几易其道,但是中国文学中的人文关怀的士人精神一直在文学中延伸。这种忧患天下、勇于担当的精神使"底层文学"在当代高扬文学的现实主义精神,反拨了种种狭隘的文学理论。"情本体"理论强调"以人为本",重视关注于"对错"的社会性公德与关注"善恶"的宗教性私德的融合,既摆脱神化的精神、理想的空洞说教,又反对个体的人沉落于基本欲望的满足;把人的基本情欲与人的道德提升、理想设立、责任确认结合起来,以此破解现实主义存在的困境,并对重构、发展现实主义理论与创作方法有着重要的借鉴作用。"底层文学"正是可以重新阐释现实主义在新世纪文学中的新理论与新方法的文学现象,在把社会化的道德与个人化的道德自觉结合的过程中,提升了现实主义批判价值。

第二节 从《麦子熟了》看文学对乡村底层生存境遇的观照

许春樵的中篇小说《麦子熟了》叙述了三位乡村女性到城市打工的曲折生活经历,并以此为基点扩展开来,揭示了物质现代化背景下的乡村底层卑屈的生活境遇。麦子是乡村的象征,乡村自身的生活贫困和道德评判标准的陈腐给乡村带来的是挣脱困境的艰难和曲折。麦穗、麦叶和麦苗三位乡村女性在城市打工的艰难生活及她们在城乡所经历的侮辱、屈辱和暴力遭遇,展示的是乡村底层生存的悲苦状态,这种悲苦状态不仅仅表现在物质生活的贫穷,更表现在社会环境的芜杂和道德绑架带来的精神伤害。

一、走出乡村:对乡村极度贫穷物质生活的悲悯

正如许多乡村叙事作品所表达的主题一样,《麦子熟了》书写的也是乡村底层渴望走出贫困才不得不离开故土走向城市的故事,打工成为他们走出乡村摆脱贫困的无奈的选择。麦叶之所以要走出乡村,是因为极端贫困的生活重压使

她和她的家庭无力承受,麦叶的家庭是一个上有长期生病的老人,下有正在成长的孩子,生活极度贫穷,无法在乡村支撑下去,她和她的丈夫才用最简单的"抓阄"方法确定了麦叶走向城市去打工挣钱,以缓解家庭生活的压力。麦叶是带着一家人厚重的希望而离开家园走向城市打工的,但这种走出乡村是在逼迫和挤压下做出的无奈选择。

一起到城市打工的还有同村的麦穗和麦苗,尽管她们在走进城市之后选择的挣钱方式不同,表现出来的道德观念也不同,但在摆脱贫穷煎熬的目的上是一致的。与麦叶相似的还有耿田,这样一个身体壮实的乡下汉子,却因为超生而一贫如洗,不得不到城市打工、开黑摩的挣钱养家糊口。

解决温饱是乡村走向城市的最初目的和期盼,他们的目标很单纯,但是正是这种非常单纯的目标才更能证明了乡村贫困的程度。因为,最希望得到的往往就是最难以得到的,对物质的希望正是在物质极度缺乏中诞生的。由此可知,麦叶他们走出乡村走进城市是在万般无奈情况下做出的唯一选择,因为,"现实的境况是,没有政策的扶持与导引,农民守望自己的家园也只不过是一种理想而已。"①

死守乡村只能继续遭遇贫困折磨,走出乡村未必就是光明道路一条。但为了生存,也为了那个最迫切实现的愿望,不得不离开乡村走向城市。当然,麦叶在城市打工的生活实际是一种极端艰苦而又惨痛的生活,上班之外,还要去做扛水泥的重活脏活。正如文中所写:"把女人累成男人,把男人累成畜生",这才是打工者艰苦生活的真实写照。耿田也在下班之后开黑摩的意图多挣些钱,即使身体遭受着超强度劳累,但为了生活不得不在这个城市里用出卖力气、忍受超强度的劳动来换取基本的生活资源。

如果出卖体力就能收获生活的希望,那么,这对乡村来说也是一种慰藉。但是,麦叶走进城市之后,在城市要忍受肉体的劳苦和人格尊严的羞辱,含辛茹苦打工挣钱,回到家中却又遭遇流言蜚语的围攻,更遭受了丈夫的猜疑和殴打。忍辱负重而又不得不走出乡村,这是乡村底层最为难言的伤痛。换言之,麦叶承担的无奈不仅仅是出卖体力,更要忍受精神的折磨和人格的伤害,正如孟繁华所说:"农民进入城市,艰难的不是物资生活的问题,更是因两种文化的差异造成的心理、精神和情感的问题。"②这种刺伤心灵的折磨和伤害是无法自我消解的。承受着多重压力和伤害,还得走向打工场地,还得离开自己的家园,这是

---

① 苏沙丽:《从改革的喜悦到现代性忧思——贾平凹农村题材小说总论》,《文艺评论》2019年第3期。

② 孟繁华:《"到城里去"和"底层写作"》,《文艺争鸣》2007年第6期。

乡村底层不愿见到却又不能不接受的无奈现实。

麦叶的遭遇和处境告诉我们,在社会现代化发展改革中,城市与乡村之间存在着巨大的文化差距。就经济来说,乡村虽然进行了自身的改革,但对物质资源的占有完全不能满足乡村自身健康的发展,使得乡村在物质生活上举步维艰。从社会价值观的角度来说,城市在经济发展的过程中,给一些邪恶留下了可乘之机,乡村在维护传统伦理道德上又存在一定的保守和狭隘,而这些邪恶、保守和狭隘恰恰又成为乡村摆脱困境的隐形阻力。因此,乡村在走向城市的过程中,站到了城乡文化矛盾的焦点位置,陷入一种无奈的境地。

二、芜杂的环境:对打工者生存环境的焦虑

现代化进程的一个重要特征是以城市发展作为领航和标尺,引导着乡村向城市靠拢,乡村发展的模式是以城市作为参考的。因此,乡村在走进城市之前,是对城市抱有仰视之情的,乡村心目中的城市是一个富裕、文明、胸怀宽广的地方,是乡村既能走出贫穷又能走向文明的理想标尺。

然而,乡村在走向城市之后,梦想与现实之间存在着极大的落差,最重要的体现是打工者所处的环境极其芜杂,这使他们无法享受打工生活的快乐,也时刻在心底产生再次逃离的恐惧和怨愤。对于走向城市的乡村人来说,城市应该不仅是一个物质富裕的地方,也是一个精神生活充满愉悦的天国。但是,缠绕他们的却是无法忍受的生存环境。

(一)打工者的日常生活环境极其恶劣

简陋而黑暗的住所,浑身脏兮兮的穿戴,灰头灰脸的日常形象,这些才是打工者最常态的日常生活。体面的城市生活并不是这样的,但是作为打工者来说,无法抗拒这些,为了生计只能在这样的环境中生活。

日常生活才是真实的生活,日常生活的质量和色彩代表着现代人的生存状态。有论者认为:随着市场经济发展、城市对乡村开放的新型结构形成,"向城求生"成为农民的生存和发展意识①,既然城市吸引着乡村走向城市,那么,就应该给乡村人提供具有城市水平的日常生活条件和生存的空间,但是,打工者并没有分享到这样的日常生活环境和待遇,更多的是在城市边缘城乡接合部的低矮黑暗的出租房,以及与之相匹配的破旧道路、露天垃圾场,还有非常不安全的治安环境。环境代表着一个群体的生活质量和社会地位,把农民工放置在一个什么样的位置、提供什么样的生活质量,这是城市在城乡共同发展中的姿态和情怀。

---

① 谷显明:《乡村秩序的瓦解与消逝——新世纪之交中国乡土小说中的权力叙事》,《当代文坛》2017年第4期。

日常生活环境的极端恶劣,给乡村打工者带来了物质生活上的不便,更给他们心灵深处带来无奈和恐惧。

(二)黑恶势力的纠缠和打压,是打工者面临的另一种恶劣环境

麦叶要在下班之后做扛水泥的苦活,但却在这种"低下"的劳动中遭遇了黑势力的纠缠与打压,以王瘸子为代表的黑恶势力对麦叶的美貌垂涎三尺,不断纠缠无果之后,就用阻挠干活、暴力强迫的方法来威逼麦叶。耿田为麦叶打抱不平而得罪黑恶势力,遭受暗算并被关进看守所。另一种情况却是:"在乡土社会中欲望经历了文化的陶冶可以作为行为的指导,结果是印合于某种生存的条件。"①受到诱惑和威胁双重压力的麦穗屈从了黑恶势力,麦苗也同样不得不冲破道德的束缚从事不光彩的工作。乡村底层走向城市之后,遭遇的不仅仅是繁重的体力劳动的折磨,不仅仅是生活贫穷而受到白眼和嘲弄,相比之下,这些都微不足道,而真正让他们时刻恐惧的更是这种毫无正义的黑恶环境。

黑恶势力在现代化建设中担任的角色是用武力和卑劣的手段获取社会资源,并满足自己的私欲。黑恶势力不仅强占了一定的市场资源,更与一些地方的权力结合起来,形成黑恶与保护伞的关系。占有资源使他们毫无廉耻,结交权力关系使他们更加肆无忌惮。黑恶势力在城市建设和乡村文明秩序的维护中都是一种罪恶的阻碍。但是,在现代化进程中却滋生出许多黑恶势力。单就文学叙事来说,陈应松的神农架系列乡村叙事中就有马瞟子、牛垃子(《黑猫胡》)这样的黑恶势力,曹征路的底层叙事中也塑造了既是厂长又是恶霸(《那儿》)、既是乡村干部又是村霸(《豆选事件》)的黑恶势力,他们阻碍着社会发展和社会的稳定。黑恶势力借助社会转型发展的制度欠缺、机制空档,采用金钱与权力媾和的卑劣手段掌握了一定的社会资源,为害一方,使得打工群体在日常生活和工作中都时刻存在心理戒备和恐慌,这是乡村底层进入城市之后遇到的新的不利环境。

(三)传统的旧有伦理观念的绑架,为乡村底层心理蒙上一层浓重的阴影

"现代性加剧了乡村结构的破坏与乡土文化的失散,"②"与其说是城市掠夺了乡村的资源,不如说是现代文明在血腥地绞杀着前现代文明。"③麦叶在外艰苦打工,回到家中却遭受村子里流言蜚语的侮辱和攻击,更遭受了丈夫桂生的恶毒殴打,这种根植于乡村和民间心灵深处的旧有的伦理道德,在现代文明进

---

① 费孝通:《乡土中国》,上海:上海人民出版社,2013年版,第79页。
② 苏沙丽:《从改革的喜悦到现代性忧思——贾平凹农村题材小说总论》,《文艺评论》2019年第3期。
③ 韩鲁华:《写出乡村背后的隐痛——〈极花〉阅读札记》,《当代作家评论》2016年第3期。

程中仍然有着存在的空间,对底层特别是女性构成无形的束缚,形成一种强大的压力,摧残着麦叶这样处在乡村底层女性的心灵,使她们无法在现代文明中舒展个性,守护自我尊严和权利。

即使是在现代文明社会,这些陈旧的伦理道德仍然有着如此稳定的存在和效力,这恰恰成为乡村现代化进程中的强大阻力。我们在现代化进程中过于突出物质现代化的塑造,而在一定程度上忽视了社会现代化的协调性发展。特别是在乡村文化建设方面,传统的伦理道德对维护乡村文明延续发展有着重要的支撑作用,但也同时存在一些陈旧的思想观念和伦理道德,它们也在乡村建设的洪流中试图维护旧有的伦理秩序和社会规则,在很大程度上约束着、压制着一些新的思想发展和善的行为表达。诽谤和殴打麦叶的,不仅仅是村里的嫉妒者,也不仅仅是自己的丈夫,而更是这种留存在现代文明背后的陈旧的伦理观念,是陈腐而狭隘的忠贞、贤淑道德观和夫权思想。这种陈腐的伦理道德观念构成了乡村底层的精神枷锁,紧紧勒住乡村底层的思想和言行。

三、沉重的遥望:对乡村底层精神世界的忧虑

乡村人走向城市的目的首先是通过打工获取更多的物质财富,以减轻在乡村的物质生活压力,这也成为乡村人在城市忍受超强度体力劳动的内在支撑力量。即使是超强度的体力劳动已经远远超越了在乡村的劳动程度,但他们并不因此而怨愤。相比之下,更为可怕的是,他们需要忍受并且始终心存恐惧的是人格尊严和人身权利受到侮辱与伤害。寂寞难忍的孤独生活,黑恶势力的纠缠与威胁,还有来自周围的不良舆论的围攻,这些才是麦叶和耿田这些乡村底层群体进城之后最为担心和忧虑的,这也成为他们常态化的异常心理。

守在乡村只能忍受贫穷,生活没有什么希望。走进城市是一种希望,但这希望却是在无奈和艰难之中维系的迷茫希望,也是承受巨大精神压力和心灵伤痛的一种无助的坚守。"现代性的强劲冲击,必然给乡村世界造成诸种难以承载的精神隐痛。"[1]在城市和乡村之间,麦叶他们处于进退两难的尴尬境遇。

是走出去,还是回归乡村,这成为现代化进程中的乡村困惑。在走进城市之前,对城市的物质诱惑抱有一种理想化的遥望。离开乡村走向城市之后,又对乡村那种自主独立的精神生活寄予另一种遥望。站在城市和乡村之间,乡村人总是处于一种尴尬的遥望境遇。遥望,意味着走进与离开的难舍难分,遥望更展示出一种对物质现代化向往和对精神世界遭受摧折的矛盾和忧虑。

作者运用了隐喻手法,把"麦子"赋予了乡村和家乡的意义,寄托着作者对乡村底层生活困境的同情与悲悯。麦子熟了,是归家的时候,回归乡村享受田

---

[1] 王春林:《当下乡村世界的精神列传:论〈陌上〉》,《小说评论》2017年第4期。

园生活的乐趣,是乡村人一直追求的理想生活。但是城市的诱惑又让他们难以放弃对物质的追求,处于进退两难之中,只能坚守在城市忍受着打工生活的折磨和无奈。

在这种矛盾的处境之中,作者歌颂了麦叶这样的乡村人的人性之美。在麦叶的身上,折射出来的是乡村传统的善良、勤劳、坚韧和知恩图报,同时又能守住自身的清白和节操,这是作者对现代社会视阈下乡村传统美德的肯定和赞颂。但是,来自多方面的伤害和捆绑,使得麦叶走出乡村走向富裕的理想最后只能成为泡影。能够过上体面的生活,又能够在价值观念复杂多元、外在诱惑扑朔迷离的现代化社会中守住乡村自主自立的主体性,这是作者对在现代化进程中苦苦挣扎着的乡村底层的一种理想期待。"女性在乡村感受到的是恶劣的性别语境和生存环境,因而城市对于她们而言意味着摆脱这种穷困的'天堂'。但是,当她们真正到了'天堂',才发现这个天堂仍然是压抑的。"[①]

贫穷很可怕,但在物质诱惑下丢弃做人的基本准则更加可怕。乡村建设和乡村振兴不仅仅是对物质财富的追求,更需要对传统的人性美、道德美做好自己的选择和坚守,这才是麦叶在遥望之中一直坚守的内在精神力量,也是作者对现代化中的乡村的一种寄语。

麦叶凭借自己的人性坚守,得到了耿田的钟爱,也使得耿田这样虽然品行不是很端正但却不失正义感的乡村男性在面对黑恶势力的威胁和欺压时能够挺身而出。而与麦叶不同的是,麦穗禁不住物质的诱惑和黑恶势力的威胁而妥协,成为在村子里善于制造谣言并以此为快的人,麦苗更是把目光只盯住了金钱而无视道德和正义。更为可悲的是麦叶的丈夫桂生听信谣言、心存狐疑,贪婪而又愚昧,对麦叶和耿田施加暴力,泯失了善恶的价值判断,导致自己家庭破裂,身陷囹圄,迷失了自我,也毁掉了乡村的希望。作者给世人带来的启发是令人伤痛的深思。

遥望,成为当下乡村人的一种复杂心理状态,也成为乡村建设中价值选择的一种状态。遥望传递的是乡村对自身当下处境的一种忧虑和疑虑,是心灵深处的一种精神自信的模糊和遮蔽。乡村需要走出这种遥望的模糊和遮蔽,走出狭隘的物质价值观,重塑乡村精神世界的自信和自豪。走出贫穷需要善的人性作为底线,坚守乡村自身独立的主体性,守护乡村人性之善,才能在乡村自身基础上找到突围的真正路径。

---

① 钟毅:《乡村女性与乡村的生存困境——以曹军庆的小说为例》,《社会科学动态》2019年第7期。

第九章 乡村人性裂变与精神伤痛

进入新世纪,乡村叙事继承了新时期反思文学的传统,在物质现代化高度发展背景下对乡村精神世界进行观照和批评。新的乡村叙事在观照社会转型期人性复杂性方面,形成了一些久读不厌的佳作,韩少功的系列作品、张炜的《古船》、莫言的《红高粱》等,都已经深入到人性的深处,在对乡村内心的善与恶、道德与权力角逐的关系书写中,传递出作家对乡村精神世界高度关注的社会责任和文学关怀。

当然,新时期乡村叙事对乡村精神世界的批评主要关注乡村在经历过荒诞岁月后发生的人性变化,从单纯地响应社会动员到对社会动员的投机、怀疑、伤感和疏离,流露出的是文学对乡村心灵所受伤害的同情和问候,批判的视角主要指向政治、社会因素,而没有深刻地对长期形成的乡村自身内心世界的复杂性进行批评。

到了新世纪,乡村叙事在对乡村生产环境、生活状态进行书写的同时,更加深入到乡村心灵深处进行观照和思考,用乡村个体对待来自外界的各种价值诱惑而发生的多样性故事来揭示乡村内心的复杂和多变,特别是在对乡村走向城市过程中表现出来的反叛传统伦理价值、人性裂变等精神状态,进行了深刻的描写和批判。

新世纪乡村叙事的一个突出主题是,对乡村人性裂变和精神伤痛的书写,以此引导乡村在正确面对物质社会发展与精神世界建设的关系,引导乡村保持自身的传统精神价值并以正确的人生态度走向社会现代化。许春樵的《麦子》、王十月的《人罪》、陈应松的《天平狗》《无鼠之家》,等等,都在把文学的目光聚焦到乡村内心世界,深入到人物心灵深处,对乡村人性进行深刻的批评,发挥文学对乡村心灵拯救的功能。例如,陈应松"在展现人类所面临的困境中,探讨人与内心、人与人、人与世界之间的关系。从而,找到回归内心的善良这条人类自身的救赎之路。"①

---

① 冯士乐:《追寻苦难与死亡背后的救赎之路——评陈应松小说〈马嘶岭血案〉〈太平狗〉〈松鸭为什么鸣叫〉》,《语文学刊》2010 年第 5 期。

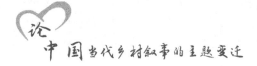

第一节　无法终结的赎罪

——谈王十月的《人罪》

王十月的中篇《人罪》，围绕小商贩陈责我刺杀城管而被判处死刑的事件，揭示了造成陈责我悲剧命运的多重原因，以及与之相关的各色人物的复杂心理，引发读者对乡村底层生命个体生存困境的思考，启发世人进行深刻的自我解剖，反省在物质主义诱导下人性的丑陋和现代人精神价值的褪色，寄托着对乡村个体生存命运以精神的观照和灵魂的拷问。

一、有罪源于人性之恶

《人罪》中有两个陈责我，一个是农民小商贩，一个是国家法官，两个陈责我的命运实际是源于一个陈责我，在高考直接决定人生命运的时代，陈责我考上大学，被他人以狸猫换太子方式冒名顶替，陈责我自己却不得不回到农村继续做一名贫穷的农民，而顶替者却成为一名法官陈责我。二十年后，农民陈责我因为遭受城管的处罚和羞辱，一怒之下误杀了一名城管，而法官陈责我却成为罪犯陈责我的主审法官。

人生中的一件荒诞事情，引起了众多人的关注和心理波动。法官陈责我因为冒名顶替而长期处于担心恐惧的心理阴影之中，内心滋生出一种赎罪的不安和自我谴责。而当年主谋此事的老师陈庚银正是后来的法官陈责我的舅舅，在农民陈责我杀害城管人员案件出来之后，也同样陷入不安和惊恐中，唯恐东窗事发毁了自己一世英名，在农民陈责我刺杀城管案件发生之后不停地打探有关案件的情况，试图寻找各种方法消除负面影响，以求稳定事态发展，减轻法官陈责我的政治风险和自己的罪责。

法官陈责我的妻子杜梅作为一个新闻媒体的人员，从同情弱者的角度寻找新闻点，对刺杀城管事件进行全程跟踪报道，意图提高新闻的社会关注度和影响力。但当其知晓事情背后的历史真相之后，则在亲情和正义之间的矛盾中伤痛着，纠结着，公正与私心的对立使她难以自我平静，最后在伤痛和赎罪交织而成的复杂情感促使下，离开自己的工作岗位和真心喜爱多年的丈夫陈责我。作为嫌疑人的代理律师韦工之更是多方斡旋，为当事人寻找减轻刑罚的理由，也在钻营法律的空隙为法官陈责我摆脱困扰和风险。

最终的结局是，因为一个偶然的误杀事件的发生，陈责我受到从严从重执法的波及而被判处死刑，这一结局既超出了众人的意料，又却都在众人的心理期待之中,法官陈责我避开了风险,韦工之提高了业界的名声和地位,可谓皆大欢喜,各有所得,良心在顺理成章的程序和各有所得的欣慰下变得缥缈模糊。对法官陈责我来说更是福祸兼备,而对小商贩陈责我来说人生悲剧进入了终结。

小商贩陈责我是一个有罪之人,法律给予了定论和惩处。但是,真正的罪恶并不来自这个陈责我,而是来自那些与他密切相关或者毫无关系的人。人之罪来源于众人有罪,众人之罪是罪恶的根源,而众人的罪恶则又源于人性之恶,众人之罪却很难被判定有罪。

首先,当年的校长陈庚银是狸猫换太子的始作俑者,更是直接操刀者,严格地说,是陈庚银直接操纵着两个陈责我的命运,也是这位校长直接把权力化作了罪恶的魔棒。作为一位人类灵魂工程师的社会名人,把自己亲手培养起来的一个梦想走出乡村的青年从理想的云端推回到贫穷的黄土地,割断了陈责我的人生理想之线,不得不说他才是罪恶之源。作为法官的陈责我借助了舅舅的权力成为一名大学生,改变了自己的人生轨迹,获取了理想的工作、温馨的家庭和幸福的人生,虽然不是心安理得地生活和工作,但也还是窃取了优厚的社会待遇,不是罪恶之源却是罪恶背后的受益者。韦工之作为犯罪嫌疑人的代理律师,理应在查明真相之后为弱者申诉,还原事情真相,给世人一个正义的答案,但是,作为维护法律尊严、辨明是非、守护真理的律师,韦工之却在处处盘算着与媒体、与法官建立一种利益关系,以求获取更多的权力资源和社会公共资源。作为与陈责我相关的他们,都是罪恶的根源或者促成者,灵魂的批判应该指向他们。

孔子早就劝解世人:"志士仁人,无求生以害仁,有杀身以成仁。"①不贪图虚名私利,就不会作奸犯科,心中无恶,就不会滥用权力资源;心存仁爱,言行自然会趋于善良。儒家对知识分子的人生追求主要倡导修身养德,光洁品质,成就高尚的人格。孔子倡导的是士人要成为心中存礼的君子,成为世人尊重的人;孟子认为人心中一直是有仁义的,需要发扬光大,荀子也认为"好法而行,士也;笃志而体,君子也;齐名而不竭,圣人也。"②荀子认为,要想成为品德高尚受人尊敬的人,一定要遵守礼法制度,并把这种对礼法制度的尊重感情严格地落实到具体的语言行动之中,这样才能成为君子式的人;至于成为圣人,更需要站在至高的精神价值高度,洞悉人生的真实意义,淡泊名利、忘却世俗利益纷争,心中坚定自己的价值认知和处世原则,一直坚守不懈。那为什么世人难以做到这些

---

① 杨伯峻:《论语译注》,北京:中华书局,2017年版,第184页。
② 王天海注释:《荀子》,长春:长春出版社,2011年版,第26页。

呢？荀子认为，"人之性恶，其善者，伪也""今人之性，生而有好利"①，人性本身就是充满恶的，本性就喜好名利和视听之乐的不良品质，如果不加以礼仪仁爱的规劝，就会纵容恶性发展，个体人就会"目好色，耳好听，口好味，心好利，骨体肤理好愉佚"，私欲横流，伤害公德；而整个社会的风气也一定变得很坏，"强者害弱而夺之，众者暴寡而哗之，天下悖乱而相亡。"②

当然，儒家的另一个代表人物孟子则主张人的本性是善的，孟子认为"人性之善也，犹水之就下也。人无有不善，水无有不下。""恻隐之心，人皆有之；羞恶之心，人皆有之；恭敬之心，人皆有之；是非之心，人皆有之。"③孟子认为，人的是非善恶的表现是源于人心本来就有善，善在心中，能够辨别是非曲直和美丑高低。为什么有些人变成恶人了，那是后天因素、外在的因素诱导的。

其实，孟子的性善论和荀子的性恶论，都是对人的本性做了一个基本的假设，目的是从这些假设的价值基点出发，阐述做人的基本道德要求，其价值都指向了养成仁爱礼义的高尚品质，成就君子风范。孟子和荀子都针对现实生活中个人表现出来的争夺名利、追逐庸俗、害民乱邦行为来进行德性批判和教育，只是假设的价值起点不同。但不论本性是善还是本性为恶，走向现实的人表现出来的则是私欲突出、遮蔽善念的言行，心中一定存在不顾伦理道德而争夺名利的恶性，这可以作为解释犯罪者人性根源的理论依据。

当人失去做人的价值和尊严的时候，名利占据灵魂的主要地位，那必将走向罪恶。有罪之人能够无罪而体面地活着，受难之人却悲屈而亡，罪恶之源恰恰就在于众人心灵深处有罪，人的心灵深处有恶念。

二、赎罪：灵魂的洗礼还是功利的守卫

作为与小商贩陈责我刺杀城管事件相关联的人们，他们的心中也许潜藏着一定的赎罪欲念，行为上表现出一定的自我反省和自我责备。法官陈责我就一直有着一种赎罪的心理，舅舅陈庚银也是不时地想到自己需要反省追悔，而杜梅在知晓事情真相之后深深责备自己，为自己的丈夫曾经的过错而心存犯罪之感。赎罪，成为他们对待此宗事件共同的"行为"表现，也成为他们向世人表明态度的一种价值表现。

但是，这种赎罪是真诚的还是虚假的？这需要透过人物语言和行为的表层探寻内在潜隐的真实心理。

---

① 王天海注释：《荀子》，长春：长春出版社，2011年版，第246页。
② 王天海注释：《荀子》，长春：长春出版社，2011年版，第254页。
③ 乌恩溥注释：《孟子》，长春：长春出版社，2011年版，第167-168页。

乡村人性裂变与精神伤痛 第九章

陈庚银是一个德高望重、知书达理的人民教师。这种光环本应该与良知紧密结合起来,让其成为一个真正的君子。然而,正是他制造了冒名顶替的荒诞事件,导致两个年轻人的命运发生了逆转。陈庚银动用的是依附于校长职位的公共权力资源,来为自己的外甥窃取上大学的公共名利,这种窃用公共权力资源盗取公共名利满足个人私欲的行为,对于一位备受世人尊重的人民教师来说是不齿的。当然,如果陈庚银能够知错必改、真心赎罪,也是可以受到社会的谅解的。

但是,这位桃李满天下、声名远扬的校长却在陈责我刺杀城管之后,因为害怕东窗事发而波及自己,四处探听消息,隐瞒事实真相,意图维护自身的名誉和地位。不仅没有反省自己,反而试图动用自己的社会关系给小商贩陈责我的儿子一笔奖学金,从而产生一种心理上的自我解脱:"虽然他们当初有错在先,但现在这样补救,也算是仁至义尽了。"在他的灵魂深处,对"仁义"的理解已经从中国传统的道德修养境界降低到物质的交易。运用占有的权力资源和社会资源遮掩自己内心的自私和猥琐,这样的赎罪不是灵魂的洗礼而是自我功利的守卫。陈庚银采取的补救措施是继续"堵漏",用物质作为代价构筑维护自心恶念的防护墙。在陈庚银看来,给一笔钱作为补偿也是一种赎罪。其实,这种带有唯物质主义价值观念的赎罪方法,在现实生活中还是占据了很大的市场的。现实生活中很多案件的解决办法也是采纳了这种以金钱来补偿生命、精神和良知的交换,金钱和物质被赋予了更多不属于自己的价值功能,助长了社会错误价值观念对赎罪和良知的误导。陈庚银就是在这种误导之中从善走向恶的。

法官陈责我从读大学到参加工作,都一直生活在阴暗的心理之中,一直在担心这桩事件的真相会在哪一天暴露出来,更担心自己的前途受到影响。特别是在真正的陈责我刺杀城管事件发生之后,他并没有放下心理包袱,挺身救人,而是继续寻找掩盖历史事实的方法,最后导致小商贩陈责我被重判死刑。作品在描写他的反应时,突出了他内心深处复杂的心理变化:"我不入地狱谁入地狱。难得糊涂。仁至义尽"这三个逻辑混乱的词句在他的心里反复占据主要地位,使他心理变得极其复杂,也真实地折射出法官陈责我内心裂变的人格和复杂的人性,试图还原事情真相而挺身"入地狱"的良心在他心中短暂地显现,但很快又被"难得糊涂"的官场哲学所掩盖,退隐了内心的良知之后很快转向意图以手中之权为小商贩减刑而换取自己内心的自我安慰,传统美德"仁至义尽"却成为权力者自我辩解的道德律条。法官陈责我的忏悔和赎罪不是为了表达对小商贩陈责我的人格尊重,更不是为了救赎自己曾经犯过的罪行,而是为了在心理上求得平安无事的自我慰藉。这种带有鲜明官场哲学色彩的重名利、轻道德的价值观念,在现实生活中成为很多人自我标榜的一种庸俗理论。在这种庸

俗的理论支撑下，人性的善恶和现实中的是非观念已经完全分离，判断现实是非的价值观念已经从善恶的高度降至利益等值的衡量，这也恰恰形成了法官陈责我内心深处的罪恶理念的延伸。

记者杜梅的忏悔是一种带有真诚感的自我批判和对弱势者同情理解的忏悔，他也为丈夫的虚荣和自私而伤心，更为自己不能伸张正义而悔恨自责，在伤痛难以自解的心理作用下，远离了丈夫，丢弃了冠冕堂皇的新闻工作。她内心深处潜隐着难以诉说的伤痛和犯罪之感，这一点毋庸置疑。但是，杜梅对待小商贩陈责我的悲悯背后实际也隐藏着一种自私和胆怯，心理深处有着对小商贩陈责我只是同情而不救助的障碍，因为她所做的一切都是在为丈夫摆脱缠绕、降低风险，心灵深处的正义感被外在的犹豫言行所取代，当陈责我被判处死刑一切都成为过去的时候，她只能以一种心理自责来忏悔，却无法挽救陈责我的命运，本能的忏悔与现实的自私狭隘交织在她的心中，终于也只能"无法再在这座城市待下去"，而逃离这座城市，这种逃离其实只是一种对道德和良知的逃离。

文学中的很多赎罪者大都呈现出相似的心理态度："面对恶行，小说中的人物却小心翼翼回避着、遮掩着、辩护着，甚至以遗忘、篡改、否认的姿态对待。"① 这样的赎罪其实只是一种别有用意的表演，难以达到真正赎罪、净化灵魂的效果。赎罪需要敢于舍弃自己，赎罪需要放弃自私和世俗名利，需要唤醒真诚的人性关爱，需要公平正义，更加需要道德良知的觉醒，但是，与小商贩陈责我相关联的几个人物，多数都是社会的权力者，理应成为社会正义的宣扬者和守卫者，然而，他们却都是站在不同角度和立场来寻找躲避、逃脱责任的办法，没有真诚的道义之情和正义之感。正如孔子所说："小人之过也必文。"②

三、无法终结的赎罪

赎罪，需要人性内在的自觉和灵魂深处的正义驱动，需要用良知来促成，更需要能够经得住社会集体共同监督和评价。赎罪作为一种情操的构建形式，需要从心灵深处放弃已经获得或者可能获得的利益和功名，这种自我精神境界的构建和自我利益的放弃，是需要灵魂的斗争和良知的洗礼的。

《人罪》启发我们，造成农民陈责我人生悲剧的众多公共权力角色不仅没能真正认识到自身的罪恶，而且把赎罪的过程演变为寻找解脱罪恶理由和路径的投机钻营行为。因为没有从灵魂深处自我醒悟，所以无法在外在行为上表现出

---

① 沈杏培：《〈认罪书〉：人性恶的探寻之旅》，《文学评论》2015年第5期。
② 杨伯峻：《论语译注》，北京：中华书局，2017年版，第226页。

乡村人性裂变与精神伤痛 第九章

良知的觉醒和仁爱之心的显现,赎罪的过程就转化成了罪恶继续蔓延的过程。名利、地位、权力、社会资源,成为赎罪者关注和忧虑的焦点,从而促使他们走向了罪恶不断延续的怪圈,这就使得所谓的赎罪发生了方向性的逆转,而新的罪恶恰恰在这种逆转中在不断发展和延续着。

如果从权力的角度来审视小商贩陈责我的悲剧命运,则不难发现,造成这一悲剧的社会原因在于权力的泛滥,在于权力与人性之恶的媾和,权力与人心内在欲望的共谋。权力的异化导致人性的异化,"基于主体人和人性的视角来看权力,它的异化就不仅是背离了维护公益的宗旨,从更深层次来看,它实质是人性的异化。"①权力的滥用泯灭了人性的良知,从而使赎罪成为一种自我装饰的仪式。正如文中所写,"陈庚银问法官陈责我要不要他帮忙,说他还是有很多关系可以动用的,他儿子的关系,还有他那些弟子的关系。"如果权力关系、社会公共资源被一部分失去良知的人所操纵的话,那么,底层的命运就只能陷入被任意摆布,社会正义将会遭受严重的破坏。如果当权者无法从道德自觉的角度来约束自己,如果社会精神价值引领出现了偏失,那么,权力还会继续与欲望勾结,罪恶将继续延伸,赎罪将永远无法终结。

另一方面,物质现代化的极速发展,使得人们在面对物质利益和社会名利时难以自控,追求现实名利成为众多人群特别是掌握社会公共资源人群共同的人生信条。在物质现代化的发展过程中需要对应的精神价值来引领、矫正人们的思想和行为,但是,传统的伦理道德观念、人生价值观却在现代化建设中常常被忽略或者淡化。

在现代化进程中,物质现代化发展处于前置状态,而精神价值的建设却显得十分滞后,精神价值的弱化和灵魂塑造的缺失,加剧了现代人对传统伦理道德的背叛,而适应现代化建设的新的人生价值理论也没有及时完成建设,从而促成了现代人的良知消退,追逐名利、自私狭隘的人性得以张扬。这在中国当代乡村叙事中不乏其例,《人生》中的高加林在乡村社会变革的阵痛中,泯灭了自己的良知,走向背叛传统婚恋道德的恶性人生;《古船》中的赵多多,是乡村改革过程中出现的恶霸,唯利是图既是他内心恶的升腾也是社会对他的错误价值启发。在唯利是图的价值导向下,人的善心只能被恶念所吞噬,良知不再成为人性的自觉。

人的德性修养价值指向的是内在的灵魂洗礼,是自我内在的崇高价值的确立和外在品质形象的塑造,这种从内在德性修养开始走向外在品质形象的完善,是需要对外在的诱惑和自我产生的私欲的一种有效控制过程,更是人的精

---

① 林乐兴:《人性理论视角下权力异化及其成因探析》,《学术交流》2015 年第 9 期。

神价值实现的过程。每个个体的这种过程得以完善,那么,集体的道德价值就能实现。但是,在一定程度上受到唯物质主义价值观念的影响,社会价值和社会文化的构建一度陷入价值错位状态,对个体的行为价值产生严重的误导,因为在人类社会活动中,社会模式对人的行为影响比较大,"人类只具备一些较少的本能"①,外在的诱惑和误导呈现出强势,人性自身的善和良知则常常处于消隐的状态。

因此,从社会价值构建的角度来说,社会制度的完善、公共道德价值的强化,对社会公平正义有着重要的作用,对个体修养德性有着强有力的引导作用。而从个人的道德修养和自我价值的实现角度来说,作为个体的人需要用良知丈量自己的行为选择和价值选择,才能成就一个人的高尚精神境界,才能促使社会公德和社会精神价值的有效提升。然而,人性常常凸显出来的是潜藏在心灵深处的恶念。人们行为中表现出来的罪恶实际是人性内在罪恶的外在显现,如果不从灵魂深处净化人性,罪恶将无法消除,赎罪难以真正实现。

真正的赎罪则需要根植于良知的自觉之上,首先要有自我认识到的罪恶感,能够从灵魂深处感受到自己具有罪恶,应该赎罪。认识到罪恶,才有可能赎罪。李泽厚认为:"社会性道德正是为了从个人内在心理树立起这一'公共理性'的公德规范,来帮助实现现代化的外在伦理、政治、制度、秩序的构建。"②是在强调个体内在的道德境界的构建对于他的外在行为价值形成起到重要的作用。农民小商贩陈责我其实是一个受害者的形象,但他对自己杀死城管人员也认识到是一种犯罪,于是,产生强烈的负罪感,他的赎罪是发自内心的,"他说谢谢我为他辩护,但是他希望能获死刑,他说一想到那被杀死的城管还那么年轻,比他儿子大不了几岁,他就觉得自己该死。"这种产生于灵魂深处的朴素的赎罪感是一种能够抗击住外在名利欲望的干扰、没有受到邪恶观念左右的真诚赎罪。相反,法官陈责我的赎罪则是虚假的,尽管他的内心处于一种善与恶的交织错杂状态,但面对外在的诱惑时会很快转向自我推脱的精神认同。农民陈责我的这种以善为根基的赎罪与法官陈责我以利为根基的赎罪形成鲜明的对比,不能不发人深思:谁是真正的罪犯?谁是真正的赎罪者?

无法终结的罪恶带来无法终结的赎罪,继续着的罪恶将会加重罪恶的现实感。恶性循环的人性存在状态,成为赎罪者难以克服的自身良知缺陷。人性内在的善和良知如果不能真正苏醒过来,在这个物质欲望强大的社会,罪恶永远难以消除,赎罪永远无法终结。

---

① [美]克拉克·威斯勒:《人与文化》,北京:商务印书馆,2010年版,第241页。
② 李泽厚:《伦理学纲要》,北京:人民日报出版社,2010年版,第112页。

第二节 被圈养的乡村

——论朱辉的《七层宝塔》

《七层宝塔》是朱辉发表在 2017 年《钟山》上的一个短篇小说,获得第七届鲁迅文学奖。小说以一位被拆迁安置的老农民唐老爹的视角,审视乡村在被植入城市之后发生的物质和精神方面的变化,揭示了现代化进程中乡村内在结构的严重失衡,以及乡村精神世界的震荡和生存环境的裂变,借此传递出作家对走向城镇化的乡村现实命运的关注和担忧:乡村在走向城镇化之后究竟遭遇了一种什么样的生存状态?能否适应现实的生存环境?乡村文明如何能够在城镇化进程中得以守护和延续?在对现代性视阈下的乡村生存状态的观照与追问之中,让读者感受到,乡村走向城市化实际是陷入了被城市圈养的生存状态。

所谓圈养,是只求其物质所在而隔断或舍弃精神所在的一种存在状态;乡村物质生活进入城市化,而自身积淀的文化环境和精神内蕴却陷入消解状态,失去了精神的根基和文化自信。圈养,其实是在一种不对等的关系中重建一种城乡秩序,城市居高临下接收了迁入的乡村,而使得乡村陷入一种失去自主价值和精神根基的漂浮状态,乡村进入城市获得的是物质空间的移植,失去的则是精神内蕴和文化环境,带来的结果是乡村主体价值和特色的严重消弭。乡村在生存空间发生变化的同时,丢失了自身的文明和传统,失去了淳朴的风俗民情,失去了乡村心灵深处的精神支柱,成为精神外逸的空荡荡的躯壳,传统乡村的气韵已经被喧嚣的物质和欲望所遮蔽,乡村如何面对未来?这成为读者不得不思考的问题,也是这篇作品给予读者的启示。

一、丢失了精神家园

家不仅是一个人物质生活所依托的空间,更是作为个体人的心灵寄托的地方。家,首先需要一种适合的物质环境来承载基本的生存需求,但是,在更多意义上来说,家不仅仅是一个物质空间的存在,物质财富的多少也不是衡量幸福指数高低的决定性条件。家的价值指向的是一种适宜,是一种精神和心灵的适宜,适宜才是一种本真存在状态,不适宜的空间无论多么优越都无法带来精神和心灵的熨帖,因此,家需要精神和灵魂的扎根,需要随时都能感受到精神的适宜和慰藉。

唐老爹离开乡村,看到的老宅子是"全平了,地似乎矮了下去。光溜溜的大地,已经被大路小道画成了格子",乡村走入城市之后,家园丢失了,"家具体在

哪里,他找不到,也看不见。"费孝通认为:乡村人的家是建立在乡味很浓的土地之上的,"直接靠农业来谋生的人是粘着在土地上的"①,从传统意义上来说,离开土地很难说还有家的存在。中国的乡村是一个根深蒂固的乡土社会,几千年的农耕文明在此扎根发芽,浓郁的乡土情感已融入乡村的血液之中。对于乡土的敬重、亲近,早已转化为乡村人对家的一种情怀。因此,当乡村被拆除、被移植进入城市空间之后,离开了多年赖以生存的乡土世界,意味着家的物质空间失去了,随之失去的是在这个物质空间内部潜存的精神根基。家在哪里已经成为走入城市的乡村人内在伤痛式的自叹与呼唤。

物质空间的转换也许并不会影响乡村的基本生活和生存,相反,在物质现代化的环境下,乡村的物质生活也许会随着空间的转换而走向更好,但是,空间的存在与精神世界的持续发展是紧密相关的,物质空间发生了变化,精神世界也将随之而变化。从宏观上来说,当在短暂的时间之内把乡村转变为城市之后,作为一个整体性的乡土社会结构,其内在的文明和文化也同样失去了存在的根基。物质是可以搬迁与复制的,但是长期形成的乡村文明却难以复制,这就意味着乡村在走进城市之始就开始了灵魂的断根。在把城镇化误读为城市化的社会急转型期间,对乡村现代性的设定往往是以物质生活水平的提升为主要标准的,城市对乡村文明如何接受、社会对乡村文明如何维系与延续,都没有做好精心地设计和准备。断根式的移植使得乡村在走向城市过程中成为无土的蔬菜、囚系的笼鸟,保持乡村原色的家已经淡化为一种记忆存放在城市的外围。

在对家乡的记忆中,故乡是一个值得回味的精神家园,如果故乡的文化结构在社会发展转型过程中出现了断裂,那么,在乡村情感上将形成心理恐惧。正如刘震云所说:"从作家的情感与故乡的联系来考察的话,那么这个故乡就不是完整的了,情感的好恶,对故乡的反叛或者依恋,都是和故乡中某些具体的东西相联系。"②找不到家的具体存在,家就只剩下了概念上的表达,这就带来了乡村人进城之后严重的心理失落。无论是物质生活之家,还是精神意义之家,都在现代化进程中遭遇摧折和消解。虽然乡村在走向城市、走向现代化之后,心灵深处还是保留着对家的回味与期盼,但是,走向城市之后的乡村人已经难以找回家的存在和温馨幸福了。

生活在无根之家的城市乡村人实际已经陷入了被圈养的体面而悲凉的境地,进入城市之后的家已经被物化为一种生活的笼子,进入城市之后的乡村人

---

① 费孝通:《乡土中国》,上海:上海人民出版社,2013年版,第7页。
② 刘震云:《整体的故乡与故乡的具体》,《文艺争鸣》1992年第1期。

正是被圈养在这个笼子之中,"这样,他们就成为在城市和乡村之间游离的孤独群体。"①正如唐老爹所见到的:"他自己一下子都说不清,他想看到的是什么。'家徒四壁',头脑里突然冒出个词。""家徒四壁"正是一种苍白的物质写照,也同样成为乡村被城市圈养的隐喻性表达。找回自己的家园,已经成为文学视域中的乡村人在走向城市之后的一种心理期待。

家其实就是一个心灵的栖息之所,是一个人长期以来认同的精神归宿地。物质形式的家只是一个没有生命和活力的外壳,更多的则是需要能够给人带来心性愉快,能够让人感觉到个体生命历程的延续轨迹和集体性家族变迁传承的历史过程,乡村正是在对这种个人生命历程延续轨迹和家族变迁发展历史的回忆、体悟过程中才感受到生存的温馨和舒畅,这才是家的意义所在。而唐老爹进入城市之后找不到一点舒心和愉快,连练字的兴趣也找不到了,何谈家的温馨和愉快?乡村进入城市之后,家园消失了。

家的概念不只是指向一个一个的小家庭这样的社会组织单元结构,更多的指向整个乡村的大家庭和大家园。从文学对乡村进城这一现代化社会现象的观照来看,当代乡村叙事中,很多作品涉及乡村如何走向城市的思考和担忧,从路遥的《人生》中高加林走向城市失败的教训,到刘庆邦的《到城里去》中的宋家银一心要走向城市的坚定决心,以及贾平凹的《高兴》中的刘高兴一直认为城市有自己的影子,自己的一半应该在城市,这些故事背后都隐含着作家对乡村人走向城市的一种命运和生活现实的担忧,乡村人是否真正做好了走向城市的准备,物质空间的迁移过程中是否同时进行了精神世界的转移?

二、散去了乡村风韵

在乡村被迁入或者改换成为城市之后,乡风民俗如何迁移?又如何传承接续?乡村风韵何在?《七层宝塔》隐含着这些追问。在对这些问题的思考过程之中,我们从作品中可以感受到,乡村在走向城市之后,丢失了最重要的乡村味道,那就是乡村风韵。

当现代化以一种急进而模式化的方式改变了乡村存在的形式时,乡村将会丢失唯一属于自己的风韵习俗,这恰恰是乡村内在的精神损失,而乡村风韵则是乡村千百年来一直延续着的内在精神特质。进一步分析,这些特有的乡村风韵的形成离不开特有的自然环境,因为这些乡村风韵习俗是在特定区域和特定环境下生成的,这种生成带有鲜明的自然性,"生成是自己的生成,阴阳、五行的

---

① 王龙洋:《论城市化背景下乡土文学的转向》,《中国现代文学研究丛刊》2016年第9期。

相互作用就是生成的基本体制,而不是由自然之外的主宰者的创造或外来推动力一下子造成的东西。"①离开了这种特定区域和特定环境,乡村风韵则只能成为飘荡在乡村上空的孤魂,城市则无法给它们塑造接续的空间。

生在农村、活在农村的乡村人,无论走到哪里心中都有一种难以割舍的乡土情结,更是留恋于乡村日常生活中的乡风民俗,这些构成了乡村内在的精神文化,成为乡村人铭记于心的精神食粮。而且,乡风民俗也成为维系乡村秩序的一种"规矩",或者说是软法,"规矩是'习'出来的礼俗,从俗即是从心。"②

乡村和城市是两个不同的生活空间,也在长期发展过程中形成了不同的文化结构和文化心理。乡村在走向城市的过程中,文化的迁移需要忠实的乡村风俗泥土作为生存的基础。

但是,进入城市之后的乡村人,面对的是什么样的风俗人情呢?这在《七层宝塔》中有着沉重的诉说。

"唐老爹以前,每天的事排得满满的。种菜、读读三国西游、写写字、接待乡邻,再出去转转拉呱拉呱,一天不闲着。现在客厅倒还是有一个的,进了防盗门就是,刚搬来时还有老邻居来串门,现在基本没有了。大概大家感觉差不多,那防盗门像个牢门,串门有点像探监。"

亲近自然,人与人之间自由来往,这才是乡村风俗。在淳朴的乡村中,人与自然亲密相处,人与人之间友好和谐,这是传统的乡村生活方式,充满着自由、快乐和愉悦。"中国人思维的重心是人与自然、人与社会、人与自我之间的关系,注重享受当下的人生。"③这种民族的思维特点或者说是一种民族情感,在乡村生活中表现得尤为突出。维系乡村生活和社会结构稳定的一个重要因素就是人与人之间的这种不可分离的紧密关系。然而,当乡村进入城市之后,人与自然、人与人之间的关系被割裂了,人与乡土自然的联系也被隔绝了,感情疏远了,人情变淡了。人与人之间的关系由原来在乡村的那种融洽、温暖和淳厚质朴变成了自私、狭隘,甚至互相攻击伤害。传统的那种田园式的乡土生活,不再被城市接受,一些接受了城市文化转变为城市新人的乡村人也断然拒绝了传统的乡村风俗民情。唐二虎药死唐老爹养殖的鸡也暗含了一种隐喻,那就是意图与传统的乡村文明决然割断,进而转入城市文明秩序。

城市与乡村是两个不同的生存场域,有着不同的生活价值观和生活方式,

---

① 陈来:《中华文明的核心价值》,北京:生活・读书・新知三联书店,2015年版,第22页。

② 费孝通:《乡土中国》,上海:上海人民出版社,2013年版,第10页。

③ 王德军:《中国现代化进程中的人与文化》,北京:人民出版社,2007年版,第197页。

它们之间无法进行文化嫁接和灵魂的扣合,因此,生活在乡村场域中的乡村人很难适应城市的生活规则。当一定要把乡村移植到城市的时候,乡村便需要遵循城市的规则,难以移植自身的文化风俗,也难以在城市生长出新的乡村风俗。风俗变迁会给乡村人带来精神上的困惑和心灵的不安。因此,走进城市的乡村实际就是进入了一个无形的笼子,人和心灵都被圈养起来,丢弃了乡村本身特有的韵味。

圈养是一种在物质满足基础上的精神虚无漂浮状态,或者是精神价值自行消解的状态。圈养让乡村变成了想象中的海市蜃楼,只有模糊的记忆,却很难找到乡村的灵魂。乡村即使试图在城市中恢复乡村风俗习惯和人情世故,但维系乡村文明存在和发展的条件早已不再具备,这种愿望只是茫然。

三、动摇了精神的支柱

"七层宝塔"是唐老爹心灵中的乡情象征,也是乡村精神支柱的象征。这种带有一定宗教意义的象征体,一直是唐老爹心灵深处的一种精神寄托,有了这种精神寄托,乡村内心世界就会坚定自信、充满希望。因此,七层宝塔给唐老爹这样的乡村人带来了精神上的支撑和情感凝聚。

但是,在唐老爹们从乡村走向城市之后,这种根植于心灵深处的精神支柱却遭遇了动摇。唐老爹住在城市的套房中很不适应,无聊之际总会向远处看一眼宝塔:"出了小区,一抬头,远处的宝塔遥遥在望。不要动脑子,他的脚自然地就朝那边去了。这时他才清楚,他在窗户前找的就是那座塔。看见宝塔,他才觉得安心。""遥望"隐喻着对乡村的一种心灵向往,安心隐喻着乡村内在精神给乡村人带来了灵魂的慰藉。只是这种精神的支柱早已动摇,实在难以真实地呈现在乡村人的眼前了。

乡村走向城市过程中更多关注着物质的迁移,而忽视了乡村文化内在的精神财富的迁移,甚至在这种迁移过程中,有人随意毁坏了那些能够代表乡村精神支柱的东西。人类文明向前发展过程需要对传统的文化进行继承和发扬,只有继承和发扬了乡村的文化传统,乡村的社会结构才能稳定,否则,会给乡村带来精神的失落和伤痛。

在走向城镇化的过程中,生存及生活的空间发生了转移,但内心的精神支撑难以随之转移。当然,唐老爹心中的宝塔还在。虽然"现代性的强劲冲击,必然给乡村世界造成诸种难以承载的精神隐痛。"①乡村的老房子被拆除,代之以新的空荡荡的住房,但是宝塔还在。宝塔在就是精神在,就是人的心还在,就是

---

① 王春林:《当下乡村世界的精神列传:论〈陌上〉》,《小说评论》2017年第4期。

乡村的精神支柱还在。然而,虽然宝塔还在,但随着乡村逐步解体,那只是一个躯壳,"暮鼓晨钟消失了",宝塔上的铃声没有了,宝塔便失去了灵魂,宝塔成为一座孤零零的空壳摆设,成了苍白乏力的乡村符号记忆,已经无法给乡村人带来洗涤灵魂的美妙声音。由此,我们不可否定,现代性构建过程中忽视更多的是乡村内在的精神记忆。"现代性作为历史前进的必然趋势,乡村被拖拽着前行,倒退往往要承受更大的压力。"①当一切都在追求物质享受和感官刺激的时候,传统的伦理道德、心灵敬畏、精神崇拜都可能被忽视或毁坏,这成为乡村精神世界在现代性面前最屈辱的伤痛。

不仅仅是宝塔失去了铃声,失去了灵魂,就连日常生活中的精神符号也被淡化,唐老爹感慨道:"家神柜上烛台香炉也照原样摆,可客厅到处都是门,只能摆在朝北的房间里,不成体统。"乡村血液之中潜在的尊祖敬神、感恩自然的精神寄托已经无法在现代性中被重塑,乡村心理深处的敬畏感和神圣感消失了,只留下冰冷的现代化物质。

精神支柱是一个民族生存发展的重要力量,在乡村,精神支柱是乡村能够成为一个整体的强大内在定力,一旦失去这种支柱和内在定力,乡村将颓然乏力,内在的伦理结构和秩序也将遭遇破坏。这实际就是城市对乡村进行圈养带来的最大悲哀。"这就造成了他们的'身首分离',欲望的身体在城市挣扎,而精神的灵魂在城市上空飘荡。"②

失去精神支柱的乡村人,开始转向对物质的极端追求,享受着唯物质主义的精神追求。这是一种精神价值的裂变。由于失去了赖以成为乡村的外在和内在的生存环境,所以乡村走向城市之后,就会被异质的文化和生活方式所溶解。接受城市的文化,必然要丢弃乡村的文明。所以,在乡村人居住的小区内,传统的辈分观念遭遇了漠视,串门拉呱的乡村日常遭遇了城市空间的隔离,乡情亲近被自私狭隘所取代,乡亲邻里的友情纽带松弛了。这些变化,正是乡村进入城市之后的一种退化和变异。令人敬仰乡村的精神支柱还能否再树起来?"小说提醒我们,在现代化的进程中,像唐老爹这样的乡土中国的灵魂人物应不应该倒下?"③

---

① 钟毅:《乡村女性与乡村的生存困境——以曹军庆的小说为例》,《社会科学动态》2019年第7期。
② 贺绍俊:《建设性姿态下的精神重建》,北京:作家出版社,2012年版,第197页。
③ 毕光明:《现代化进程下的乡村文明观照——评朱辉的〈七层宝塔〉》,《名作欣赏》2019年第2期。

四、变异了人性

乡村进入城市之后,"人们的价值观念和伦理道德遭受空前冲击,广大乡村社会伦理道德呈现某种脱序状态","人与人之间的伦理亲情关系越来越疏远和淡化,甚至在一定程度上金钱利益取代了人伦亲情。"① 原来以宗族亲情维系的人与人的情感变淡了,人性自身也发生了变异。

因为圈养,所以会有隔膜,因为圈养,所以会失去灵魂,因为圈养,所以人性会发生裂变。从乡村、城市与外界的社会关系来看,乡村是与外在联系相对封闭的一个社群,而城市则是一个人际关系松散、相对开放的群体。而如果从乡村、城市的内在结构来看,乡村是一个内在亲情相对紧密的家族式社群,人与人之间的关系呈现为明显的血缘和伦理秩序,城市内部却是互相疏离隔膜的。因此,乡村是靠血缘和伦理来维系的,而城市是靠规则来维系的。血缘和伦理更显温情,规则则突出了利益关联。

唐老爹在自己的院子里,养了几只鸡,却被住在楼上的同族晚辈给毒死了;在园子里种上菜,却招来小区住户的反对,即使是门前的树木长高了一些也会被他人指责和投诉。冰冷的物业规则和利益关系,使得走入城市的乡村失去了温度,陷入冰冷的人情世故之中。正如小说所写的:"现在这里虽然叫新村,但可真不是村了,容不下鸡了。"生活在一起的乡村人,连鸡都不能容下了,这样的人性变异实在是可怕的。

乡村已去,身在城市的乡村人,内心十分怀念乡村生活。鸡,其实是一个隐喻,是一个象征性的符号,是乡村中自然文明的隐喻,菜也可以理解为田园的象征,花草树木是乡村文明最朴素的符号,它们都是源于自然的意象符号,共同成为乡村的特殊标志。但是,在乡村进入城市之后则失去了赖以存在的自然空间,"都市空间与乡土空间最为重要的差异在于,乡土空间是自然的空间,而都市空间却是人工的空间。"② 古代诗人描绘的乡村田园生活总会少不了自然的存在和雅趣,"狗吠深巷中,鸡鸣桑树颠"是一幅充满温馨、恬淡自然的乡村生活画卷,"故人具鸡黍,邀我至田家"的悠闲情趣和情谊也主要是源于这种自然恬淡之美。但是,这些源于自然的符号在乡村走向城市的过程中被无情地丢弃。唐二虎这样走向城市的乡村人却不愿意再维系这种传统的文化方式,这成为乡村进城过程中的一种让人十分堪忧的人性变异现象。

进入城市的乡村,最根本的变化在于对物质财富的极端追求,以及对现代

---

① 谷显明:《农耕文明裂变下的乡村伦理叙事》,《中国文学研究》2016年第2期。
② 王龙洋:《论城市化背景下乡土文学的转向》,《中国现代文学研究丛刊》2016年第9期。

化生活的盲目幻想,而这两者则会加深乡村人性的裂变和人情的隔膜。因为,乡村长期以来一直生活在贫穷之中,一旦进入城市,对物质财富的羡慕和对物质生活追求的欲望就会迅速膨胀,甚至会失去理性。在这种对物质的非理性追求之中,忘却的将会是乡村原有的伦理道德和价值观念。原有的伦理化的价值观念将会被物质化的价值观念所取代,衡量人与人之间关系的尺度也由原来的良知道义转换为物质利益轻重。

更为严重的是,乡村人进城之后,人与人之间的感情隔阂逐渐变得严重。那些传统的耕读传家、躬耕垄亩的乡风,和睦关爱、血脉相连的伦理情感,在进入城市之后都遭遇了消解。乡村传统的集体性劳动也会因为土地的失去而退出,亲情诉说也因圈养式的生活而逐渐减少,隔膜代替了情谊,封闭代替了交流。心灵深处唯一钟情的是物质和金钱,唯物质主义的价值观念被走进城市之后的乡村人所接受,贪图物质享受,无法再顾及亲情、邻里之情。友谊被撕裂成为各个独立封闭的空间,宗族亲情甚至生命安全都被物质利益所蔑视。唐二虎卖炮仗,竟然把炮仗存放在二楼的自己房间中,留下严重的安全隐患。这种唯利是图不顾他人生命安全的做法折射出来的就是进入城市的乡村人价值观念的蜕变和传统精神支柱的动摇。

当然,如果是靠正当经营获取物质利益无可厚非,然而,令人心痛的是唐二虎他们竟然把代表着乡村精神支柱的宝音塔的八个铃铛全部摘走了,代表着乡村精神支柱的宝塔铃铛被无情摘除,变成了物质化的金钱。唐老爹心中伤痛的是:"上面原来写的是:度一切苦厄。现在影壁碎了、散了,看见的只是'度、苦、厂'三个字。"七层宝塔是乡村人的宗族信仰和精神寄托,是乡村心灵深处的神性向往,而今却都在乡村走向城市的过程中遭到了丢弃,这就预示着乡村内在的精神支柱将会倒下来。唐二虎他们摘取的不仅仅是宝塔铃铛,那是他们自己的生存之根,他们是在掘断自己的精神支柱、人性之根。

《七层宝塔》观照的是走进城市的乡村内在的结构变化,以及乡村精神价值和伦理观念的裂变,用写实的手法对乡村在现代化进程中的变异进行深刻剖析,给予现代化进程中的乡村建设以物质现实和精神世界的批判和追问。这也给我们一个启发,在从乡村走向城市的过程中,乡村追求的是什么,什么才是好生活?正如陶东风所说:"好生活应该包括生活的各个方面,包括一个社会的政治、经济、文化、生态、道德等方面,而不只是好的物质生活,不要对这个概念做一种物质主义、经济主义的解释。"[①]乡村建设,不能仅仅停留在物质现代化上,精神价值和乡村风韵的接续和发展更为重要。

---

① 本刊编辑部:《新时代与文学的总体性视野——第八届"今日批评家"论坛纪要》,《南方文坛》2018年第1期。

第十章　乡村叙事主题的新开掘

在经历过五四乡土文学、十七年时期农村题材小说和新时期之后的新乡土文学发展,以及作家的积极探索基础上,中国当代乡村叙事的主题类型已经基本定型在几个主要类型上,一是对乡村生存现状和生存困境的书写,表达文学对乡村的道德性关怀,二是反思乡村在社会发展过程中经历的曲折道路,批判社会外在因素给乡村带来的身心伤害,三是揭示乡村自身精神世界和心灵深处的人性裂变和复杂状态,引导乡村形成正确的、富有民族传统的价值观念和人生观念。

但是,纵观当代乡村叙事的主题序列和表现特征,明显可以发现,当代乡村叙事的主题价值是以批判为主要特征的,主题的相对集中也是文学对乡村思考相对片面的表现之一,"'五四'以来的乡村叙事——无论鲁迅式的启蒙叙事也好,还是沈从文式的浪漫叙事也好——对乡村和农民的书写都带有某种深刻的片面性和抽象性。"①

文学除去批判之外,还有一个建设性主题价值的实现。中国古代文论主张"文源于心",那么,文学也同样可以起到塑心的作用,实现以文化人的价值。这是一种向心的文学主题价值取向。同时,中国文学也强调文学的社会价值和作用,"盖文章,经国之大业,不朽之盛事",这是曹丕对文学对社会建设和发展意义的肯定,这种观点虽然带有较强的现实功利性,但也从另一个层面道出了文学对人的内心世界建设的重要性,因为,文学能够对人的心灵和精神进行一种塑形和救赎,作为社会个体的人在文学审美的陶冶之中,提升了精神境界和人格境界,每个个体都能实现自我境界的提升,那么,社会和国家的治理就会达到不治而治的效果。这恰恰是文学的审美功能的另一种表现。

一方面,长期形成的批判性主题占据乡村叙事领导地位,也会在文学审美上形成疲惫之感;另一方面,乡村叙事在实现批判性价值之后,文学主题呈现出相对的片面性,甚至会陷入一种非理性的道德同情或者鄙视之中,需要拓展新

---

① 李勇:《新世纪大陆乡村叙事的困境与出路——由贾平凹的〈秦腔〉〈高兴〉谈起》,《文艺评论》2012年第7期。

的主题形式或者主题表达视角。批判的视角是外视型的,批判的意义在于否定。而乡村叙事主题的拓展则可以从文学及读者内在视角进行设定,从肯定与引导的意义角度进行文学书写,建立乡村叙事新的文学主题类型。新世纪乡村叙事主题在发挥文学对社会建设的积极意义方面拓展了主题类型,重启宏大叙事主题,关注文学对社会建设的积极作用,为乡村叙事主题的开拓吹响了号角,重新把乡村叙事文学与推动社会建设和发展紧密结合起来,回归乡村叙事对乡村社会变革、社会治理的现实观照上来,形成新的乡村政治话语主题,体现了说好"中国话语"和"中国故事"的文学价值取向。

第一节 宏大叙事:新时代乡村叙事的主题开掘向度

乡村叙事自新中国成立起,从"十七年"的宏大叙事为主到新时期以反思与批判性观照为主,再到新世纪前后的苦难叙事、批判写实为主,这种主题的变迁构成了中国当代乡村叙事的总体风貌。在这一变迁过程之中,乡村叙事的主题随着国家建设与治理政策的调整而不断更迭转换,从宏大主题到局部透视,从关注乡村外部建设转入对乡村内在结构矛盾的书写,表达对乡村生存境遇的悲悯与同情,由歌颂式的理想书写转向批判性现实聚焦,传递出作家对乡村社会发展变迁的高度关注。

但是,站在新时代,中国文学更强调书写自己的精神和气质,特别是站在引领构建人类命运共同体的国际视野思考文学如何继承传统、超越自我,新的历史使命让我们不得不重新审视当代乡村叙事在主题设定中蕴含的价值导向。新时期以来的当代乡村叙事在主题上表现出批判性多于建设性和歌颂性,小叙事多于宏大叙事,个体关怀多于集体性书写,这些与构建新时代中国特色的文学精神已显得很不协调。重塑宏大叙事,强化文学的社会性,凝练中国文学的精神价值,已成为新时代乡村叙事主题发掘的一个基本向度。

一、当代乡村叙事主题设定与脱轨

中国当代乡村叙事呈现的形态包括乡土文学、农村题材文学、新乡土文学。乡土文学是"五四"时期形成的关注乡村社会现实的批判性文学,农村题材叙事是"十七年"时期展示乡村建设与变革的宏大叙事,新乡土文学是新时期到新世纪前后形成的反思性文学。"'乡土文学'是指反映中国乡村社会面貌或社会性质的文学;'农村题材'是表达意识形态诉求的文学;'新乡土文学'是对'农村题材'的颠覆和对'乡土文学'的接续。这三种文学无论在观念上还是在具体的创作方法上,都存在着极大的差别。"①

"五四"时期的乡土文学是以启蒙为主题的,这一时期的乡土文学在主题上呈现两个对立又互补的方面,一是对造成乡村贫穷苦难的封建制度给予批判,二是对长期忍受封建制度压制和剥削的乡村人心灵深处的奴性给予批判,批判性成为这一时期乡土文学的主题特征。批判指向一个共同的主题动因:就是唤起乡村觉醒。这种哀其不幸怒其不争、同情与批判杂糅在一起的主题表达方式,加上知识分子自认为理所当然的同情和悲悯,成为"五四"乡土文学叙事的一种主题形式,也对当代乡村叙事产生了重要影响。批判性成为"五四"时期乡土文学的基本价值,与新中国成立之后的农村题材小说的价值立场难以吻合,因此,中国当代乡村叙事的主题设定,虽然与"五四"时期的乡土文学主题有着内在逻辑关联,但"五四"时期的乡土文学主题形式并不能作为中国当代乡村叙事的主题设定。

当乡村的主人——农民,一旦成为国家政权的主人,在国家建设和治理中占据主要地位的时候,"五四"时期以批判为特征的主题将被歌颂式的主题所替代。"十七年"时期的农村题材小说就证明了这一点。

"十七年"时期的中国乡村叙事,其叙事情感和立场已经不再是"五四"时期的知识分子对农民的同情和批判,而呈现的则是知识分子对农民革命精神崇拜敬佩的情感和态度。因为,此时期的农民是国家政权的主要构成,他们以国家主人的身份担负起对旧的农业生产关系进行改造的历史重任,"力图全面反映50年代中国乡土大地上发生的有史以来的最伟大变革——土地私有制向公有制转变,农业生产的个体经营方式向集体化经营方式转变——社会主义革命和建设,去诠释、验证、演绎这场革命的必要性、必然性与紧迫性,歌颂广大农民在这场革命中表现出来的空前高涨的热情、积极性与历史主动性,以及他们的精神面貌、思想觉悟的巨大变化,是'前十七年'乡土小说重要主题。"②农民已经成为乡村建设的责任主体和权力主体,知识分子对这种宏大的乡村改革和建设只能表达羡慕与赞颂。所以,此时期的农村题材小说是以对农民的歌颂和对农村美好未来生活的畅想为主题取向的,具有宏大叙事的主题特征。

"宏大叙事"关注人的社会性,关注国家建设和重大社会运动,歌颂崇高,歌颂宏大社会运动中的英雄人物。如果站在中国当代农村建设的历史使命角度

---

① 孟繁华:《乡土文学传统的当代变迁——"农村题材"转向"新乡土文学"之后》,《文艺研究》2009年第10期。

② 康长福:《乡土的浩劫与文学的迷失——"文革"时期乡土小说论》,《山东社会科学》2004年第11期。

去审视乡村叙事,我们可以认为,"十七年"时期的农村题材小说应属于以崇高为主题价值的宏大叙事,已经为中国当代乡村叙事奠定了主题基调,为乡村叙事预设了歌颂与畅想相结合的主题价值。而此时期提出的革命现实主义与革命浪漫主义相结合的写作方法也与这种主题非常契合。

这种主题的表达实际是带有鲜明的价值导向性的,那就是对主流意识形态的积极响应。新中国成立之初,建设社会主义新农村成为国家建设的一项政治任务。以工农联盟为基础的中国革命政权建立之后,乡村期盼的不仅仅是国家主人政治地位的确立,而且更追求物质生活水平的提高,要让农村和农民感受到更多的幸福感,而农村题材小说恰恰立足于这一价值基点。《创业史》虽然是叙述了乡村几代人创业的艰难历程,但在主题设定上则突出了只有走社会主义道路才能实现创业梦想,只有走农业合作化道路才能建设社会主义新农村,这也是新中国成立之初国家建设的基本路线在文学中的艺术性表达。《艳阳天》在对主流话语的响应和阐释上可以说做到了典型化,人物、事件都与农业合作化道路紧密相关,故事发展的趋向和路线是与农村合作社形成过程紧紧吻合在一起的。乡村不是孤立的"民间",政治也不是高悬的"主流",民间话语与主流话语有效地结合,才是"十七年"农村题材文学的宏大性表现。这一主题形式应该成为后世乡村叙事继承的传统。

遗憾的是,当代乡村叙事在自己设定的主题价值发展的过程中,由于"左倾"思想的影响,在夸大的自信与虚浮的畅想中走向了自反与脱轨。从文学自身的角度说,是文学书写偏离了自己设定的主题表达轨道。文学书写农民在乡村建设和国家建设中的重要作用是非常好的选材,文学表达政治事件和现实斗争,都无可非议,但需要注意的是,任何歌颂与畅想都必须建立在现实基础之上,不能离开现实畅想所谓的美好与宏大。从写作方法的角度说,现实主义与浪漫主义相结合必须首先建立在现实主义基础之上,不能超越现实而浪漫。如果超越了现实生活而走向盲目的浪漫主义,超越现实走向了夸大事实,则原先设定的主题表达将会物极必反,走向相反的方面。这在"十七年"后期直到"文革"时期的《金光大道》等乡村叙事作品中可以找到印证。

《金光大道》所塑造的主要英雄人物高大泉,是一个个人形象和政治形象都十分完美的人物,但是,"既有三突出的模印,又有'从路线出发'的烙痕","过分强调个别英雄人物的历史作用","导致了许多不真实的描写。"[①]试图追求完美却走向了一定的虚假,走向了自反。《艳阳天》中自私虚荣的孙桂英因为喜欢萧长春而实现了自我精神境界的超越,也在一定程度上缺少生活逻辑性。这是

---

① 张钟,洪子诚等:《中国当代文学概观》,北京:北京大学出版社,2014年版。

"以阶级关系简化了农村里丰富复杂的人际关系,并且因此遮蔽了古老中国根深蒂固的乡村秩序。"①图解政治话语被认定为这个时期小说的共同特点,也正是这个特点成为乡村叙事自我反向的致命原因。

当然,新时期的文学对"文革"时期阶级斗争扩大化和极"左"路线的清算也加快了当代乡村叙事预设主题的解构,促使当代乡村叙事在形成自己主题价值的道路上走向了自反和脱轨。

新时期的乡土文学是在呼应"拨乱反正、正本清源"的政治改革背景下,立足于对"十七年"时期宏大叙事进行批判和纠偏的态度,转向对乡村发展历史的反思和对乡村心灵深处伤痕的同情与呼喊。《乡场上》虽然不乏对改革开放的歌颂,但与歌颂相对的便是对乡村权力及乡村陈旧思想观念的批判与反驳,已经从此前的书写现实转向挖掘现实背后的文化根源和灵魂弱点,叙事的视野从社会运动的宏大视野转向乡村个体心灵世界的小视野,从人物外在的社会化行为书写转向人物内心世界及私人情感的探秘,实现了从外向内转的文学变革。

《陈奂生上城》系列小说,在对乡村心灵深处潜在的对权力的敬畏进行讽刺和批判的同时,也揭示了在乡村心灵深处存在的小农阶层的奴性、自我安慰及自私自利的心理。《许茂和他的女儿们》是站在改革的宏大背景下关注新时期乡村社会内在的变化,虽然继续书写乡村对幸福生活的向往,但从中"分明可以看到在农村幸福生活的想象上存在着诸多的裂隙和诸多力量的博弈。"②从题材的选择以及主题的表达来看,这些以批判现实为主要价值的新乡土文学正是对农村题材叙事预设的宏大主题的一种自反和疏离。

外来的西方文学理论也对当代乡村叙事预设的主题给予了挤压,加速了当代乡村叙事主题的脱轨。新时期以来,中国文学在传承自身文学理论和审美传统的同时,也合理地吸收了西方一些文学理论,对于丰富文学理论、推动作家进行文学形式创新有着重要的作用。但是,"一个又一个曾经风行的流派、观点和人物也在不断被宣布过时","跟风现象严重,让人无所适从。"③泛文化式的外来文论引导着作家和读者不再对农村题材的宏大叙事投入兴趣,挤压着当代乡村叙事主题陷入脱轨状态。一些文学批判家和文学创作者也用西方文学的形式理论来否定中国文学的宏大叙事主题价值,使得改革开放以来的中国文学批判

---

① 倪万军:《十七年时期农村题材小说得失之辩:以〈创业史〉为例》,《中国文艺评论》2018年第6期。

② 贾鲁华:《国家、农民经验与农村幸福生活的构想》,《当代文坛》2015年第11期。

③ 高建平:《新时期、新世纪、新时代——改革开放40年与中国文论的三次转向》,《中国文艺评论》2018年第11期。

理论混淆了形式与主题的关系,陷入强制阐释的误区。

二、乡村叙事主题从单一到多元

纵观当代乡村叙事发展历程,一个不争事实是文学主题从单一走向了多元。

20世纪50年代,国家意识形态对文学创作的主题进行了限定,文学需要书写英雄人物和重大社会事件,呼应新中国建设的宏大社会运动,书写对乡村美好前景的畅想与歌颂之情。这是在强调,文学的主题不能仅仅设定在纯粹的审美之上,而应积极地观照当时的社会建设,乡村叙事的主题需要相对集中。洪子诚把主题叫作题材,并认为"题材的紧要价值,在于'当代文学'直接参与了对于'革命历史'的建构","民族的、阶级的斗争与劳动生产成为作品中压倒一切的主题。"[①]20世纪50年代乡村叙事主题的单一性的形成已经得到国家层面和文学界共同的肯定。

"十七年"时期的农村题材小说,最突出最集中的一个主题,就是对农业合作化运动的叙述与歌颂,歌颂公有制的正确性和先进性,歌颂农民在走向集体化生产方式道路上的幸福感和自信心,重要的落脚点是书写农业合作化的宏大场面和农民在这条道路上必胜的信心,以积极的态度响应主流话语。这种以歌颂社会主义制度优越性、塑造乡村英雄人物形象为主题的文学,形成了"十七年"乡村叙事的共性话语,大量农村题材的作品在选材上集中写农业合作社的创办与发展,在主题设置上呈现了宏大叙事的美学特征,支持革命现实主义与革命浪漫主义占据了文学书写的领导地位。

事实上,用文学表达政治、书写集体性的理想是符合"十七年"中国乡村社会现实的,是一种正常的文学书写,应该给予历史性认同。因为,这是作家对当时宏大社会运动的一种亲身体验和情感认同性书写,体现的是作家的社会参与意识,文学设定的主题是符合当时社会建设需求的。作家参与社会建设,为社会建设鼓舞呐喊不是一种错误,而是一种知识分子的责任,"在'十七年'的经典文本中,我们看到的常常是乐观光明的结尾:斗争胜利的欢呼、英雄叙事的高大全、小我向大我的皈依……这类文本的存在无疑显示了作家作为创作主体的高度自觉性。"[②]

当然,对"十七年"的这种主题同质和写作方法的共性现象,后世学者也从

---

① 洪子诚:《当代文学概说》,南宁:广西教育出版社,2000年版,第17页。
② 陈宁:《"十七年"经典小说中"反完成叙事"的运作方式》,《中国当代文学研究》2019年第2期。

写作真实性的角度表示质疑,"然而事实却是,梁生宝这一形象就是政治理念改写现实的结果,因为梁生宝的原型王家斌并非像梁生宝那样意志坚定、一贯正确,而是经历过犹疑、思考的曲折过程","'真实性'在十七年时期有一个外在的、被施加的标准。"①或者批评农村题材小说紧贴政治而淡化了文学话语,"在《创业史》中,传统意义上的乡土不见了,那种让人伤怀的乡土不见了,取而代之却是充满了阶级斗争的、轰轰烈烈的农村。"②"由于人民被赋予了特定的政治内涵,结果必然导致其逐渐丧失了自己的主体性,没有了自己真实的喜怒哀乐,变成了印证不同时期政治或政策合法性的抽象的政治符号。"③认为农村题材的小说是用文学的话语图解了政治话语,而且文学创作方法的单一性也使得文学失去了审美的多样性。

不论是褒扬还是批判,却都肯定了"十七年"农村题材文学在主题设置上具有单一性特征,那就是高度集中在对农村社会大变革、集体化农业生产以及农村中英雄人物的书写。也正是这种单一性的主题才使得"十七年"的农村题材文学在当代文学史上的印象更加深刻。虽然单一主题的形成,是与政治动员有着密不可分的关系的,但更与文学发展所处的时代有着密切关系,"在强调文学方向和作品基调、风格的统一性的当代,小说'类别',大致局限于题材的区分。小说形态的单一化,是不可避免的趋向。"④

然而,这种单一性主题随着社会变革和文学审美的泛化走向了多元。文学进入新时期,无论从主题表达还是从作者对现实的情感态度来看,都呈现出对"十七年"时期文学传统背叛的姿态。新乡土文学响应了对"文革"的清算和社会改革的主流运动,对此前歌颂和畅想式的单一化主题进行了否定,并在此否定基础上实现新的主题探索,而且主题的类型呈现出多元性。"新时期小说的发展大体上经由'伤痕—反思—改革—寻根—先锋—新写实'这样一个纵线发展过程,当然其中有某些交错、重叠与并进的现象。"⑤形式变化频繁,表达角度不断调整,主题类型难以固定。个中原因,从文学自身来说,长期的单一性主题对于文学的创新带来了枯燥感,对读者的阅读审美也会带来乏味感,但最重要

---

① 林霆:《论十七年农业合作化题材小说的真实性》,《文史哲》2012年第1期。
② 倪万军:《十七年时期农村题材小说得失之辩:以〈创业史〉为例》,《中国文艺评论》2018年第6期。
③ 姚晓雷:《试论新中国前期文学资源对50后作家乡土叙事审美建构的内在形塑》,《南方文坛》2018年第4期。
④ 洪子诚:《中国当代文学史》,北京:北京大学出版社,2010年版,第96-97页。
⑤ 杨淑媛:《论新时期小说的反顾意识》,《贵州师范大学学报(社会科学版)》1994年第1期。

的是改革开放带来的多元文化为文学主题的多元性营造了氛围,提供了支持。

新乡土文学叙事主题的多元化从一个角度说明了此时期的乡村叙事开始从"十七年"形成的乡村叙事传统中逃离出来,以反思、伤痕和对现实批判为主要形式的多元化主题,实现了对20世纪50年代以歌颂与畅想为主题的当代乡村叙事传统的改写。"新时期文学则以贫穷落后的农民真实生活图景以及农民愚昧保守的思想意识状态,解构了十七年文学创造的农民已经完成现代化转型的神话,指出农民的贫困处境和落后意识依然是中国现代化进程的最大阻碍,从而表达了新时期作家对中国的现代化转型依然艰巨而漫长的判断。"[1]尽管这时的社会改革也呈现出宏大的气势,但新乡土文学在选材上关注的却不是乡村轰轰烈烈的集体化建设场面,而是较多关注着当代乡村发展历史中经受的灾难和心灵创伤,用知识分子的目光对乡村内心的伤痛进行反思,给予安慰,代替乡村诉说受伤的悲苦。在新时期以来的乡村叙事中已经很少能够看到对乡村建设宏大事件的书写和对乡村美好前景艳阳天式的畅想,给读者带来的不再是乡村的幸福感,而更多的是悲剧感。

到了新世纪,乡村叙事延续了20世纪90年代的新写实小说、后现代主义等写作方法,把叙事的主题集中到对乡村悲苦命运的书写和乡村内在矛盾以及乡村潜在的丑陋人性的批判上,主题价值设定在对乡村负面的书写上,对现实的批判性甚至超出了新时期的乡村叙事。

进一步分析,新时期以来的乡村叙事,其主题多元化主要表现在:苦难叙事主题书写乡村长期以来处于极度贫乏的物质生活之中,人性批判主题主要书写乡村心理深处的贪婪与自私,逃离乡村主题书写乡村对城市文明的投诚与艳羡,社会矛盾主题揭示乡村社会结构矛盾和贫富不均矛盾。而且这种主题的多样性从新时期一直传递到新世纪初。例如20世纪70年代末的《李顺大造屋》和20世纪90年代的《活着》,都在书写乡村苦难的命运,20世纪80年代的《人生》和新世纪之后的《到城里去》都是在审视乡村的破败和对城市的艳羡。多数作品都在书写乡村物质生活的贫困以及对城市文明的热切向往,在贾平凹的《高兴》中,刘高兴始终梦想在城市能够找到自己的存在,在刘庆邦的《到城里去》中,宋家银一直鼓动并极力支持自己的丈夫和孩子到城里去,不再留恋乡村故土。文学主题的多元化,叙事方法的小视野,都与新时期文化多元有着不可分割的关系。

新时期以来乡村叙事的诸多主题旨在代替乡村诉说心灵伤痛,反观乡村发展历史的悲苦,关注乡村个体生活命运,批判乡村人性的扭曲。以文化透视的

---

[1] 苏美妮:《论十七年与新时期乡土文学的价值取向》,《理论与创作》2007年第2期。

视角审视乡村发展变迁的历史命运,探寻乡村发展历史中的政治和伦理道德的纠葛。当然,也不乏从文化寻根的角度探寻乡村发展变迁的历史叙事,具有宏大叙事的主题特征。但如果从作者对乡村情感的角度来分析,此时期乡村叙事中宏大叙事多是把乡村放置在历史发展的空间去书写乡村发展的苦难历史,仍然带有鲜明的苦难叙事的主题特征。而对乡村内在坚韧不屈性格和外在乐观向上的精神的书写则很少。例如《白鹿原》是从乡村社会发展历史的空间角度去书写乡村社会结构内在的矛盾冲突和乡村传统与外在社会变革之间的矛盾冲突的,虽然给人以强烈的历史启迪,但对现实的指向则停留在隐喻上,而且作品充满了悲壮感,带有鲜明的苦难叙事特征。这种集崇高与苦难于一体的多元主题,足以证明新时期以来的乡村叙事主题多元化不仅体现在不同作家和不同作品中,而且也体现在同一作家同一作品之中。

三、新时代乡村叙事的主题开掘向度

在中国的改革开放获得普遍性突破的当下,乡村振兴已经成为新时代最具时代性的社会任务,且已经成为文学关注的重点。站在新时代,乡村叙事如何发掘新的主题,如何在合理吸收多种叙事方法进行自设传统的继承与发展,这是新时代乡村叙事需要回答的问题。

发掘新时代乡村叙事的主题,需要站在新时代中国自身的立场上。中国文学需要书写中国的精神和气质,当下乡村建设中表现出来的坚忍不屈、刚强向上的精神气质需要文学给予关注与书写。王宁认为"中国古代文论经常强调一个作家的精神气质,认为这是与生俱来的精神特征。"[①]从曹丕的"文以气为主"到刘勰的"诗总六义,'风'冠其首,斯乃化感之本源,志气之符契也"[②],再到韩愈的"气盛则言之短长与声之高下者皆宜"的观点,"文气论"成为中国古代文学一直追求的美学特征,也成为当代文学书写需要继承的民族传统。中国当代文学的书写更加需要传承创新中华民族自身的文学传统。

新时代乡村叙事其实更加需要继承中国传统的文气论,书写中国精神,书写中国乡村在新时代深化改革走向振兴的宏大事件,塑造当代乡村建设宏大事业中具有中国气质和民族精神的乡村人物形象,彰显蕴含在乡村社会和乡村生活中的民族精神和风骨。因此,新时代乡村叙事的主题设定,需要继承并发扬中国文学宏大叙事的传统。宏大叙事应该成为新时代乡村叙事主题表达的一

---

① 张春雷,王斯敏,蒋新军等:《新时代文学当具中国气质与时代精神》,2019年7月29日《光明日报》第8版。

② 刘勰:《文心雕龙》,北京:中华书局,2012年版,第339页。

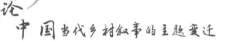

个必选形式。

宏大叙事追求叙事的整体性和全面性,需要选择宏大事件和英雄人物来寄托主题的表达。有论者认为:"90年代中国小说宏大叙事性,其确切所指,应有狭义和广义区别。狭义范畴,一般指以'革命'为核心,占据社会绝对权威,具有'一体化'特征(洪子诚语)的叙事整体模式。广义而言,它有三个所指:一是指革命叙事,二是指启蒙叙事,三是指现代性叙事。"①新时代乡村叙事的宏大主题更应该集中在启蒙叙事和现代性叙事上,特别是现代性叙事,要从社会大变革、大发展的角度去观照乡村在现代化进程中的自身建设和发展,挖掘乡村建设中能够继承民族优良传统、敢于改革、智于创造的重大事件和典型人物形象,并在对重大事件和典型人物形象叙事的同时给予乡村更多的精神启蒙,引导乡村走向现代化,进入新时代。

不仅仅是20世纪90年代,即使上溯到"十七年"时期,农村题材小说的宏大叙事也同样体现着这三个主题特征。《艳阳天》的经典性在于把农村生活与革命斗争紧紧结合起来,把个人生活与国家建设紧紧结合起来,体现了革命性和现代叙事的有机结合。那么,当文学走向建设现代化强国的新时代,知识分子对国家和民族的道义应该在文学书写中凸显出来,"在道义的舞台上戴着使命感的艺术'镣铐'跳舞,同样能够跳得很美,很精彩。"②乡村叙事主题的最佳选择还应该是以现代性叙事和启蒙叙事为主要形式,并把两者融为一体。革命已经成为文学书写的历史性话语主题,而启蒙叙事与现代性叙事却一直是中国当代乡村叙事持续呈现的主题。"十七年"时期预设的以歌颂与畅想为特征的宏大叙事恰恰与新时代乡村建设的现实需求最相适应。

新时代乡村叙事需要相对集中的主题和充满中国精神气质的豪迈话语。然而,新时期以来的乡村叙事呈现出主题较为分散的特征,伤痕文学、反思文学、新写实小说,都对乡村有一定的观照。但它们多限于对乡村社会的阴暗面进行书写,或者陷入对乡村苦难生存状态的悲悯与同情,在表达出知识分子对乡村的同情和人道关怀方面起到了积极作用。但是,较多的阴暗暴露和批评总会给读者以消沉失望的感觉。事实上,自改革开放以来,国家政策倾斜与宏观调控带来的乡村不断发展也使得乡村在物质文明和精神文明建设方面取得了很大的进步,也涌现出一批在乡村建设征途上艰苦奋斗、乐于奉献的模范人物。这些先进事迹和模范人物也为乡村叙事提供了宏大主题的素材,而对这些宏大

---

① 房伟:《九十年代小说宏大叙事问题再反思》,《文艺争鸣》2020年第1期。
② 房广莹:《重返"宏大叙事"的可能——评长篇小说〈刀兵过〉》,《小说评论》2018年第2期。

主题叙事往往限于报告文学,小说叙述的则很少。另一方面,在21世纪以来的乡村叙事中,也有一些作品接续了"十七年"时期的宏大叙事主题,例如范小青的《赤脚医生万泉和》、赵德发的《经山海》等,所写的人物和事迹虽然不是震撼山岳的,但他们的精神却正能够展示乡村血液中的那种高尚和伟大,这为新时代乡村叙事重塑宏大主题提供了可行性实证。

"新的现实需要一种新的表达,但它不是单面的,而是多样的,不是纯感性的,而是在不断与现实的互动中展示出理性成长的、既包含了对历史的反思又包含了对未知的探索的一种表达。"①走进乡村,走进乡村振兴,发掘乡村建设大潮中的典型人物和事迹,借此展示新时代乡村建设的宏伟事业,从而为振兴乡村呐喊助力,这是新时代乡村叙事不可忽视的一个主题向度。

纵观21世纪以来的乡村叙事,实际是在延续着新时期以来的反思文学、伤痕文学的传统,形成了苦难叙事主题、人性批判主题和文化寻根主题。这些主题的表达,表现出来的更多是知识分子眼中的乡村,站在知识分子的角度书写对乡村的悲悯情怀,不是站在乡村自身角度去书写的,乡村在文学中的形象成为永远落后和愚昧的社群,这种书写的普遍性会给读者带来审美的误导。另外,这种缺少"巨人"式人物形象的乡村叙事,实际是对乡村内在精神的一种误读,也给乡村心灵带来主体价值失落的伤痛,难以承载中国文学的"文气"价值。

当然,"十七年"歌颂与赞美为表达态度的乡村叙事方法,并不能代替新时代乡村叙事的全部价值取向。文学表达固然需要多种方法,新时代叙事也需要丰富多彩的表达方法。但就一定时代而言,一个民族的文学在主题上是需要相对集中的。在乡村建设强烈呼唤文学参与的新时代,不能因噎废食而故意逃离政治与文学的对话。主流意识形态在文学中也需要有一定的表达,特别是在乡村振兴已经成为国家建设战略性任务的新时代,走向现代化、走向命运共同体的乡村更应该坚守自身主体性,增强民族自信心,这对文学的书写也提出一个新时代的任务。"从中国人自身权利的发展和个体精神追求合理性的角度来肯定中国社会和历史的变动,已经成为宏大叙事的要义。"②文学对乡村的书写不能缺少鼓舞呐喊式的作品,不能缺少增强民族自信心和提振精神的优秀作品,既要反思现实的不足,也要绽放时代的光辉,这样的乡村叙事才可能使新时代的文学构建完整的主题,才可能展示乡村的完整性,引领新时代乡村叙事的

---

① 李勇:《新世纪乡村叙事未来发展的启示与可能——以李洱、迟子建和红柯、刘震云的创作为例》,《文艺评论》2011年第9期。

② 周新民:《重构宏大叙事的可能性——以〈麦河〉〈祭语风中〉〈己卯年雨雪〉为考察对象》,《文学评论》2017年第3期。

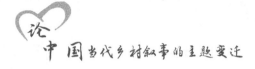

潮流。

第二节 论当代乡村叙事中两面人的形象特征及文学反思

"两面人"本是一个政治话语,却在中国文学中已经成为一种人物形象类型而凸显,古代话本小说中的秦桧、潘仁美,都是两面人的形象。比同考察当代乡村叙事文学,不难发现也有很多两面人的形象,并且兼具政治批评和道德性批判两种属性。在当代乡村叙事中,"两面人"是作为衬托正面人物形象的反面人物形象而塑形的,并呈现出多种类型。"两面人"形象塑造丰富了乡村叙事的人物形象,增强人物形象的立体感,也折射出作家对乡村中"能人"的理性审视。但在新时期后期的新乡土文学中,两面人的形象却一度出现了退场,从一个侧面反映了文学在新时期后期在塑造人物形象方面产生的价值裂变。

一、当代乡村叙事中两面人形象类型

(一)两边站位的政治两面人

对两面人形象的塑造,首先要着眼于人物对政治立场和基本做人道德的选择与认同,反复多变或者表里不一的政治立场和道德表现决定了人的两面性。政治立场决定人物的价值所在,没有坚定政治立场的人是难以为政治和道德所认同的。

在十七年农村题材小说中,文学在人物形象定位上延续了20世纪40年代革命文学的政治价值尺度,把人物放置到政治话语体系内进行审视,形成了人物形象审美的政治价值标尺。在这一时期的乡村叙事中,文学所塑造的人物形象突出了政治立场坚定、为乡村建设奉献一切的乡村英雄人物形象,比如《艳阳天》中的萧长春,《三里湾》中的王金生,以及《小二黑结婚》中的小二黑,都是当时乡村建设所需要的正面英雄人物形象。而与正面人物形象相对应,文学还塑造了一些反面人物形象,在这些反面人物形象中,除去思想极端反动、明目张胆破坏社会主义新农村建设的反动地主、阶级敌人形象之外,还有一类是潜藏在党员干部队伍之中的乡村两面人。

例如《艳阳天》中的马之悦,起初担任东山坞农业生产合作社的主任、党支部书记,但在东山坞合作社建设过程中,他总是以反对农村集体化道路和政策的形象而出场的。在农业生产遭受自然灾害之后需要带领农民进行生产自救的关键时刻,马之悦却带头逃离东山坞,鼓动一部分社员抛弃家乡生产而去经营小生意,赚取个人私利。一边逃脱生产自救,一边借此机会引诱觉悟低的农

民破坏农业生产合作社建设,这种既违反政策又不合道义的行为使马之悦受到党纪处分,降职为合作社党支部副书记。此后,马之悦又绞尽脑汁地阻挠和破坏新任党支部书记萧长春对农业生产合作社的建设工作,煽动思想守旧、梦想回到私有制旧制度时代的地主、富农和政治立场摇摆不定的中农,破坏合作社的分粮方案、抢夺归仓的公粮,甚至为反动地主马小辫杀害萧长春的儿子创造有利的机会,走向反人民的罪恶道路。

为什么马之悦要破坏农业生产合作社,小说交代了他灰色的历史背景。在抗日战争时期,马之悦就凭借自己的投机钻营混进干部队伍之中,表面积极支持抗日战争,背地里却和汉奸勾结。一面要显示自己具有政治觉悟和革命大义,一面又为自己私利暗开航道,这是马之悦脚踏两只船的本性所在。翻身解放之后,担任了基层干部的马之悦却继续与汉奸勾结,谋取私利;并组织多次破坏合作社的活动,梦想解体东山坞合作社,以求获取更多的个人私利。其政治立场的两面性暴露得十分鲜明,是典型的两边站位的两面人。

两边站位的两面人,最突出的特点是政治立场的分裂性。站位于革命立场、先进立场,是其表层的假象立场,而谋求个人利益、破坏革命,才是其深层立场。其实质目的不是表达政治意见的不同,也不是仅仅为了争夺政治权力。两面站位是为了获取更多的个人私利;同时也是对进步的主流意识形态的抵抗和破坏,是对国家正义和新制度的暗中反抗,是一种典型的政治潜伏者。

(二)阳奉阴违固守权力的两面人

乡村是一个宗族权力和政治权力交融的社会组织,乡土亲情成为维系乡村社会结构稳定的主要因素。但在政治权力进入乡村社会结构时,一些权力崇拜者将会觊觎政治权力的获得。他们表面上表现出对乡村建设和发展的政治热情,而心底则常常会为争夺宗族权力和政治权力双得而心怀叵测,暴露出来的是对权力的强烈占有欲望。这样的人物在日常生活中表现出阳奉阴违的性格特征和政治形象,其外在的高尚行为与内在的卑鄙精神形成了严重的分裂。

《创业史》中的郭振山就是这样一个人物形象。郭振山从小受过地主的欺压,对欺压百姓的地主富农表现出勇敢的斗争精神,算得上有着光彩的政治历史和高度的政治觉悟。郭振山在土地改革之后担任村里的党代表,又是种地的能手,这就使他被村民公认为一位乡村能人和好干部。

然而,在梁生宝创办互助组和初级社的过程中,身为党代表的郭振山却只是口头的支持,暗中则是用尽心机阻挠和破坏梁生宝创建农业生产合作社工作。他一直以种种理由作为借口不愿意加入梁生宝的农业合作社,但在需要提升自己个人在东山坞的政治影响力的时候,却组织了一些思想落后、政治立场不稳的农户另外成立一个合作社,意图降低梁生宝在乡村中的地位和威信,迷

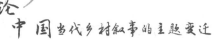

惑了乡村村民和上级领导。郭振山也有着一定的进步思想,只是其个人权力意识太重,所以不自觉地成为农业生产合作社的破坏者。他是一个权力欲望浓重的乡村党员干部,他要守护的是自己在蛤蟆滩的地位和权威,是隐藏在心灵深处的权力观念和乡村霸主意识。这也就形成了他在工作之中语言大于行动、私心重于公心的做人标准。

传统的中国乡村是一个政治权力意识淡薄的社会结构,但是,随着新的政治权力的进入,很多像郭振山一样的领导干部走入权力圈子之后就会膨胀自己的权力欲望,从而忘记了党员领导干部的初心和责任,而沦落为自我发展、自我满足的势利小人。《古船》中的赵四爷赵炳更是典型的乡村实权式的人物形象。作为洼狸镇较早入党的党员,赵炳曾经担任过领导干部,成为洼狸镇威望最高的人物。然而,正是这样一个受人尊敬的人,隐退之后却死守自己的权力,暗中掌控着洼狸镇的命运,并与乡村黑恶势力紧密勾结,欺压村民,为非作歹。为了坚守自己在乡村中的权势地位,以求满足自己的权力欲望,维护自己在洼狸镇的地位,赵四爷成为一个人格分裂、道德扭曲的乡村两面人,这正是赵四爷的可恨与可悲之处。

(三)泯灭人性的两面人

乡村需要的是善,人心向善是传统的伦理道德,乡村社会结构的稳定历来需要用善来维系。但在乡村的发展历史过程中,由于权力的诱惑和利益的纷争,在一定的外在利益诱惑之下,埋藏在一些人心底的恶的力量凸显出来,在权力角逐的过程中善念逐渐淡薄,暴露出阴险狡诈的面目,甚至泯灭人性,这就形成了表面是善、内心是恶的两面性。文学对乡村精神世界恶的描写不免要揭示出那些品德低劣、道德低俗的人物本质属性,以此警示读者,去认识乡村社会关系的复杂性和乡村社会发展的艰巨性。

《许茂和他的女儿们》中的郑百如就是这样一个心性扭曲、道德低劣的乡村干部形象。郑百如是一个只求利益不顾廉耻的"奸伪、狠毒"的乡村政治投机者[①],也算得上是在特定社会历史时期生成的"能人"。然而,正是这样一个政治投机者利用造反有理的运动机会,用卑鄙的手段推倒了原村党支部书记金东水,从而登上村支部副书记的宝座,掌握实权,不断利用职权处处刁难金东水。更为阴险的是,郑百如和金东水本是连襟,他却散布谣言,污蔑自己的妻子许四姑娘和姐夫金东水有不正当关系,导致四姑娘遭受村民的谴责和亲人的疏远;

---

① 廖四平:《"伤痕"叙事的艺术探索——论〈许茂和他的女儿们〉》,《当代文坛》2012年第5期。

而金东水也不得不搬出村子,落荒而居,艰难度日。郑百如带给乡村的是心灵的悲痛,是道德沦丧、民心涣散的污浊的精神监狱。村民们不能在正直有责任心的金东水带领下发家致富,只能无奈地看着郑百如滥用职权、胡作非为。

郑百如是一个人性扭曲、心理变态、道德低俗的党员干部,为了权力的争夺而肆意横行,暴露出其肮脏丑陋的灵魂。郑百如是一个在特殊时代背景下产生的两面人形象,其对权力的争夺史也造就了他的灵魂变异史,不能不引起读者对乡村社会权力结构的深思和质疑。

毕飞宇的小说《玉米》着力刻画了一个权力与兽性媾和式的乡村干部形象王连方。王连方身为村支部书记,拥有绝对的乡村权力,但这种权力没有被用在带领乡村建设和发展的社会使命上,而是被王连方用了满足个人兽欲的卑劣行为之上。王连方的权力观念不是对党忠诚,不是对人民负责,而是把权力作为自己的筹码,借以欺压百姓、满足个人欲望。这种人,表面是党的领导干部,有着华丽的政治外衣,而其肮脏的言行则暴露出其两面性的本质。利用职权祸害百姓,放纵手中权力来满足自己私欲,是王连方的本质特征。更为可悲的是,王连方的罪恶却被一些权力膜拜者引以为骄傲的资本,这种两面人给乡村带来的精神世界的腐蚀是非常危险和可怕的。一个畸形的乡村干部,将会制造出一个畸形的乡村社会。

(四)灰色立场的两面人

对政治立场和道德境界的判断,是需要有鲜明的标准和尺度的。但是,在日常生活之中,是非分明的标准却常常被混淆,这就出现了一些模糊政治和道德边界从而在行为上具有很强欺骗性的人物。在冠冕堂皇的政治话语欺骗背后,追求私心私利才是他们的真实目的。这些人在个人利益与集体利益之间不断进行衡量,并常常利用职权或者国家政策空隙满足个人物质利益需求,一度成为备受乡村人羡慕的乡村能人。同时,他们又在乡村谋求一个官职,攫取一定的权力地位,以求持续实现自己的物质利益,满足自己的物质私欲。

《三里湾》中的范登高,一直梦想通过投机经营获取更多的物质财富,实现自己物质财富上"翻得高"的梦想。范登高作为村主任,又是村里会做买卖的能人,他不把主要心思放在农业生产合作社建设上,反而违反国家政策私自贩卖小商品,经营自己的小日子,忘记了党员干部身上担当的时代责任。他对待村子中那些拒绝加入合作社的村民漠然无视,甚至暗中支持,模糊了自己的身份和职责,一心一意谋求个人私利。最后经过党组织的批评和群众的帮助,范登高认识到自己的错误思想,愿意真正加入农业生产合作社。也许范登高的形象更像"中间人物",然而,作为党员干部就不是一种思想觉悟"中间"的问题,而是在政治意识、道德修养方面的两面性和动摇性了。

在中国传统伦理道德体系中,做人要坚守"义",才能成为君子,《论语·里仁》说:"君子喻于义,小人喻于利","放于利而行,多怨"。① 把利益看得太重的人是被列入没有远大志向和社会责任的小人范畴之内的,如果一个人为了个人私利而放纵自己,那么,他将会招致多数人的反对和怨恨。退而言之,即使想获得利益也需要有正道,"君子爱财,取之有道。"这个"道"既指事物内在的基本道理和规律,也包含着时代的价值追求和导向。作为党员干部的范登高,在追求个人私利的过程中,忽视了集体利益,个人的价值追求陷入狭隘的自私自利层面。当然,范登高主观上并没有认识到自己的思想落后和境界低下,而是对唯物质主义的人生价值追求更加认同,这是一种典型的灰色意识,其思想和性格带有一定的两面性。

二、当代乡村叙事中两面人形象生成的动因

为什么文学要写两面人,在文学对现实生活的关注之中,两面人给了读者什么启发?这就需要我们探讨一下当代乡村叙事中两面人形象生成的社会动因和作家创作的动因。

(一)塑造两面人形象为塑造主要人物形象提供陪衬

不论是十七年时期的农村题材小说,还是新时期乡土文学,都是把农村放置到社会变革或者改革背景下进行书写的。文学对乡村建设和发展命运的观照,需要挖掘农村出现的先进人物和事迹,并树立乡村能人和带头人的英雄形象,而这些乡村能人和英雄人物形象就顺理成章地成为乡村叙事文学中的主要人物。

塑造乡村英雄人物形象,并把英雄人物的思想和行为作为乡村发展变革的方向指南,这是乡村叙事共同的价值设定。而塑造主要人物形象需要有反面人物作为对比,从而突出英雄人物形象,两面人在文学书写过程中也就自然而然地作为反面人物来进行归类和书写了。

不论是马之悦还是郭振山,都是作为反面人物来衬托主要人物的形象。不论是从政治觉悟来评判,还是从道德修养角度来审视,相对于萧长春和梁生宝这些英雄人物来说,马之悦和郭振山都是与作家预设的社会标准和道德标准相悖的,都是与主要人物形成鲜明对比的陪衬性人物形象。在这些反面人物身上反映的是当时乡村社会中遗存的旧思想、旧观念,甚至是反动思想和卑鄙的道德意识;也反映出农村社会变革过程中存在着种种与新生事物相抵触或者相对

---

① 杨伯峻译注:《论语译注》,北京:中华书局,2006年版,第41—42页。

抗的思想观念和道德认知。文学需要为社会变革和社会发展推波助澜,就必然从反面来设置一些旧思想、旧观念进行批判,从而发挥文学对社会现实生活的讽喻作用。

当然,在文学视域之内,作家在创作意识之中并没有故意地把两面人形象作为一种独立类型进行书写。但在阅读视域之中,我们可以认为两面人的析出使得文学中的反面人物又多了一种类型,严格地说,两面人应该单独成为一种文学形象进行审美观照。

(二)塑造两面人的形象有利于增强人物形象的立体感

文学塑造人物形象,如果仅仅从政治需要角度进行设定,会陷入人物形象的扁平化,缺少人物形象的复杂性和形象本身的立体感。这样对文学本身来说是缺少深度的,会促使人物形象模式化、公式化,降低了文学的审美愉悦感。社会现实生活是复杂多样的,人物的心理、思想和道德境界也是复杂多样的,文学对现实生活的反映不能停留在表面,塑造人物形象不能简单地停留在英雄人物和反面人物区别之上。事实上,由于对人物性格、形象评价时的标准不同,就会对同一人物形象产生不同的评价结论,而且人性本身就具有多样性和复杂性,因而,人物形象的模式不能统一化,否则会陷入枯燥雷同。那些表面隐藏很深、实际心理复杂的人物形象是需要从不同的标准角度进行思考和文学概括的,这就自然出现了两面人的形象。

因为有了两面人形象,文学所塑造的人物形象长廊里便丰富多彩了,既有需要重点塑造的正面人物形象,也有明显的反面人物,更有善于隐藏的两面人。人物形象的多样性和复杂性就更加凸显出来,人物形象的立体感也因此得以强化,文学的趣味性和可读性得到了丰富和强化。

(三)两面人形象启发读者从文学角度对乡村"能人"的一种理性审视

乡村建设需要一批敢于改革创新、能够带领农民走向美好幸福生活的能人,而文学中出现"能人"形象则更能增强现实生活的崇高感。无论是马之悦还是郭振山,以及范登高,甚至是《古船》中赵炳赵四爷,都是乡村能人,他们都曾经是乡村社会变革过程中呼风唤雨的人物。例如,赵炳"借助革命夺得洼狸镇实际权力进而权倾高顶街",①是洼狸镇人心中的偶像甚至是救星,凝聚着乡村的情感认同,也影响着乡村的发展变革和结构稳定。当然,与他们相对应,萧长春、梁生宝、王金生,以及隋抱朴,也是乡村的能人。不同的是,前者被作家写成

---

① 张晓东:《黄金年代的非主流改革小说——〈古船〉与〈平凡的世界〉对比研究及对底层写作的启示》,《当代作家评论》2018年第4期。

反面人物,后者被作家塑造成为英雄人物形象。这是作家对乡村能人从政治立场和道德立场上的一种区分。

对于不同类型的乡村能人的分类性书写,实际是隐含着作家对现实生活中的乡村能人的一种理性思考:究竟什么样的能人才是乡村所需要的,乡村所赞成的能人与社会改革和建设所需要的能人的标准是否一致?这是需要进行一种理性思考和省察的。正如有论者所说:"面对那些'能人'或所谓'农民企业家',就因为他们能把握当地经济命脉,即使他们恶贯满盈,也仍能受到种种保护。"①这实际上涉及社会发展过程中的政治伦理和社会道德价值是否同轨合拍,也同样涉及对人才评价标准的设定是否接近生活实际,因而,透过两面人来审视乡村发展变革中出现的"能人"具有深层的社会意义。

在乡村社会发展变革过程中,由于新旧思想和价值观的交错杂糅,难免在所谓的乡村能人之中存在着一些投机钻营分子,他们一时间也会成为媒体炒作的对象,给乡村精神文化建设带来一定的误导作用。文学如果不能辨明真伪,不能揭出他们的真相,那么,文学对推动社会文明进步的作用将会受到极大的削弱。因此,理性审视乡村能人,以此警醒世人对乡村能人进行一种客观性、道德性观照和批判,对发挥文学的社会批评作用有着重要的建构意义。

因此,在文学形象的塑造上,两面人的形象就应运而生了,只不过在文学话语范畴内,没有把这种思想复杂、形象特殊的人物形象表述为两面人,仅仅把他们放置在反面人物形象或者中间人物形象之列。而阅读乡村叙事作品时,需要把这种两面人形象分析出来。

三、乡村叙事中两面人形象的退场及反思

(一)新时期后期两面人形象在文学叙事中的退场

新时期以来,文学实现了向内转的价值追求,传统的现实主义转向了心理现实主义,"取消了客观真实的存在性,转向追求唯有通过感悟与经验才能获得的本真真实。"②在塑造人物形象方面多重视对人物内心世界的想象性书写。文学意图从社会角色到生活角色,甚至到人物内心世界的真实状态的模拟想象,颠覆了传统文学对人物善恶的评判方式,在塑造人物形象时陷入价值标准混杂的误区。当然,对人物性格特征的把握不再停留在相对单一的政治意识、伦理道德层面上,而是多向度地书写,这就使得新时期以来乡村叙事中的人物形象

---

① 彭文忠:《迷失:社会转型期中国文学的人文关怀》,《当代文坛》2003年第3期。
② 段晓琳:《"向内转"与"现代派"的理论渊源》,《文艺论坛》2020年第1期。

也呈现出多元审美的价值特征。但也形成另一种审美偏离,那就是人物形象进入了似是而非的模糊性范式,在这种模糊性人物形象范式之中,难以找到两面人的形象,也就是说,在新时期后期,两面人形象从文学文本中退场了。

两面人形象在新时期以来的乡村叙事中退场之后,文学对乡村人物的描述,集中到道德伦理批评和物质生活状态关怀层面。"在当下的语境中,在革命终结的时代,农民可能意味着贫困、打工、不体面和没有尊严、失去土地或流离失所。"①因而,书写乡村生活苦难、生存境遇的艰难,成为新时期以来乡村叙事文学对人物命运观照的主要价值视点。

乡村叙事中两面人的退场表明了新时期后期文学叙事更加关注人的生存和生活境遇的真实性,然而也在一定程度上淡化了文学的政治功能和教化功能,导致两面人形象不能适应新时期乡土文学以悲悯性为主的价值取向,难以合理地进入到文学视野之中。但是,事实上,生活中两面人的现象是客观存在的,也是很有文学欣赏意义的。文学既然要反映生活现实,又要高于现实,不能直接复制生活真实,不能把人物形象刻画成为难以固型、无法归类的模糊形象。生活的真实并不是文学的真实,文学的真实也不能全部对应生活的真实。由此我们可以认为,两面人在生活中存在而不能进入文学书写范畴,是文学对现实进行政治批评的一种漠视或者故意躲避。

(二)对文学书写两面人形象的反思

当下乡村叙事是在继承五四时期鲁迅的批判性传统基础上形成的一种新乡土文学叙事形式。新乡土文学在情感上表现出作家对乡村艰难的生活困境的悲悯与同情,对乡村的社会结构现状书写也突出了城乡物质差别和城市对乡村的情感疏离。但是,这些都是一种外视化的观照和叙事,并没有深入到乡村复杂的内部,无疑会忽视改革开放过程中的主流导向,也导致了两面人形象更加不被重视。乡村建设进入新时代,需要用政治和道德的双重标准审视乡村存在的各色人物,辨明人物道德境界和精神状态,扬善弃恶,这也是新时代乡村叙事的一种社会责任意识,更是文学欣赏所渴求的现实主义手法。因此,生活中真实存在的两面人最需要作家给予关注,特别是在乡村振兴战略实施的攻坚时期,需要为两面人在文学中留下一席之地,给读者展示一幅有趣的乡村生活画卷。

在十七年时期以及新时期初期,文学无意识地书写了两面人的形象,更加丰富了文学人物类型,具有很强的戏剧性,给读者带来审美的愉悦感和思想的

---

① 孟繁华:《"到城里去"和"底层写作"》,《文艺争鸣》2007年第6期。

启迪。这是乡村叙事中两面人形象的文学价值所在。两面人形象的审美意义还有特殊之处,就是用文学真实地反映个体在社会运动中的思想波动和情感变化,增强文学叙事的讽喻意义,主题更加深刻,批判性更强。

但是,在新时期后期文学,例如新写实小说、底层神性,对"两面人"形象的回避,则在一定程度上反映了文学仍然对政治话语保持一种疏远的心理,甚至主观上存在对政治话语的拒绝。当然,也存在另一种观点,认为两面人是一个政治话语,与文学话语标准不同,这也是一种狭隘的文学观念。文学不是政治的附庸,但文学创作与欣赏也离不开政治性的评判。新时期之后的乡村叙事所书写的人物形象,集中在思想观念落后愚昧、生活艰难等特征上来,在形象模式上似乎没有固定,多元多样。但反思这种现象,其实,没有固定的模式本身就是一种固定的模式,实际是一种笼统模糊的人物形象成为一种模式化的人物形象。而两面人的形象则是在笼统模糊模式之外的一种独具特色的人物形象,在生活现实中将会一直存在,这正需要文学对其进行新的审视与书写。

第三节　神性敬畏:《青山在》中生态批评主题的表达

乡村叙事中的生态批评主题,大致呈现为四个表达向度:一是揭示人类为满足自身欲望而片面追求物质财富的占有,从而忽视自然环境的平衡性,影响了其他物种生命的存在和延续,例如周大新的《湖光山色》,"对于现代性尤其是在中国土地上发生的有所畸形的现代性保持着足够的警惕"[1]。二是暴露人类在物质社会化建设过程中对生态保护的愚昧无知,致使人类自身赖以生存的环境逐步变质恶化,人类正在承受着愚昧无知给自己带来的恶果,例如陈应松的《无鼠之家》,村民大量生产销售鼠药而导致村民生育功能的残损,而村民们自己却不明就里。三是乡村在自身发展过程中,人性发生裂变致使价值选择滑向破坏环境的一端,文学需要对此提出警告,例如姜戎的《狼图腾》,"给我们塑造了彻底颠覆传统的全新的狼形象、原生态草原的其他动物群像以及功能化的人物形象"[2]。四是直接宣传保护环境,以文学的形式表达社会动员的主题,例如郭保林的《大江魂》、陈桂棣的《淮河的警告》等传记性文学,主题直接指向环境保护。但无论哪种形式,都以乡村生态保护和人类自身生命的健康存在与延续

---

[1] 贺绍俊:《接续起乡村写作的乌托邦精神——评周大新的〈湖光山色〉》,《南方文坛》2006年第3期。

[2] 罗利琼:《〈藏獒〉与〈狼图腾〉之比较:文学与文化的层面》,《社会科学论坛》2007年第2期。

作为主要视点,这是生态批评主题对生命尊重和忧虑的表达。

老藤的《青山在》刊于《人民文学》2018年第10期,是一篇乡村叙事小说,其主题表达较之上述四种类型有所不同。虽然从题目上就可以比较直白地看出保护环境这一主题,但在批评视角上却有其独到的选择。作者不是直接从自然环境发生了什么样的外在变化的角度来表达主题的,而是从中国传统的敬天畏神的心灵自救角度进行主题的设定,把现代化视阈下的生存环境话语与传统先民时期的宗教神话主题接通,形成跨越历史空间和生命种类界限的批评视野和价值观念,强化了这一主题的厚重感和超越现实的历史时空感。

一、一个逻辑基点:生态破坏与苦难生活没有直接关联

中国现代乡村叙事中的生态批评,无法回避的一个起始主题,那就是苦难叙事。不论是农村题材文学,还是新乡土文学,它们的审美基点大多是建立在乡村贫穷生活现实基础上的。十七年时期农村题材文学,要表达的是乡村为国家建设而倾尽所有,建设新中国、新生活的豪情壮志是源于对过去苦难生活的一种记忆与告别,即使一贫如洗也要释放一种执着奉献和追求的姿态,物质生活的贫穷虽然没有在文学中被书写得凄惨伤痛,但对乡村叙事的观照则无法越过这种贫穷生活现实。新时期的新乡土文学是从改革开放摆脱贫穷的角度来建构故事主题的,《陈奂生上城》和《哦,香雪》都指向了乡村的贫穷与落后。贫穷成为促成改革的背水决心和直接动力,也是乡村叙事主题确立的起点。而新世纪乡村叙事也同样从社会转型期乡村贫困艰难的生活现实开始构建叙事主题的,苦难叙事成为这一时期文学对乡村书写的首选主题。

在中国现当代文学史上,无论什么时期的乡村叙事都与贫穷有关,贫穷意味着经济基础差,也意味着乡村心理对过去的恐惧和对现实境遇的忧虑。生态批评更多地要从乡村发展现实出发来确定叙事内容和叙事主题,在传统乡村叙事的影响下,就不能绕过苦难叙事这一主题。因此,似乎在乡村叙事中的生态批评也必须先设定一个批评的伦理基点:因为苦难贫穷才导致乡村生态被破坏。

但是,如果把生态批评的基点也建立在对贫穷现实生活进行观照的基础上,那么,生态批评本身的意义就变成了苦难叙事的另一种表达了,生态批评自身的意义将会被弱化或者消解。苦难叙事要回答的是人对自然资源占有多少、如何分配的社会行为问题,而生态批评要回答的则是人类如何从自然界中使用资源的价值观念问题,两者的出发点并不相同。因为从根本上说,生态批评"主要目的是挖掘并揭示生态危机的思想文化根源,揭示人类的思想、文化、科技、生产和生活方式、社会发展模式如何影响甚至决定了人类对自然的恶劣态度和

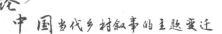

竭泽而渔式的行为,如何导致环境的恶化和生态的危机。这才是生态批评最基本的特征和最重要的价值。"①

而且,生态的破坏其实与贫穷没有直接的关联,苦难只是生态破坏者的一个借口或者挡箭牌,即使是生活温饱、安定富足了,生态仍然会遭遇破坏,环境仍然成为人们贪图奢华享受的牺牲品。正如《青山在》中所写的:"小兴安岭野生动物日渐稀少。杨群当上林场场长不是想保护好林场,而是想离开林场走向城市。"杨群的行为是一种破坏生态环境的行为,理由却是为了自己的升迁;另外一方面,索三说"我打猎是图个乐子",这句话直接暴露出权力者的肆意妄为,无视自然。无论是权力升迁还是贪图享乐,这些源于内心的恶念都成为他们破坏环境和自然平衡的内在意识来源,都与贫穷没有直接关联。

杨群在元青山要开挖钼矿,借口是为了改变林场职工生活贫穷的现实,而实际则是权力者用自然资源与公共权力资源进行的一次交易活动。这其中也引来了开矿必须经过的环评,但是在权力支配下的环评却只是流于一种形式,混淆是非,避开重点。正是作者的这种巧妙的选材,才使得读者需要关注这篇小说究竟想要表达什么主题。

"从审美目的来看,生态审美的第一个原则是自然性原则。"②生态批评需要立足自然、书写自然,生态批评与苦难生活没有直接关联,生态批评需要透过生活现实揭开深层次的面纱。如果从老藤的《青山在》来分析,乡村生态环境遭遇破坏的罪魁祸首应该是人的价值观念的病态变异,特别是表现在权力对自然资源支配的肆意妄为上。因此,生态批评关注的不是人类生活的贫穷与富裕的问题,而是人与自然和谐相处的问题,"坚持'以人为本'的科学发展观,正确认识和处理人与人和人与自然的关系,均是当代生态文学批评所必须遵循的原则之一。"③

在《青山在》中,毕国兴的爷爷从山东闯关东到辽东,在元青山脚下安家落户,经营一家皮匠铺。皮匠铺从家庭作坊、公私合营到国有工厂,再回到家庭作坊,历经变迁。但在百年风雨变迁过程中,祖孙三代始终恪守不变的是"三不熟""四不用"的从业规矩,心中敬畏着白虎和貔子这样的神性动物,守住元青山的灵魂,为子孙坚守一份大自然的厚赐,帮助村子里的人避免了一场由自身贪欲而酿成的灭顶之灾。毕国兴祖孙三代的高尚之处在于对自然的敬重,敬重自

---

① 王诺,宋丽丽,韦清琦:《生态批评三人谈》,《三峡大学学报(人文社会科学版)》2006年第3期。
② 王诺:《生态批评的美学原则》,《南京师范大学文学院学报》2010年第2期。
③ 胡铁生:《生态批评的理论焦点与实践》,《吉林大学社会科学学报》2009年第5期。

然成为这篇小说主题确立的逻辑基点。

毕国兴不是贫穷的代表,杨群、索三也不属于贫穷阶层,至于那些偷伐山林的盗贼更不是因贫为盗的。作者不是从生活贫穷、苦难叙事的角度审视乡村生态环境变化的,而是从生活现实背后隐藏的人性善恶和人生价值观念的深度对乡村生态现实进行观照,即使是在故事设置中涉及杨群借口挖钼矿是为了林场职工生活着想,也旨在批判现实生活中荒谬的价值观念和丑陋的灵魂,并告诫读者,这些荒谬的价值观念和丑陋的灵魂才是造成乡村生态危机的真正原因,"物质的、消费享乐的现代文化对乡村人构成了极大的诱惑,而这种诱惑潜藏着巨大危机。"①

生态危机与苦难生活之间没有必然联系,苦难叙事不是生态批评主题设置的逻辑基点。乡村叙事中生态批评的主题表达需要选择新的视角。

二、一种古朴的认知:人与自然本为一体

《青山在》这篇小说叙事的一条主线是毕国兴祖孙三代对元青山的守护和敬畏,围绕这条主线叙述了爷爷因为心存对大自然的敬畏,而定下"三不熟""四不用"的从业规矩和生存信条;毕国兴坚守爷爷的祖训不改,始终敬畏着元青山和山中具有灵性的貔子、具有神性的白虎。与此相对比,也书写了杨群、索三这样亵渎自然、冒犯神灵的势利之人的丑陋灵魂。杨群作为场长为了获得政绩、晋升职务,竟然违法购买猎豹皮讨好上级。更为严重的是,为了眼前的利益,杨群意图获得眼前的政绩而不顾毕国兴的阻拦,肆意开挖元青山下面埋藏的钼矿,私欲极度膨胀。索三作为杨群的帮凶,为非作歹,射杀猎豹,伤害山中精灵,干下伤天害理的事情。还有那些偷伐山林的人,泯灭人性,破坏生态,残害人命,对自然和人类犯下滔天罪行。这些人的罪恶行为和丑陋灵魂与毕国兴祖孙敬畏自然形成鲜明的对比。

小说的这条主线其实是一条明线,是故事发展的一条基本线索,起到了贯穿故事情节和人物命运的结构作用。在这条线索上,展示的是人对自然的不同态度,以及这两种态度内含的价值取向的不同。毕国兴祖孙敬畏自然、守护元青山的神性崇拜,与杨群、索三的及时享乐、破坏自然的庸俗人生观,互相对立也互相交织在这条明线之上。

与明线相对应的,小说还有一条暗线,那就是:元青山在保护着山下的生灵的同时也在反抗着来自这些生灵对自然的破坏。这条暗线要表达的是自然本身的呐喊与警告。

---

① 韩文淑:《生态意识与新世纪乡村叙事》,《贵州社会科学》2013年第8期。

白虎是山中神灵,有白虎在就有元青山在,白虎的神性与元青山的神性是统一的,融合在一起构成了神性的自然,它们赋予这里的人们以巨大的生命力。而一旦白虎不在,生活在元青山下的毕国兴心中就失去了安全感,失去了心灵中的舒畅和敞亮。貔子虽然长相不好,不受世人喜欢,但貔子是有灵性的,貔子在的地方就是安全的地方,就是人类可以生生不息的地方,天意与动物的灵性不谋而合。

透过故事来分析祖孙三代对元青山和山中生灵的敬畏之情,可以感知到他们所信奉的是一种古朴的情感:人与自然本为一体。这也与中国古代"天人合一"、万物与我一体的哲学思想是一致的。毕国兴的爷爷在山下盖上小庙,供奉着貔子,把貔子作为神灵在心中敬畏。不仅仅是敬畏貔子,即使是对山中的野鸡脖子(蛇)也尽量不去招惹它。保护动物,就是保护自然,敬畏动物、敬畏自然,就是敬畏人类自身的生存。也许他们没有现代科学意义上保护自然的概念,但却有一种尊重动物灵性的生命敬畏之情,这是毕国兴祖孙遵循的最质朴的人生信条。与之相反,林场场长杨群、保卫科长索三,以及那些偷伐山林的山贼,他们为了自身私利,对元青山肆意挖采、肆意伤害、肆意掠夺,对大自然毫无敬畏之心。

故事的结尾还是比较直接而不隐晦地指向了生态保护这一主题。由于人们开山造田导致山洪暴发,更由于开挖钼矿而导致山洪来时村庄塌陷,受到人类伤害的大自然不得不给人类以惩罚。当然,在这个时候,是毕国兴一直保护并敬畏着的貔子们引领村民离开危险境地,躲过灭顶之灾,即使像索三这样一贯弃善行恶的人也受到大自然的启迪,认识到自我的罪恶,从而良心发现。这一结尾的设置虽然有些生硬,但却具有很强的警示意义:我们应该如何对待人类以外的生命?人类的生命与自然界的生命是不可分离的。

小说没有把主要笔墨花费在塑造人物形象上,而是重点写人对自然的情感和态度。杨群、索三等人,在日常生活中表现出对元青山资源的利用与破坏性情感和态度,那就是把元青山当作自我欲望满足的自然馈赠,毫无悯恤地掠夺。在毕国兴心中敬畏着的白虎,被他们视为行贿的礼物,并对这些白虎和猎豹不停地追杀;对于用来敬拜貔子的小庙,杨群和索三不顾自然神灵的降罪和人类良知的谴责而肆意铲平。偷伐山林的盗贼们更是泯灭人性,残忍地杀害巡山的吴老贵。这些人,既有官场上的权力者,也有民间的愚昧者,他们在满足私欲方面不谋而合,互相勾结,为非作歹,破坏自然,冒犯神灵,心中除去金钱和利益之外,已经毫无敬畏和人性。

毕国兴对自然的态度却是一种庄严的敬畏。敬畏大山,敬畏山中的白虎,敬畏具有灵性的貔子。敬畏自然成为毕国兴做人的原则和生存的底线。从爷爷闯关东开始,就对元青山心怀敬畏之情。大自然赐予祖孙三代一个安居养年的生活地方,这里有美丽的小河,丛林茂密,野果飘香,更有白虎可以作为元青山灵魂的寄托。

从爷爷到父亲,再到毕国兴,他们对大自然心存敬畏的同时,钟情于和大自然对话——喊山。喊山成为人与自然对话的一种仪式,更是一种心灵交流与情感沟通的自然存在。在这种对话之中,消解了心中的困惑,提升了人性的境界,坚守着对自然神性的崇拜,人与自然的和谐共生在神性崇拜基础上得以实现。

三、一种有深度的主题:书写人对自然本身的神性敬畏

在乡村叙事中,许多作家和作品都关涉到人与自然的关系,在对自然生态的观照中,又多是从现实生活出发,写现实生活,又回归到生活现实,叙事的重点也集中到写大自然遭遇破坏的现象和现实程度。比如陈应松的系列小说,涉及乡村环境遭受污染和破坏,《无鼠之家》《去菰村的经历》《野猫湖》都有相关的描写,但陈应松的叙述和描写是直面生活现实,写出现实的悲惨和令人伤痛的现象,以及惨烈的内心困惑和无奈。迟子建也在小说中写到乡村的环境污染,王祥夫、尤凤伟都写到相同的主题和内容。至于像郭保林的《大江魂》、徐刚的《伐木者,醒来!》等,更是直接书写生态现实,主题非常直白。

王宁认为,生态批评"也要警惕生态(中心)主义或环境(中心)主义意识的扩张,因为这种新的二元对立有可能再度破坏人与自然关系的和谐,导致人类最终受到伤害"[①]。生态批评主题的发掘向度应该指向人与自然的和谐关系,"要努力证明,常常被置于对立位置的自然与文化,实际上有着水乳交融的关系。"[②]消除对立,既不因为人类的利益而破坏自然,也不是用绝对的自然主义理论去否定人类的发展。在这方面,老藤的书写别开生面,他从对自然的神性崇拜的角度书写人与自然的对话和环境保护的神性价值,把现实的生活上升到灵魂敬畏和神性崇拜的高度,更具有心灵的救赎和启迪意义,给读者带来的是一种超越现实意义的神性思考。

在《青山在》中,毕国兴祖孙三代一直信仰着动物有着神圣感,不论是体量硕大的白虎,还是身材和胆量都很小的貔子,即使是遭人唾弃的狐狸,它们在民间都是一个神物,通达自然真意,守护百姓生活安康,在它们身上,物性、神性和灵性集为一体,而且可以通达人性。老皮匠爷爷坚信"国之将兴,白虎戏朝",而

---

① 王宁:《生态批评与文学的生态环境伦理学建构》,《上海交通大学学报(哲学社会科学版)》2009年第3期。
② 刘蓓:《简论生态批评文本视域的扩展》,《文艺研究》2004年第1期。

对于貔子"权当黄家吧,以后不可慢待",供奉如神,心存敬畏之情。这就是神性、灵性与人性的完美合一。对这些具有神性的动物,老皮匠爷爷定下规矩"三不熟",认为"虎是百兽之王,熟之不忍;火含因果,熟之不吉;黄有复仇之心,熟之恐遭报应"。在这种神话般的认识之中,实际寓含着一种朴素的哲理:人与动物是生存一体的,具有因果相应的命运关联。敬畏是一种朴素的情感,也是对万物生灵的一种崇拜和尊重,爷爷说:"白虎晨鸣,雷震四野,王者仁而不害",把白虎视为王者,承载苍天关爱天下生灵的仁德,这恰恰就是一种发自内心的敬畏神灵的朴素情感,这种情感是虔诚的,是脱离了现实物质利益的升华性情感。它告诉我们,对生命的敬畏不能仅仅停留在物质生活层面,而需要提升到生命自身的意义上来。

敬畏自然不仅仅是对自然界内在规律的尊重,更是对人类文明自身发展规律的尊重。"宇宙的一切都是相互依存、相互联系的,每一事物都是在与他者的关系中显现自己的存在和价值,故人与自然、人与人、文化与文化应当建立共生和谐的关系。"①《青山在》要表达的一种生命哲理正是这种"共生和谐"的"万物一体"的生命哲学。"元青山在,白虎便安好",这是作者借助爷爷的话表达的一种物与生命息息相依的观点。我们常常注重站在人的角度来说"天人合一","天人合一"更多强调人与自然的合一。天是自然,是人类赖以生存的外在环境,但这个天是应该由很多物组成的,既有动物,也包括植物,包括一切生命。一切生命的存在都是与天息息相通、生死一体的。人类一旦破坏了某种物种或者物类,那么整体的"天"将受到破坏,人类也在天之中,必将遭遇灾难。不能人为地把"天"与"物"分开而否定自然界内在结构的一体性。

生态批评应当指向人性和意识的深处,"当前中国生态文学的使命就是努力引领人走出工业主义、消费主义的市场取向的世界观与人生观,以生态意识为引导,恢复人对大自然的敏感与兴趣,看护大地,净化人性。"②人只有在灵魂意识深处认同了自然,生态保护才能走向正常。从生活现实观照提升到人性认同层面,这是乡村叙事中生态批评主题的一种应然回归。人需要与动物在心灵上达到通感,才能真正感知动物与天的生命一体。人对自然给予的恩赐,应该在心灵深处感恩图报,而不是漠然地索取。

对自然的神性敬畏,是人类对自然的一种本有的、朴素的情感。就像《青山

---

① 陈来:《中华文明的核心价值:国学流变与传统价值观》,北京:生活·读书·新知三联书店,2015年版,第5页。

② 汪树东:《当代中国生态文学的四个局限及可能出路》,《长江文艺评论》2016年第4期。

乡村叙事主题的新开掘 第十章

在》中所写的喊山,那是一种人与大山的直接对话,是一种心灵深处的对话。在这种对话过程中,人会融入自然,聆听大自然的声音,感悟自然的温度和心跳,这是一种神性仪式,一种敬畏自然、亲近自然、融入自然的心灵净化仪式。

相反,开挖大山则成为人与自然的另一种对话,是以侵犯者的姿态与自然进行对话的。在这种对话中,大自然被视为可以肆意宰割的奴隶,被那些权力者、庸俗者用以满足无底的私欲。这是极端狭隘的人类中心主义,他们为了自身的利益可以戕害各种生命,肆意破坏自己生存的环境。

敬畏自然,把万物生命与人的生命视为一体,在生态批评主题表达上聚焦于人性的自我批评,聚焦于对自然神性的敬畏之上,在叙事艺术策略上做出一种新的探索,走出生态批评仅仅指向现实生态危机的狭小视域。把万物与人置于同样的生命地位,让人在与自然毫无阻碍的对话中感受到生态保护的心灵快意和灵魂升华,这是《青山在》在叙事主题表达上所取得的突破,也是乡村叙事中生态批评主题的一种更好的表达。

后 记

  中国社会发展的主要任务是发展乡村,实现乡村振兴,由此带来乡村叙事在中国当代叙事文学中占据重要地位。中国当代乡村社会的发展历程是一个从"翻身"走向"翻心"的改革历程,在这个充满革命色彩和英雄精神的当代发展历程中,乡村世界无论是物质生活还是精神世界都发生了翻天覆地的变化。中国农民在战胜自然灾害、参与新社会和新生活建设的过程中,表现出了傲然不屈的精神和坚韧的力量,成就了史无前例的农村建设历史画卷,取得了举世瞩目的伟绩。乡村社会的生活、生产以及乡村独有的风俗文化,还有乡村发展过程中出现的动人故事,都为文学书写提供了丰富而鲜活的素材,也成就了中国文学中一个独特的叙事类型,这就是中国乡村叙事。

  乡村叙事既是中国叙事文学的起源,更是叙事文学发展的永恒主题。说好中国故事,构建中国文学理论,离不开乡村叙事批评理论的建构。笔者在主持安徽省高校人文社科重点研究项目"中国公文批评理论研究"(SK2020A0667)和合肥幼专人文社科重点研究团队"中国文学理论研究"(KCTD202002)过程中,试图对中国古代文学理论进行基本的梳理和研究。在研究过程中发现,在反思"强制阐释"对中国文学批评不适应的当下,用中国文学自身理论阐释中国当代乡村叙事有着重要的借鉴和发展意义。为此,笔者用两年多时间对中国当代乡村叙事进行了较为系统的研究,阅读了大量的乡村叙事文学作品,从乡村叙事主题发展变迁的角度进行分析和总结,形成了此部拙作。

  中国当代乡村叙事是中国当代文学长廊中的一幅充满沧桑感和强劲力的风景图,而透过这幅风景图可以感受到中国当代文学继承了中国传统文学"以文化人"的价值取向,可以感悟到中国文学为中国社会改革和发展,特别是为乡村社会改革和发展助力而呐喊的社会责任。文学需要审美,但审美并不一定要否定文学参与社会建设和社会批评的积极态度。中国当代乡村叙事以敢于担当的态度和精神,走进乡村,书写中国当代乡村建设宏大的场景,书写乡村世界在社会发展变迁中的精神追求和善念自守,这是中国乡村的精神价值,也是中国当代乡村叙事的审美价值。

  笔者用自己疏浅的思维和文字,对中国当代乡村叙事主题变迁的轨迹进行一个较为概况性的描述,旨在抛砖引玉,表达对乡村叙事和乡村发展历程的热爱情感,也请方家给予批评斧正。

作者
2022 年春于合肥